KB124936

이오덕의 글쓰기 교육 ③
시 쓰기

어린이는 모두 시인이다

이오덕의 글쓰기 교육 ❸
어린이는 모두 시인이다

1판 1쇄 발행 2017년 5월 18일 | 1판 3쇄 발행 2021년 6월 7일

글쓴이 이오덕
펴낸이 조재은 | **펴낸곳** (주)양철북출판사 | **등록** 제25100-2002-380호(2001년 11월 21일)
편집 이송희 이혜숙 김명옥 김원영 구희승 | **디자인** 육수정 | **마케팅** 조희정 유현재
주소 서울시 마포구 양화로8길 17-9 | **전화** 02-335-6407 | **팩스** 0505-335-6408
ISBN 978-89-6372-235-1 04810 | 값 18,000원

어린이는
모두 시인이다

양철북

우리 어린이들에게는 시가 없다.

그들의 일상의 말과 행동과 마음속에 충만해 있는 참된 시의 세계는 그릇된 어른들로 말미암아 철저히 짓밟히고 봉쇄당하여 시와는 얼토당토않은 기묘한 흉내 내기 놀이를 하고 있으니, 이런 사람답지 못한 원숭이 흉내가 곧 어린이들이 쓰고 있는 동시라는 것이다.

나는 이 책에서 지금까지 우리 어린이들이 써 온 동시란 것이 얼마나 허무맹랑한 것인가, 동시 교육이라는 것이 얼마나 어린이의 세계를 불성실한 것으로 만들고 비뚤어진 손재주와 언어를 희롱하는 말재주만을 익히도록 훈련하여 온 것인가를 증명하려고 했다. 그리하여 어린이들이 어떻게 하면 묶여 있는 사슬에서 풀려나와 빛나는 태양 아래서 손과 발과 가슴으로 참된 저 자신들의 시를 쓸 수 있을 것인가, 하는 문제를 여러 가지로 생각하고 그 방법을 체험을 통해 말해 보려고 하였다.

내 얕은 지식과 좁은 식견으로 이론이 거칠 수 있을 줄 안다. 그러나 교육이라는 것을 입신보명의 방편으로 삼지 않고 진정 민족과 인간의 운명에 결부시켜 생각하는 분이라면, '어린이시'의 길을 열기 위한 최초의 이 시도를 마치 빛을 찾아 헤매는 어린이들의 생명 그것인 양 아껴 주고 귀하게 키워 주지 않겠는가, 하고 기대해 본다.

실상 이런 일은 나 같은 재주 없는 사람이 맡을 것이 아니다. 8년 전 《글짓기 교육—이론과 실제》(1965)를 낼 때도 그러했지만, 이번에도 나는 더욱 유능한 분이 이런 일을 잘 감당해 주기를 바랐다. 우리 말을 도로 찾은 지 서른 해가 가깝게 되었다면 마땅히 그런 기대를 할 때가 지난 것이다. 그러나 결국 기다리다 못해 또 이런 일을 저지르게 되었으니, 점점 더 비뚤어져 가고 있는 이 땅의 어린이들 모습을 차마 그대로 보고만 있을 수 없었던 것이다.

부디 이것이 계기가 되어 시 교육에 대한 여론이 높아지고, 잘못된 곳을 방황하던 정신들이 모두 제자리로 돌아가게 된다면 얼마나 다행이랴?

우리 민족의 평화와 통일의 과업은 참된 사람다운 마음을 닦아 가는 이런 시 교육으로서 그 기초 작업이 가장 유효하게 이루어져야 한다면 지나친 말이 될까?

머리말

이것은 현실과 아주 거리가 먼 길 같지만 실은 가장 확실한 방법이라고 굳게 믿는다.

1972년 11월 이오덕

껄이는 시 • 호소하는 시 • 아름다움을 느끼는 마음이 나타난 시 • 놀이 시 • 슬픈 일을 쓴 시 • 자기의 생활과 생각을 쓴 시 • 감정의 진실이 나타난 시 • 일한 것을 쓴 시 1 • 일한 것을 쓴 시 2 • 마음의 움직임을 붙잡은 시 • 마음이 나타난 시 • 마음의 성장이 나타난 시 • 상상의 세계를 쓴 시 • 노래하듯 쓴 시 • 서정시 • 남을 생각하는 마음이 나타난 시 • 동무를 생각하는 마음이 나타난 시 • 사회 비판의 눈이 나타난 시

읽어 두기

1 이 책은 《아동시론》(굴렁쇠)을 새로 고쳐 펴냈습니다. 여기에 《글짓기 교육―이론과 실제》(아인각)에 실린 학년별 지도 기록을 새롭게 보태 '5장 어린이시 지도 기록 1'로 넣었습니다.

2 맞춤법과 띄어쓰기는 지금 표기법을 따랐습니다. 다만, 이오덕 선생님이 지금 맞춤법과 달리 띄어 써야 옳다고 여긴 '우리 말' '우리 나라' 같은 말은 그 뜻에 따랐습니다. 또, 선생님이 우리 말 운동을 확실하게 하기 전에 쓴 글이라 절대로 써서는 안 되는 말로 분류한 '~등' '~적' 같은 말과, 지금은 잘 쓰지 않는 어려운 중국글자말이 나옵니다. 이것은 되도록 바꾸었습니다.

3 이 책에 나오는 아이들의 글과 글 쓴 날짜는 그동안 나온 책들마다 조금씩 다른 곳이 있어 이오덕 선생님의 기록과 모아 놓은 아이들 글을 보고 바로잡았습니다.

4 '국민학교'는 '초등학교'로 바꾸었으며, '경북 안동 임동동부초등학교 대곡분교장'은 '경북 안동 대곡분교'로, '강원 정선 여량초등학교 봉정분교장'은 '강원 정선 봉정분교'로 적었습니다.

어린이 없는
어린이 동시

동시의
과거

●

우리 어린이들이 쓰고 있는 동요 내지 동시의 역사는 8·15 해방과 함께 시작한다. 일제 치하에서도 한때 명맥을 유지했던 우리 말 신문, 잡지의 영향을 받아 어쩌다가 동요 같은 것을 쓴 어린이가 있기는 하였지만, 그것은 참으로 희귀한 일에 지나지 못하여 오늘날 그런 작품들을 모아 어떤 경향을 찾는다든지 하는 것은 거의 불가능하다. 그리하여 우리 말이 해방되어 자유롭게 말과 글을 의무교육 과정에서 가르치고, 글짓기 교육이 보편화될 수 있었던 1945년부터 비로소 어린이들의 동요와 동시의 역사가 시작되었다고 볼 수 있다.

그러니까 줄잡아 20여 년 동안 우리 어린이들이 써 온 운문이 어떤 길을 걸어왔던가를 살피기 위해 여러 신문 잡지사와, 전국 규모의 단체에서 주최한 백일장·글짓기 대회 같은 현상모집 행사에서 당선된 작품을 주로 검토하기로 한다. 그 까닭은, 우리의 운문 교육이 전국의 글짓기 교실에서 교사들의 지도로 이루어지기는 하였지만, 그 지도의 목표와 방법을 제시하여 준 것은 온전히 이런 현상 모집 행사와, 그 행사에서 작품을 골라 평가하고 실제 지도법을 지상에 발표하고 있던 작가와 동시인들이었기 때문이다. 우리 교사들은 자신들의 철학과 교육관으로 그들 자신의 글짓기 교육이나 문학 교육의 이론을 수립하고 실천할 만큼 성장하지 못하였다. 또한 정치·사회 여건이 교사들에게 안정된 자세에서 참된 인간 교육을 탐구하도록 하지 않고 막무가내로 그들을 입신출세식 교육과 상품 선전식 교육으로 몰아가고 몰아왔던 것이 사실이다. 이런 형편에서 우리의 진정한 '어린이시'는 그 싹이 트지 못한 채, 일부 문인들이 어른들이 쓰고 있는 문학 갈래의 하나인 동요·동시와 같은 범주에서 운문 창작을 지도해 왔고, 교사들은 동시인들의 어설픈 시 쓰기 방법을 교실에서 적용하려고 애써왔다.

교사들이 동요나 동시를 가르치고, 어린이들이 동요를 쓰는 동기와 궁극의 목표가 백일장이나 글짓기 대회에서 당선되는 일이고 보니 교육이란 행위가 한 사람, 한 사람의 인간을 키워 간다는 그 본디 자세는 철저히 망각되거나 무시되고, 다만 그럴싸한 작품을 만들어 내는 일만이 최상의 관심사가 되지 않을 수 없었다.

이러한 상황은 20년 전이나 10년 전이나 오늘날이나 조금도 변하지 않고 있다. 그러니 해방 후 20여 년 동안 이어져 온 동시의 역사를 더듬어 거기에서 어떤 발전된 의미를 발견하려고 하는 것은 헛일이다. 다만 형식 면에서 작은 변모가 인정될 뿐이다. 말하자면 상품의 질은 조금도 다름이 없는데 그 포장만이 조금 달라졌다고 해야겠다.

그래서 편의상 동시의 과거를 말할 때 '동요 시대(1945~1950년)'와 '동시 시대(1950~1960년)'로 구분하기로 한다. 이렇게 구분하는 것은 어린이 운문 작품을 일컬어 대체로 6·25 이전에는 '동요'라는 이름을 많이 썼고, 1950년 이후에는 '동시'라는 이름을 더 많이 썼기 때문이지, 작품 내용이 1950년을 경계로 해서 실제로 동요에서 동시로 옮아갔기 때문은 아니다. 아니, 작품 내용에서는 앞에서도 말한 것처럼 20년 동안 거의 아무런 발전이 없었다. 그리고 이 '동시 시대'에 뒤이어 이야기해야 할 '동시의 현재(1960년대 초 ~ 1970년대 초)'도 과거의 '동시 시대'와 조금도 다름없이 연속되고 있다.

동요 시대(1945~1950년)

이 시기에는 윤석중, 박목월, 윤복진 같은 이들의 동요집과 이원수의 동요·동시집이 나오고, 김철수의《동요 짓는 법》(1949)이 나왔다. 이런 동요 시인들의 작품이 어린이 작품에 영향을 주기도 하였지만, 윤석중 씨가 주재한 잡지〈소학생〉(1946. 2. ~ 1950. 6.)과 조선아동문화협회(아협) 같은 단체에서 주최한 어린이 작품 현상 모집 행사가 무엇보다도 큰 영향을 미친 것 같다.

이제 새싹회에서 엮은《십 년 동안 추려 모은 본보기 글》

(1957)에서 이 시대의 작품을 살펴보기로 한다.

나무를 심자   이진광 초 5학년

동무야, 나오너라.
나무를 심자.
손에 손에 호미 들고
괭이를 메고.
붉은 산허리에다
나무를 심자.
너 한 그루, 나 한 그루,
나무를 심자.
- 1946년 제1회 아협 글짓기 내기 입선작

해방 직후 그 감격의 시대, 구호의 시대가 회상되는 작품이다. 어린이의 개성이나 감성은 무시해 버리고, 어른이 대신 쓴 것이라 해도 어쩔 수 없는 작품이 되어 있다. 우리 어린이들의 운문은 그 출발부터 이렇게 되어, 진정한 어린이의 세계와는 아무런 교섭이 없는 어른의 세계에서 어른의 주관과 관념으로 억지로 만들어졌다.

동생 구두   김홍자 초 2학년

아버지가 사 오신

동생 구두는,

너무 커서 못 신고,

긴 구두끈 들며,

소라고 이러이러합니다.

– 1948년 제3회 아협 글짓기 내기 입선작

소 이영자 초3학년

우리 집 암소는

마음이 순해요.

네 살배기 내 동생이

이러이러하며는,

커다란 두 눈을

꿈벅꿈벅하면서

일어나지요.

– 1949년 제4회 아협 글짓기 내기 입선작

이런 작품들에는 순진한 어린이의 눈과 마음이 순박한 그대로 나타나 있는 점이 마음을 끈다. 우리의 동요나 동시가 어린이의 생활 감동을 표현하는 시로서 발전하지 못할 어쩔 수 없는 시대와 사회의 제약이 있었다고 할 때, 차라리 이러한 순박한 어린이의 세계나마 그대로 키워 가야 했다. 그러나 어린이의 동요·동시는 처음부터 병든 인자를 안고 있어서 그것을 만드는 어린이 자신의 것이 되지 못하고 어른들의 취향물로 전락하여야 할 운명에 놓여 있었다. 벌써 이 두 작품에서도 뚜렷이 그 경향이 나타난 것과 같이 어린아이들의 재롱과 귀여운 모습만 찾아다니는 태도다. 이런 태도는 어린이를 하나의 인격으로 대하고 그들을 인간으로 키워 가려는 것이 아니라 한갓 장난감으로, 위안물로 대하는 어른 중심의 생각으로서, 따지고 보면 어른들의 어떤 구호나 주의主義를 그대로 부르게 하는 것과 크게 다를 수 없는 어른들의 취향인 것이다.

봄바람 현홍주 초3학년

민들레 곱게 곱게
피게 하는 건,
개울 건너 술술 부는 봄바람.

할미꽃 곱게 곱게
피게 하는 건,
산 너머 술술 부는 봄바람.
－〈어린이나라〉1947년 5월 호 입선작

봄밭 윤응용 초3학년

봄밭에 아욱이
눈을 뜨고 나왔다.

봄밭에 쑥갓이
흙을 밀고 나왔다.

봄밭에 배추가
활개 치며 나왔다.
　－ 1947년 제2회 아협 글짓기 내기 입선작

　동요가 어린이들의 생활과 심정에 뿌리박은 자연스러운 감
정의 표현이 아니라 치졸한 언어 조합의 수공품으로서 백일장
이나 글짓기 대회에서 소중히 여겨진 것이 이때부터다. 그리
고 얼른 보아서 이러한 작품들은 윤석중 씨의 동요 세계의 일
면을 그대로 반영한 것임을 쉽게 알 수 있다. 재미스럽고 귀여
운 어린아이의 재롱, 세상모르게 구는 그 천진성 같은 것이 재
치 있는 말의 기교로 만들어지는 윤 씨의 동요 세계는 과도기
에 처해 있는 우리 사회에서 여러 종류의 문화 운동으로 선전
보급될 가능성이 가장 많았으며, 이리하여 빈약한 문학 유산
밖에 이어받지 못한 우리 어린이들은 거의 유일한 정서 표출
의 세계로서 이를 무조건 받아들이고 모방하였다. 윤 씨의 동
요 세계는 그 후 20여 년 동안 전국의 어린이 작품에 가장 큰
영향을 주었고, 동요라는 이름이 거의 없어진 지금에도 여전

히 그 동요의 세계는 판을 치고 있어서 참된 '어린이시'가 싹
트는 것을 막고 있는 것이 사실이다.

햿님 정찬규 초 2학년

예쁜 햿님
떴다 동쪽
밝았다 땅이

좋은 햿님
진다 서쪽
어둡다 땅이
- 1947년 경기도 교육 전람회 1등작

여기에는 벌써 구제 못 할 기교의 함정이 드러나 있다. 어린
이들에게 그들 스스로의 생활의 노래를 쓰게 하는 것이 아니
라 시인의 머릿속에서 나온 '재미'와 '웃음'의 동심이라는 것
을 강요할 때, 그것은 골계滑稽에 가까운 말재주로밖에 나타나
지 않는다는 것을 알 수 있다.

동시 시대(1950~1960년)

대체로 1950년 이후로는 동요라는 말보다 동시라는 말이 더
많이 쓰였다. 시인들의 작품집도 이 시기에 나온 것으로 김영

일의 '아동 자유 시집'《다람쥐》(1950), 이종택의 동시집《사과 장수와 어머니》(1949), 김상옥의 동시집《석류꽃》(1951) 들이 있다. 이러한 시인들과 동시 작품이 아이들 작품에 영향을 주었으리라는 것은 쉽게 추측할 수 있다. 그리하여 동요 시대처럼 윤석중 씨 한 사람의 두드러진 영향이 아니라 좀 더 많은 동시인, 이때 활동한 박목월, 김영일, 강소천 씨 같은 이들의 영향을 받아 소재와 기법이 조금은 다양화되었다고 볼 수 있지만, 아이들의 감정과 사고의 체계는 여전히 식민지 상태의 경망한 운율 속에 갇혀 있었던 점에서 동요 시대와 조금도 다름이 없었다고 해야 할 것이다.

이 동시 시대에 나온 책으로 박목월 씨의《동시 교실》(1957)이 있는데, 이 책은 1950년대 이후의 어린이 운문 교육을 대표한 것이라고 할 만하고, 그 영향이 아주 컸다고 생각되므로 여기 그 내용의 대강을 고찰해 보기로 한다.

대체로 어린이 운문 작법에 관한 저술은 아주 드물지만, 그런대로 그것은 어린이 운문 교육사에서 간과할 수 없는 위치를 차지하고 있다. 이런 책들은 모두 아이들에게 읽히도록 교과서처럼 되어 있는데, 그 내용에 공통되는 점은 아이들을 성장하는 한 인간으로 보지 않고 관념으로 추상화된 인격, 곧 고정된 세계에서 꿈만 먹고 살아가는 존재로 보는 것이다. 그래서 시인들이 시를 쓰는 것과 조금도 다름없는 '시 짓는 방법'을 그들에게 가르치고 있는 것이다.

《동시 교실》의 차례를 보면 "첫째치"에서 "넷째치"까지로 되어 있다.

"첫째치, 동시란 무엇인가?"에서는 다음과 같은 말이 주목된다.

> 여러분은 위의 글(장만영 씨가 쓴 '시작법'의 한 대목—편집자)을 읽고, 시야말로 깊은 느낌—감동에서 우러나는 것이라 함을 깨달았으리라. 그러나 시를 빚게 하는 마음의 깊은 느낌(감동)이 이내 시가 되지 않는다. 그 느낌을 암탉이 알을 품듯, 마음에 두고두고 간직하면 그 감동이 시를 낳게 한다. 그러므로 시는 짓는 것이나 쓰는 것이기보다 낳는다.
> 이것은 시를 쓰려는 사람에게 가장 중요한 말이다. 시야말로 감동이 낳게 하는 이 세상에서 가장 오묘한 알이다. (17쪽)

시는 감동에서 우러난다는 말은 누구나 흔히 하는 말이다. 여기서 눈여겨보아야 할 것은 "시를 빚게 하는 마음의 깊은 느낌(감동)이 이내 시가 되지 않는다. 그 느낌을 암탉이 알을 품듯, 마음에 두고두고 간직하면 그 감동이 시를 낳게 한다"고 한 말이다. 이것은 시를 쓰는 것을 직업으로 하고 있는 시인들의 시 짓는 태도를 그대로 말하고 있는 것이다.

아이들이 그들 자신의 시를 쓸 때는 이런 시인들 같은 태도로는 결코 쓰지 않는다. 현실 속에서 충동에 휩싸여 살아가는 아이들은 어떤 순간에서 얻은 감동을 마음속에 두고두고 간직해 있을 수 없고, 그리하다가는 그 감동이 어느새 증발해 버리고 만다. 아이들의 감동은 끊임없이 새로워지는 감동이다. 그리고 이 새로워지는 감동은 마음속에 두고두고 간직해 둔 그것이 아니라 생활의 현장에서 발화되어 갱신되는 것이다. "암탉이 알을 품듯……" 어림도 없는 소리다. 아이들은 어떤 감동을 두고두고 간직해 있을 수도 없고, 또 그럴 필요도 없다. 생활 현장에서 그때그때 얻은 감동을 대체로 소박 솔직하게 토해 내듯이 쓰면 시가 되는 것이 아이들의 시다. 아이들은 어른과는 달리 현실 속에 무한한 감동의 원천을 갖고 있다. 그래서 아이들을 시인이라고 한다.

이런 아이들을 시상詩想만 어루만지고 살아가는 시인으로 동일시하였다는 것이 이 책의 잘못이라고 말하고 싶다. 그래서 여기 인용한 글에 나오는 "감동"이라는 말도 아이들의 생활 감동이 아니라 두고두고 상想을 만지고 다듬고 하는 동안에 생겨나는 시인들의 머릿속에서 영감같이 떠오르는 그런 것을 말하는 것이다.

"둘째치, 어떻게 표현하나?"에서는 결론을 요약해서, "첫째, 생략이다. 생각을 가다듬고, 말을 간추리는 일을 생략이라 한다. 둘째, 비유다. 실감이 도는 적합한 비유가 표현을 살리게 한다. 셋째는 내용을 살펴서 가락을 가다듬고, 모습을 매만지는 일이다"(74쪽) 이렇게 말해 놓았다. 여기도 어린이시를 기교로 만들어지는 시인의 시와 아주 동일시하고 있다는 것이 드러나고 있다.

생략이라는 것이 시의 기교로서 중요하다. 그러나 어린이

시 쓰기의 경우는 그리 문제 되는 것이 아니다. 감동을 그대로 토해 내듯 쓰고 있는 어린이의 시에는, 더구나 저학년의 시에는 생략될 것은 거의 되고 있다. 상급 학년에서 어느 정도 지도할 수 있지만, 감동을 파악하는 태도만 되어 있으면 대수롭지 않은 것이다.

비유라는 것도 현대시의 중요한 기교이나, 어린이시에서만은 역시 힘들여 지도할 필요가 없다. 아이들은 그렇게 시키지 않아도 의인화로 많이 쓰고 있는데, 이런 의인화 표현에는 직유고 은유고 아주 자연스럽게 쓰고 있는 것을 흔히 볼 수 있다. "가락을 가다듬고 모습을 매만지"고, 이 모두가 기교로 시를 만들도록 가르치고 있는 것이다.

"셋째치, 내가 쓴 동시"에는 '눈과 당나귀' '꽃 주머니' '토끼 방아' 같은 환상에 가득 찬 아름다움을 보여 주는 글쓴이 자신의 독특한 동요 세계를 해설하고 있다.

"넷째치, 동요·동시의 세계"는 "1. 사랑의 세계, 2. 꿈나라, 3. 그리움의 세계, 4. 놀음 놀이의 세계, 5. 꽃 피는 세계, 6. 구름의 세계, 7. 꽃 나라 세계, 8. 자장가"로 되어 있다. 이렇게 차례만 보아도 박목월 씨가 이끌어 가려는 시의 세계가 시인의 머릿속에서 두고두고 만들어진 안이한 꿈과 놀이와 자장가라는 환상에 빠진 관념 세계라는 것을 알 수 있다. 그러니 이 책에 예로 든 작품들이 모두 어른의 동시라는 것도 당연하다.

아이들을 천사들이 살아가는 세계로 모셔 놓고 있는 것이 이 시인의 동시 세계요, 이런 동시를 창작하는 태도를 아이들이 또 모방해서 '동시'를 짓도록 가르치고 있는 것이 이 《동시교실》이다.

아이들이 이런 동시인들의 관념 세계와 시 짓는 태도를 흉내 내어 쓴다고 할 때, 그 쓴 것이 시가 되지 못할 것은 뻔한 일이다. 그것은 아이들 자신의 세계가 아니기 때문이고, 아이들의 생활과 몸에 맞는 시 쓰기 태도가 아니기 때문이고, 그리하여 아이들의 개성과 생활이 완전히 무시되어 있기 때문이다.

아이들은 꿈만 꾸고 살아갈 수 없다. 꿈만 꾸고 살아갈 수 없는 아이들에게 꿈꾸는 흉내를 내게 하는 것은 어디까지나 흉내다. 그것은 시를 쓰는 행위가 아니라 동물 같은 모방 운동이다. 아이들의 동시에 참 기괴한 작품이 나오고, 그것을 또 칭찬하는 경우가 예사로 있는 것을 보는데, 이런 경우 마치 서커스의 곡예를 익힌 어떤 동물을 연상하게 한다. 동시인의 시 짓는 법을 익혀서 쓰고 있는 아이들의 동시는 처음부터 아이들을 바보로 만들고 있는 서커스의 곡예 같은 것으로 출발했는지도 모른다.

달 김정용 초3학년

누가 바다에서 공을 찼노.
풋볼 달이
펑 떴다.

누가 산에서 공을 받노.
풋볼 달이
펑 졌다.
- 〈새벗〉 1955년 5월 호 입선작

달력 강용해 초 4학년

우리 집에도 달력
이웃집에도 달력
학교에도 달력
길가에도 달력
정말 곳곳마다 달력
- 1956년 전국 어린이 글짓기 내기 입선작

천사들만이 노니는 이 신성불가침의 동심 세계에는 참담한 전장의 기관총 소리도 들리지 않고, 눈앞에 전개된 처절한 생명의 죽어 가는 몸부림도 보이지 않으니, 황량한 폐허 위에 눈물과 피와 땀으로 살아가려는 부모 형제와 이웃 사람들의 생활을 외면하고 오직 우리 아이들은 어떤 어른들의 박수갈채를 얻으려고 재롱만 피우고 말의 곡예 훈련만 하고 있었던 것이다.

'달'은 실생활에서 받은 감동이 아니라, 기발한 상想이 동시가 된다는 좋은 본보기다. 이 작품을 앞에 든 '햇님'과 비교해 보면, 이런 것들이 같은 주형으로 찍혀 나온 수공품임을 쉽게 알 수 있다. 해방 이후 현상 모집에 당선된 작품이 나중에 알고 보니 모작이더라, 표절작이더라는 예는 어른의 것이든 어린이의 것이든 동요·동시 작품에서 흔히 있어 온 일이었으니, 도대체 그 원인이 어디에 있는가? 전국의 그 수많은 학교에서 쏟아져 나오는 작품집을 다 읽어 둘 수는 없다. 설사 읽어 둔다고 하더라도 다 기억해 둘 수 없지 않은가. 그러니 모작이고 표절이고 그것을 철저히 가려낼 수는 없다. 이래서 작품을 가려 뽑은 이들은 책임을 회피할 수 있을 것인가? 또한 그 수많은 아이들이 쓰는 수많은 작품이라는 것을 생각하면 당연히 그 가운데 어떤 것이 서로 비슷하게 닮을 수가 있지 않은가, 해서 그런 작품들을 변호할 수 있을 것인가?

아니다. 나는 아니라고 생각한다. 모작이고 표절이고, 그런 작품을 변호하여서도 안 되고, 그런 것을 뽑아낸 책임이 회피될 수도 없다.

먼저 이 두 작품을 보라. 전국의 아이들을 상대로 한 글짓기 내기에서, 적어도 수천 명의 아이들이 쓴 글 가운데서 고르고 골라 뽑아냈다는 입선작이 이렇다는 말인가? 이것이 1955년과 1956년에 우리 나라 아이들이 쓴 작품의 최고 수준이라는 말인가?

나는 단언한다. 우리 나라의 어떠한 지방, 어떠한 도서 벽지라도 좋으니 단 한 학급의 아이들만을 표집하여 지극히 평범한 교사—다만 아이들을 순진하고 바르게 키워 가는 데만 관심이 있는 한 사람의 교사에게 맡겨 보라. 그는 40분 이내에 아무런 강요도 하지 않고, 아니 될 수 있는 대로 자유롭게 아이들의 생활감정을 소박하게 쓰게 함으로써 동요·동시 작품 심사를 전업으로 하는 분들을 제외한 그 어느 어른이나 아이들에게 보이더라도 앞에 든 두 작품보다 훨씬 더 감동을 받을 수 있는 작품을 얻을 수 있을 것이라고, 그리고 이것은 10년 전이나 20년 전이나 지금이나 마찬가지라고 생각한다.

만일 아이들이 자기 자신의 생활과 마음을 자기의 말로 쓰게 된다면, 거기 유사 모조품이란 거의 있을 수 없다. 천 명의 아이가 쓴 천 편의 시는 천의 얼굴처럼 다 다를 것이 당연하다. 또한 같은 아이가 쓴 같은 제목의 시라도 어제 쓴 것과 오늘 쓴 것이 달라야 한다. 그것은 이 아이가 어제 본 것을 오늘 꼭 그대로는 보지 않기 때문이고, 어제보다는 오늘 성장했기 때문이다.

그런데 여기 이 작품들은 어떠한가? 여기 아이의 성장이 있을 듯한가? 생활 감각이 표현되어 있는가? 살아가는 자세가 느껴지는가? 그런 것은 아무것도 없다. '달'에는 기발한 말이 있다. 그 말은 생활에서 우러난 말이 아니라 머리에서 만든 말이다. '재미있구나' 하고 느낀 것이 있다면 '재미스런 말이구나' 하고 느낀 것이다. 재미스런 말, 그것은 당치 않은 것이요, 사람을 바보같이 웃겨 놓는 것이다. '달력'에는 그런 기발한 착상도 없다. 다만 가볍고 안이한 기분뿐으로, 4학년 아이로서 시가 될 만한 아무런 느낌도 생각도 아니다. "달력"이 집에도

학교에도 길가에도 있다는 것, "달력"이라는 말이 몇 번이나
되풀이된 것이 가벼운 기분을 내게 하였다는 것. 그런 것이 좋
다고 시가 된다면 그야말로 우스운 일이다.

아무리 비뚤어진 말 맞추기 놀이라고 하더라도, 수천 명의
아이가 써낸 작품 속에는 그래도 살아 있는 아이의 느낌과 마
음이 표현된 작품이 더러 있을 것인데, 하필이면 이런 것을 뽑
아 주고 장려하여 왔다는 것은 바로 동시 그 자체의 문제가 되
어야 하는 것이다.

우리 엄마   이강화 초 5학년

엄마 눈은 옹달샘이지요.
조용히 조용히
꾸지람을 하실 때에는
양 샘에 말간 물이 고이지요.

엄마 손은 솜털이야요.
살며시 살며시
머리를 어루만져 주실 때면
마음속까지 포근해지지요.
- 1955년 전국 글짓기 내기 입선작

별   유금자 초 5학년

별들은 눈동자랍니다.
초록빛으로 반짝이는
우리 아기 눈동자 같은
별들은 눈동자랍니다.

별 하늘은 꽃밭이랍니다.
까만 밤하늘에
옹기종기 모여 앉은
별 하늘은 꽃밭이랍니다.
− 1956년 전국 글짓기 내기 입선작

아이들이 어머니의 사랑에 감격하는 수가 있다 하더라도, 그것이 구체로 된 생활의 장에서 파악되어야 하는 것이지, 이렇게 어머니의 사랑을 방관하고 즐기듯이 표현한다는 것은 있을 수 없다. 이것은 아이들의 눈과 마음이 아니다. 또, 별이 "우리 아기 눈동자"라든지 "꽃밭"이라고 하는 말도 아이들의 실감이 따라오기 어려운 낡은 비유일 것인데, 그 낡은 비유를 그대로 먼지도 안 털고 진열해 놓았다. '아이들이 썼으니까 이만하면 되지' 할 것 같다. 그러나 아이들은 더구나 이렇게 써서는 안 되고 이렇게 쓸 수도 없다.

가만히 앉아서 머리로 짜낸 이런 작품은 시인들의 상상(그 상상조차 다 고갈된)의 산물이지, 결코 아이들의 살아 있는 감정의 세계에서 나온 것은 아니다. 이렇게 조용히 앉아 마음속으로

만 생각하는 세계와 언어 조작이 아이의 것이라고 하는 사람이 있다면 그는 아이들의 세계를 전혀 알지 못하고 있는 것이다.

그리고, "지요" "야요" "랍니다" 이런 따위의 동요식 주형으로는 온갖 현실 속에서 갖가지 개성으로 살아가는 아이들의, 순간마다 느끼고 생각하고 행동하고 자유롭게 높이 날아오르려는, 생기에 넘친 세계를 표현할 수 없다. 그것은 너무나 좁고 편벽되고 부당한 구속이 되고 있는 것이다.

이러한 어른들 세계의 모방으로 쓰이는 동요 조의 작품에는 아이들의 개성이 담길 수가 없고, 이런 작품들이 어느새 일정한 방향으로 흐르게 되고, 그리하여 온갖 모작과 표절작, 유사품이 범람하는 것은 너무나 당연한 일이라고 본다.

그러면 이렇게 그대로 드러나던 동요 조가 조금은 달리 나타난 듯한 작품을 찾아보기로 한다.

유리창 배은숙 초 4학년

빡빡, 덜컹덜컹, 보드득보드득,
열심히 유리창을 닦고 있어요.
언니는 빡빡,
오빠는 덜컹덜컹.

떠들며 웃으며

닦아 놓은 유리창.

유리창이 없어졌나,
깜짝 놀랐죠.

닦을 때는 힘들어도
보기 좋아요.
- 1956년 전국 글짓기 내기 특선작

오막살이집　김춘호 초 6학년

하늘밖에 안 보이는
오막살이집 한 채.
아빠는 산 넘어 돈벌이 가고,
엄마는 산나물 팔러 가고.

조무래기 삼 형제가
집을 보는데
껄 껄 푸드득
산 꿩이 운다.
- 1955년 전국 글짓기 내기 입선작

'유리창'은 유리창 닦기라는 아이들의 생활 행동을 그렸다는 점에서 지금까지 본 작품들과는 구별이 된다. 먼저 신선하다는 인상을 얻는 것은 그 때문이다. 그런데 아이들의 생활 감각이 아이들의 언어로 표현된 것이 아니다. "유리창이 없어졌나,/ 깜짝 놀랐죠" 이것은 정직한 표현이 아니다. 아무리 티 없이 닦아 놓았다고 해도, 유리창이 없어진 것 같다고 하면 모르지만 "유리창이 없어졌나" 하고 "깜짝 놀랐"다는 것은 거짓스럽다. 그렇게 깜짝 놀랄 수가 없고, 놀라지도 않은 것을 놀란 것처럼 해 보이는 몸짓―이것이 바로 동요 특유의 표정이다. 그래서 말씨도 바로 동요 조 그대로 되어 "놀랐죠"다.

나는 이 작품이 1·2연에서 퍽 재미있는 의성어를 쓰고 있다든지, 또는 이 작품이 강소천 씨의 작품이 아니었던가 하는 의심이 나는데도 더 이상 관심이 없다. 어차피 이런 작품은 어린이가 썼든지 어른이 썼든지 그 무슨 시 같은 것을 어설프게 가장한 것이라고 보기 때문이다. 가령 이것이 강 씨의 작품이라면 어린이의 생활이 아니라 생활이라고 잘못 본 것을 어린이의 말이 아니라 어린이의 말씨를 흉내 내어 쓴 것이요, 이것이 실제 어느 어린이가 쓴 작품이라면 저도 모르는 사이에 또는 그런 지도를 받아 어른들이나 책에 나오는 작품들의 본을 보게 되고, 제 스스로의 느낌을 정직하게 쓰지 못한 것이라 생각한다.

재미스럽고 귀여운 것을 찾으려 하고 그러한 말을 흉내 내려 하는 곳에는, 어른의 경우든 아이들의 경우든, 시와 생활의 창조가 아니라 파탄이 있을 뿐이다. 어린이의 경우는 거의 예외 없이 저보다 나이가 더 어린 아이의 상태로 그 감성과 지성이 퇴화하는 현상을 나타내고, 그런 상태를 장려하는 어린이 문학이나 교육이라면 그 존재 의의가 의심스럽다 해야 할 것이다.

'오막살이집'은 언뜻 보아 동요 특유의 말씨 흉내가 없다("아빠"란 말이 문제 되기는 하지만). 종전 같으면 '울죠' '운답니다' 할 것이 "운다"로 되어 있다. 묘사문장형이다.

그러면 생활을 묘사하는 자세는 어떠한가? 현실감 있는 어린이의 눈, 곧 어린이가 잡은 어린이의 현실이 표현되어 있는가? 유감스럽게도 여기에는 어린이의 생활 현실이 없다. 1950년대 우리 나라의 산촌 생활 풍경이 안 그려져 있다. 이것은 백 년 전 우리 나라의 산촌 풍경이라 해도 좋고, 천 년 전 산촌 풍경이라 해도 좋다. 극히 일반화되어 있고, 겉으로 드러난 현상만 보고 있기 때문이다. 이런 것이 실제 어느 때, 어느 산골에서, 보리밥을 먹고 고무신을 끌고 지게를 지고 살아가는 어느 아이의 눈과 귀와 입과 피부와 마음에서 우러나온 작품일 수는 없다. 아이들은 결코 일반화하거나 추상화한 사물과 현상을 만들지 않는다. 그림을 그려도 그렇고, 공작품을 만들어도 그렇고, 글을 쓸 때도 물론 그렇다. 적어도 아이들이 잘못된 교육관이나 교육 방법으로 말미암아 모방을 강요당하지 않고서는 그럴 수 없다.

더구나 이 작품은 그 시점이 아주 아이에게서 떠나 있다. 아이가 그린 풍경이 아니고, 풍경 속에 있는 아이를 바라본 어른의 눈이다. 아이는 고요한 산속 풍경의 한 부분으로 되어 있다. 어른의 시 쓰기 취미의 한 대상으로 되어 있는 것이다.

이러한, 생활을 온전히 여과해 버린 맹물 같은 풍경을 그린 작품은 동요스런 발상에서 나온 작품과 함께 20여 년 동안 우리 어린이들의 운문과 시인의 동요 작품을 풍미하였으니, 어른의 문학작품이야 그렇다고 하더라도 어린이의 작품이란 것이 도무지 어른의 그것과 판별을 못 하게 되어 있다는 것은 딱한 사실이다.

정말 지금까지 우리 동시의 과거를 말하면서 나는 어린이의 동시를 이야기하였는지, 어른들이 쓴 동시의 문제를 이야기하였는지 어리둥절하다. 어린이의 동시를 논의하면 어른의 문학작품인 동시를 언급해야 하고, 어른의 동시를 두고 서로 다른 주장을 펼 때는 반드시 어린이의 동시 문제로 되어 버리는, 우리의 특이한 문학과 교육의 관계—어린이의 작품과 어른의 동시가 구별되지 않았던 역사는 정말 이제부터 우리가 단절해야 할 과제다. 이유는 명백하다. 이상의 실현이 너무나 아득한 거리에 있는 사회에서 어른의 세계와 어린이의 세계가 동일하다고 할 때, 어린이는 언제나 어른에 종속된 위치에서 수난당하기 때문이다.

지금까지 동시의 역사란 백일장과 글짓기 대회 행사의 역사요, 거기 당선된 작품들의 열에 일곱이나 여덟까지는 기실 어른들의 손으로 조작된 것이라고 보는 것이 타당하다. 그리고 지금도 이러한 상태는 계속되고 있다. 우리 어린이들은 제 스스로의 소리를 내지 못하고 어른들이 입혀 준 어른의 옷을 입고 어른들의 말씨로 어른들의 몸짓을 하면서 어른들의 박수갈채를 받고 있는 것이다. 물론 이 어른들은 어린이문화를 만들어 낸다고 자부하고 있는 일부 어른들이지만.

우리의 '어린이시'는 그 참된 싹을 틔우지 못하고 아직은 암흑한 땅속에서 짓밟히고 있다. 찬연한 내일의 개화를 꿈꾸면서.

동시의
현재

여기 '동시의 현재'라는 제목으로 1960년대 초부터 1970년대 초까지 대략 10년 동안에 걸쳐 주로 신문 잡지에 당선된 작품들을 대강 살펴보는데, 우리 어린이들이 쓴 운문 작품을 분석해서 '동요스런 발상'과 '기교' 이 두 가지 유형으로 나누어 검토하기로 한다.

실은 8·15 이후의 모든 동요·동시를 처음부터 이렇게 뚜렷하게 나누어 이야기하는 것이 더욱 선명하게 과거를 파악하는 방법이 되겠다고 생각하는데, 1950년대까지는 이미 동요와 동시의 두 시대로 나누어 간략하게 서술하였고, 이렇게 쓰다 보니 우리 어린이들의 작품 경향을 두 가지 형으로 뚜렷하게 나눌 수 있다는 것을 깨닫게 되어 이제 이런 관점으로 말하려고 하는 것이다. 그러니 동요스런 발상이니 기교니 하는 것이 1960년대에 들어와서 처음 나타난 것이 아니고, 우리 어린이 작품이 교실과 백일장에서 쓰였던 당초부터 그 연약한 손발을 묶고 있던 보이지 않는 쇠사슬이었다는 것은 앞에서 쓴 내용으로 짐작되리라 믿는다.

동시는 동요스런 발상에서 나온 운문

(1) 작품에 쓴 낱말에 나타나는 동시 작품의 특징

첫째, 저보다 나이가 더 어린 아이나 아기의 말을 즐겨 쓴다. 예를 들면 5, 6학년이나 된 아이가 '아버지'라는 말 대신에 '아빠'라고 하는 것들이다.

둘째, 저보다 나이가 더 어린 아이의 의식 상태를 흉내 내는 말을 즐겨 쓴다. 예를 들면 '거울은 거울은 바보'라든지 '구름은 구름은 요술쟁이'라든지, 또는 '구름은 요술쟁이인가 봐' 하는 표현들이다.

셋째, 순수한 서술이나 감탄의 어미보다 어리광 부리듯 호소하는 어미 '지요(죠)' '아요'를 많이 쓴다.

넷째, 대상을 놀리거나 가볍게 흘려버리는 기분을 나타내는 말 '한대요' '했대요' 따위를 잘 쓴다.

다섯째, 자랑삼아 이야기하는 것 같은 어미 '네' '다네'를 많이 쓴다.

여섯째, 같은 낱말을 반복하며 시작하는 수가 많다. '구름은 구름은 요술쟁이' '꽃병은 꽃병은 새아씨여요' 이것은 사실 그대로를 묘사하는 자세를 흔들어 버리어 가벼운 기분으로 만들어 놓는다.

일곱째, 당선이나 발표를 위해 쓰기 때문에 사투리는 금기로 된다.

(2) 문장에 나타난 동시 작품의 특징

첫째, 사실 그대로의 묘사가 없다.

둘째, 흔히 추상 용어의 설명 문장이다.

(3) 구성 면에서 본 동시 작품의 특징

첫째, 줄을 짧게 끊어서 경쾌한 리듬으로 나타난다.

둘째, 산문 형태가 없다.

셋째, 시점을 흔히 어른의 처지에서 쓰고 있다.

넷째, 말의 선택, 비유, 퇴고 같은 기교로 만들어진다.

(4) 작품의 내용에서 본 동시 작품의 특징

첫째, 저보다 더욱 나이가 어린 아이의 느낌이나 행동을 즐겨 모방하고 있다.

둘째, 재미스러운 것, 귀여운 것을 존중한다.

셋째, 흔히 어린아이의 어리광 부리는 짓을 잘 흉내 낸다.

넷째, 글쓴이가 그 나이에 마땅히 가져야 할 지식이나 지능이 모자란다.

다섯째, 무엇이든지 놀리거나 비웃는 대상으로 인식한다.

여섯째, 이기주의의 경망한 표현.

일곱째, 글쓴이의 생활 감동이 없고, 생활을 외면하는 태도가 나타난다.

여덟째, 노동, 슬픔 같은 주제는 생활의 암흑 면이라 해서 금기로 되고, 재미있는 놀이, 꽃과 나비 같은 제재를 즐겨 쓴다.

아홉째, 정지 상태에 있고 행동하지 않는 어른스러운 세계.

동시란 것은 이리하여 어린이의 현실 생활과 감정, 그 싱싱한 사고와 행동이 들어설 여지가 전혀 없다. 어린이의 개성은 거기서 완전히 부정되고 무시되며 짓밟힌다. 다만 거기 남는 것은 관습에 얽매여 쓴 안이한 모방의 언어들이요, 기발한 재치로 만들어 내고 짜낸 말들뿐이다.

작품을 보아 나가기로 하자.

공   문영희 초 5학년

공은 둥글지만 바보
얼굴은 둥글고 예쁜데
공은 바보야.

땅에다 가만히 던져도
성을 바락 내고요.

가만히 때려도
팔딱 뛰고요.

아무것도 모르면서

신경질만 부리는 공은

아주 못난 바보야요.

　　- 제2회 〈소년한국일보〉 글짓기 대회 특선작

　5학년이나 된 아이가 공을 던져서 튀는 것을 보고 '이놈의 공이 바보구나, 성을 내는 것을 보니' 이렇게 생각하는 아이가 있을까? 있다면 이런 아이야말로 바보가 아닌가? 그러나 이 아이는 바보도 아니고 이것을 써서 당당하게 상까지 탔으니 문제가 된다. 전국에서 얼마나 많은 아이들이 상을 타기 위해 다투어 이런 바보놀음을 하여 왔던가? 다투어 어린애의 몸짓이나 재롱을 피워서 그런 것을 좋아하는 어른들의 마음에 들도록 하여 온 것인가? 일상의 현실에서 느끼고 생각한 것을 온몸으로 표현하지 않고, 왜 일부러 어린아이로 퇴화해야 하는가?

　우리 어른들이 과거의 어린 시절로 돌아가는 것은 어떤 의미가 있을 수 있다. 그러나 끊임없이 성장해야 하고 성장하고 있는 아이들이, 가령 열 살 되는 아이가 일곱 살이나 여섯 살의 과거로 돌아가도록 하는 것은 의미가 없다. 그런 훈련을 시키는 것은 그 아이의 성장을 억제하는 교육자답지 못한 처사요, 잔인한 훈련이라고 해야 하겠다. 이러한 훈련이 몸에 밴 우리 어린이들은 치졸한 어린애 흉내가 곧 동시라는 것밖에 모르고 있는 것이다.

우리 어머니　윤화영 초 3학년

우리 어머니하고 나하고

꼭 같아요.

옆집 빵 장수 할머니도

"네 어머니 닮아서 참 예쁘구나!"

옆집 만화 가게 구두쇠 할아버지도

"네 어머니 닮아 참 예쁘구나!"

보는 사람마다

어머니 닮았대요.

어머니 닮았다 소리

참 듣기 좋아요.

어머니가 어디 나가면

꼭 따라가 엄마 닮았다는

소리를 들어야지.

– 국제 어린이 글짓기 대회 최우수작

    천진하게 구는 어린애의 귀여운 모습이 눈앞에 나타난다. 어머니를 닮아 예쁘다고 보는 것은 어른들의 마음이다. 그런 어른들의 말을 듣고 이 아이는 좋아서 그 기분을 그대로 쓴 것이다. 어린이가 쓴 작품이라는 것이 아이들의 마음에서 터져 나온 말 그대로 이루어져야 한다는 점에서 이 작품은 적어도 머리로 짜낸 것은 아니다. 그러나 제 얼굴이 귀엽다고 하는 어른들의 말을 듣고 그저 좋아서 까불기만 해도 괜찮은 나이겠지만, 그저 그것만으로 시가 되기에는 너무나 자기중심이요,

뭔가 지식이나 지성이 높아져야 할 태도가 형성되어야 하지 않을까?

결국 여기 있는 것은 어린애의 재롱스러운 말이다. 이 귀여운 말들은 훨씬 더 어린 과거에로 퇴화된 것이라고는 반드시 말할 수 없을지 모르지만, 그렇다고 새로운 인식이나 발견 같은 것이 있는 상태도 아니다. 그저 이 아이는 제 얼굴이 예쁘다고 칭찬해 주기만을 바라고 있는 것이다. 이런 것이 바로 동요스런 발상에서 나온 세계인 것이다.

그러고 보면 쓰여 있는 말들도 동요스런 발상 형식이다. 앞에 든 '공'이란 작품이 '○○은 바보' 형이라면 이것은 '대요' '지요' 형에 속한다. 그저 귀엽게만 보이려고 귀여운 말씨로 써 놓은 이 작품에는 "구두쇠 할아버지"의 "구두쇠"도 그러기에 동요스런 경망성을 표현하는 말같이 느껴지는 것이다.

이 작품이 도시의 어느 학교에서 한 달에도 몇 번이나 있는 글짓기 시간에 써져서 담임교사에게 제출되고, 그 담임교사가 이것을 읽고 '고것 참 귀엽게 썼구나' 하고 한 번 웃고 넘겨 버린 것이라면 별문제 삼을 것이 못 된다. 그러나 전국의 어린이를 대상으로 한 글짓기 대회에서 최우수상을 받은 것이고 보면 문제가 되지 않을 수 없다. 쥐꼬리 같은 것을 가지고 용의 머리라도 붙잡은 것처럼 심사 위원들이 기뻐했다면 더욱 문제다. 다음과 같은 작품을 보면 더욱 그런 생각이 든다.

거울 속 윤묘희 초6학년

거울 속은 참 재미있다.

방바닥에 놓고 들여다보면

천장이 저 아래 있다.

뛰어들면 거울 속으로

빠질 것 같다.

거울을 위로 들고 올려다보면

방바닥이 천장이 되고,

어항이 천장에 거꾸로 붙어 있다.

귀여운 우리 아기도,

천장에 붙어서 잠을 잔다.

어항 속의 물이 쏟아질 것 같다.

아기가 천장에서 떨어질 것 같다. (1966.)

이 작품은 《소년조선일보 문예상 작품집 제1집》(1967) 첫머리에 실려 있는 것으로, "문교부(지금의 교육부) 장관상 수상 동시"로 되어 있다. 과연 이 작품이 우리 나라 어린이가 쓴 동시의 최고 수준을 보이고 있는 것인가?

먼저 이 작품은 묘사체로 되어 있다. 제 동생만큼 어린 아이의 말씨를 흉내 낸 흔적이 얼른 안 보인다. 그러나 거울 속을 들여다보고 재미스러운 모양을 찾아내고 있는 태도라는 것이 6학년이나 된 아이로서는 너무 어리다. 이 작품을 2학년쯤 되는 아이가 썼다면 지능의 발달 과정으로 보아서 이만하면 그 나이로서는 새로운 세계의 발견이라고 할 수 있고, 그래서 시가 되었다고 할 수 있을지 모르지만, 6학년 아이가 썼다면 정신의 퇴화 현상으로, 결코 칭찬할 것이 못 된다.

이렇게 거울을 들여다보고 거기 비치는 여러 가지 재미스런 모양을 관찰하는 학습은 자연 과목 2학년 2학기에서 하게 되어 있다. 그러니 3학년이나 4학년의 아이가 썼다고 해도 싱겁다. 거울을 위로 들고 올려다볼 때 어항이 쏟아져 떨어질 듯이 보인다는 것은 6학년 아이로서는 싱거운 상식이 되어야 한다.

재미스럽다는 것이 시가 되자면 단순한 일상의 현상과 다르다는 느낌 이상으로 거기 무슨 새로운 각도의 발견이거나 시적 경이감 같은 것이 있어야 하는데, 여기서는 그저 재미있고 이상스러운 것뿐이다. 그리고 사실 이 어린이는 이런 그저 재미스러운 것을 찾아 쓰는 것이 동시라고 생각하고 있는 것 같다. "거울 속은 참 재미있다" 이렇게 시작해서 재미있게 본 것을 새삼 어린애 같은 심정이 되어 써 놓은 것이리라.

이 작품 제목 위에 "문교부 장관상 수상 동시"로 되어 있듯이, 이렇게 어린이가 쓴 작품을 어른이 쓴 동시와 구별하지 않고 아직도 같은 이름으로 말하는 것은 역시 그렇게 "동시"로 밖에는 말할 수 없을 것 같다. 그만큼 동시라는 것은 동요스런 발상의 세계에서 굳어 있고, 그 굳은 세계에서 벗어난다는 것은 동시 그 자체를 부정하는 결과가 되어 버린 것이다.

누나 이재환 초 3학년

누나랑 싸우다가
어머니한테
매를 맞으면,
누난 내 눈물을
닦아 주어요. (1965.)

이것은 같은 작품집에서 그다음 차례로 "최우수상 수상 동시"로 되어 있는 작품이다. 이 작품이 동요스런 발상에서 벗어나지 못했다고 보는 것은 사건이나 느낌을 순수하게 서술하지 않고 설명으로 호소하고 있다는 점이다. "……다가 ……면, ……요" 이 구절은 아무래도 동요스럽다. 절실한 감동의 체험이 있었던 것 같은데, 그것을 순수한 감동으로 쓰지 못하고 왜 이렇게 남의 일같이 설명해야 할까? 그것은 이 어린이가 순수한 자기표현과 소박한 묘사나 서사, 서정의 표현 방법을 모르고 있기 때문이다. 어느 때 어느 곳에서 잡은 감동을 그대로 부르짖듯이 솔직하게 토해 낼 줄 모르고, 언제나 그런 일이 있는 것처럼 자랑삼아 노래하듯 흘려버리는 태도—이것이 동요스런 발상이요, 동시의 세계다.

우리 할아버지 홍기영 초 5학년

할아버지 보물은
새하얀 수염

언제나 소중하게
다루지요.

할아버지 친구는
꼬부랑 담뱃대
언제나 할아버지 곁에서
떠나질 않아요.

할아버지 웃으시면
보름달 같고
할아버지 성내시면
호랑이 같아요.
- 〈소년한국일보〉 글짓기 대회 특선작

이것은 희화戲畵다. 그 이상 얘기할 거리가 못 된다. 어른들
은 아이들을 한갓 노리개로 삼고 있지만 아이들은 또 무력한
어른들을 웃음거리의 대상으로 보고 있는 것이 동시의 세계
다.
지금까지 예를 든 작품 가운데 어미가 '지요' '고요'같이
'요'로 되어 있는 것이 많은데, 여기서 잠깐 우리 동요·동시에
특유한 어미의 한 가지인 이 '요'에 대한 고찰을 해 두고 싶다.
이 '어요' '지요' '대요' '네요'가 순수한 자기표현, 소박한 서
술이나 감탄이 못 된다는 것은 앞에서도 말하였다.

눈과 무궁화나무 권명분 경북 상주 공검초 2학년

아굿쩨여!

하얀 무궁화 꽃이 폈다. (1959. 1. 20.)

＊아굿쩨여 : 아이구 어쩨여.

만일 "하얀 무궁화 꽃이 폈다"를 '하얀 무궁화 꽃이 피었어
요' 한다면 그 어감이 어떻게 달라지는가? "폈다"는 저절로 터
져 나오는 감탄이요, 부르짖음인데 견주어 이 '피었어요'는 어
딘가 여유가 있는, 일부러 자기를 내보이려는 듯한 호소가 된
다. 이러한 어감은 '요'가 접미사(먹고요, 가네요)일 경우나 용언
의 어미(먹어요, 가요)일 경우나 한가지로 비슷하게 나타난다.

그리고 본디 우리 동요에 나타난 이 '지요' '해요' '야요'의
'요' 어미는 일본의 근대 동요에서 뚜렷한 경향으로 나타나고
있는 같은 음의 어미와 그 뜻이 어느 정도 비슷한 것으로, 일
본 동요의 영향이라고 본다.

からたちの花 탱자나무꽃 기타하라 하쿠슈

からたちの花が さいたよ. 탱자나무꽃이 피었어요.

白い, 白い……, 花だよ. 하얗고, 하얀……, 꽃이에요.

그런데 일본어의 이 '요(よ)'는 순수한 의미의 강조인데, 우

리 말의 '요'는 어른에게 호소하는 어린애들의 귀여운 말씨,
또는 어리광으로 나타나는 것이다.

우리 유치원 윤석중

우리들이 모여 놀면 꽃밭이구요.
……

그림 윤석중

누나 얼굴 그리는 덴
하양이 많이 들구요.
……

봄 편지 서덕출

연못가에 새로 핀
버들잎을 따서요,
……

타성에 빠진 어른들의 동요 세계가 아이들의 표현 세계까지
지배하게 되어 싱싱하게 뻗어 나야 할 생명들을 꼼짝 못 하게
묶어 놓고 있는 것을 개탄하지 않을 수 없다. 생활과 실감이

죽어 버린 무덤 위에 향기도 색깔도 없는 조화가 똑같은 주형으로 수없이 찍혀 나오는 것을 본다. 이런 현상 모집에 당선된 작품들은 100편이면 그 가운데 98편까지가 어떤 틀에 찍혀 나온 조화라고 단언해도 좋다. 이제 '지요' '고요' 형이 아닌 어린이 작품의 몇 가지 유형을 실제 작품으로 예를 들어 본다.

엄마   유옥자 서울 성동구 성수동

엄마가 되면 참말
좋겠네.
부엌에서 일하다가
그릇을 깨뜨려도
야단칠 사람이 없으니
엄마 되면 좋겠네.

엄마가 되면 참말
좋겠네.
아버지가 돈 벌어서
엄마에게 주면은
엄마는 부자가 되니
엄마 되면 좋겠네. (1966.)
-《소년조선일보 문예상 작품집 제1집》

선생님 김성호 초 4학년

선생님은 좋겠네.
숙제가 없으니까
선생님은 좋겠네.

선생님은 좋겠네.
일제 고사 없으니까
선생님은 좋겠네. (1966.)
-《소년조선일보 문예상 작품집 제1집》

이것은 '좋겠네'형이다. 〈옹달샘〉(서울 은석초등학교 작품집) 9
호에는 위에 든 작품과 비슷한 "선생님은 좋겠네./ 꾸중도 안
들으시고.// 선생님은 좋겠네./ 벌도 안 서시고.// ……"라는
작품이 나온다. '한다네' '하겠네' '크겠네' '좋다네' 따위가 모
두 이런 유형이다.

모자 임기학 서울 은석초 3학년

모자는 왕인가 봐
언제나
높은 데 앉아 있으니까.

모자는
소방서 아저씨인가 봐.
......
- 〈옹달샘〉 제9호

금붕어 장세윤 초 3학년

금붕어는 매일 아침
잔치하나 봐.
......
- 《소년조선일보 문예상 작품집 제1집》

빨간 고추 여학생 초 6학년

마당에 널어놓은 빨간 고추
매운 냄새에 코가 쓰리다.
그릇에 담을 때마다 줄어드는 고추
누가 가져갔을까?
햇볕이 아무도 모르게
도둑질하는가 봐.
내일은 하루 종일 지켜야지.
- 어느 일간신문

이 '……인가 봐' 형도 꽤 많이 나온다. 실제로는 그렇게 생각하지 않는데 그렇게 생각하는 것처럼 해 보이는 말이다.

수염　남상열 초 5학년

내 턱에 수염만 달렸다면
선생님한테 인사를 받을 거야.
……
- 《소년조선일보 문예상 작품집 제1집》

잠자리　김상복 초 5학년

잠자리는 참 좋을 거야.
매일같이 날개옷 입고서
하늘 구경하니까.

잠자리는 어지러울 거야.
매일같이 고추 먹고
뱅글뱅글 도니까.
- 〈새벗〉1969년 10월 호

'거야' 형이다. 그 의미로는 '하겠네'와 비슷하나 일부러 어느 정도 거리를 두고 조심스레 가정할 때 쓰는 것 같다. 물론 빤히 알 만한 것이나 유치한 가정이다. "내가 만일 오줌을 싸면/ 엄마는 회초리로 막 때릴 거야./ ……" 이것은《소년조선일보 문예상 작품집 제1집》에 나오는, 5학년 아이가 쓴 '오줌'의 한 구절이다.

이상에 든 '좋겠네' '인가 봐' '거야' 같은 형은 저마다 '지요' '고요'의 '요'와 결합하여 복합형을 만든다. '인가 봐요' '거야요' '좋겠네요' 따위가 바로 이것이다. 이러한 복합형에 표현되는 의미나 어감은 그 본래에 가졌던 어미나 접미사의 의미와 어감이 합성되어 나타나는 것은 물론이다.

하품 김경남 초6학년

공부하기 싫으면
하품만 나오죠.

어머니 보실까 봐
몰래 나오죠.
－《십 년 동안 추려 모은 본보기 글》(새싹회)

우리 학교 유경열 초5학년

커다란 우리 학교
성호국민학교

얼굴엔 온통 주름살
머리엔 멋 부린다고
기름 발랐죠. (1966.)
　– 《소년조선일보 문예상 작품집 제1집》

　이 '했죠' 형은 '지요' 형의 한 가지이지만 그 어감이 더욱
어린애의 독특한 말씨로 느껴지고, 이런 것을 즐겨 모방하는
경향이 있어 여기 또 예로 드는 것이다.

나무　황원경 서울 은석초 2학년

나무는 옷이 두 벌.
봄엔 파란 옷
가을엔 빨간 옷.

나무는 바보야.
더운 여름엔 옷을 입고
추운 겨울엔 옷을 벗지.
　– 〈옹달샘〉 제10호

나무　주웅렬 초 4학년

나무는 바보.

제 집을 잊을까 봐

옆으로는 안 가고

위로만 올라간다. (1966.)

　　－《소년조선일보 문예상 작품집 제1집》

　이것은 '바보' 형이다. '나무는 바보' '공은 바보' '칠판은 바보' 이런 식으로 시작해서 일부러 어린아이의 눈으로 현상을 바라보는 태도를 취하여 거기 이상스럽고 재미있는 것을 찾는 것이다.

우리 어머니는

거짓말쟁이야

……

　　－《소년조선일보 문예상 작품집 제1집》

시계는 멋쟁이

자기 얼굴 예뻐지라고

……

　　－〈옹달샘〉제9호

　'바보' 대신에 이렇게 '거짓말쟁이' '멋쟁이' '요술쟁이' '심술쟁이' 같은 표현을 넣는 경우도 많다.

가뭄 임오승 초 6학년

샘물 바닥이
하얗고
논바닥이
입 벌리고
······
벼보다 먼저
우리 엄마 아빠가
몸부림친다.
– 〈새벗〉 1969년 9월 호

봄 오는 골목길 김진구 초 5학년

봄 오는 골목길
참 보기 좋다.

노랑나비
흰나비
골목으로 훨 훨 훨

엄마가 호미 들고
아빠가 괭이 들고

왔다 갔다
갔다 왔다.
- 김진구 동시집

이것은 '엄마 아빠' 형이라고나 할까. 아빠라고 부를 나이가
지났는데도 어린아이 기분이 되어 이렇게 쓰고 있는 것이다.

딸기 손춘자 초 4학년

빨간 딸기
먹고 싶어
군침이 꼴깍
한참 동안
서 있으니
더 먹고
싶어진다.
딸기
못 먹고
그냥 가요.
- 어느 학교 문집

급식 빵 김명숙 초 4학년

학교에서 받은
노란 급식 빵

먹을려고 하니
동생 생각

먹을까……
말까……

침이 꼴깍

그러다 얼른
가방 속에 넣지요.
– 제2회 국제 어린이 문학상 우수상 수상작

여기에는 "침이 꼴깍" 하는 말이 문제 된다. 두 아이 가운데
그 어느 쪽이 다른 쪽의 작품을 모방하였다든지 안 하였다든
지 하는 문제는 실상 필요 없다. 모방을 하였든지 안 하였든지
다 문제가 되기 때문이다. 아이들이 쓰는 말이 이렇게 획일화
된다는 것은 그들의 감각과 사고가 획일화된다는 것이요, 개
성의 사멸을 의미하는 것이다. 동시는 우리 아이들의 개성, 곧
우리 민족의 생명을 학살하고 있다.

봄바람은 언제나 '살랑살랑' 불고, 유리창은 언제나 '드

르륵' 열리고, 공을 차면 흔히 '하늘에 녹아들어 가는 듯'하고, '구름' 하면 으레 토끼를 그리고 양을 그리고 호랑이가 되고…….

내 장화   김미령 초 5학년

올봄에 엄마가 사 주신
빨간 내 장화,
너무도 예뻐서 잠도 못 잤는데,
만져 보고 신어 보고,
너무도 좋아서
신었다 벗었다
비만 기다렸는데,
비는 왜 이렇게 안 올까?
비도 샘을 부리나 봐.

내 장화도 나를 잊었나?
어디 박혔는지
이제는 나도 모르겠네. (1965.)
 - 《소년조선일보 문예상 작품집 제1집》

내 장화   김영옥 초 5학년

엄마가 사다 주신 파란 내 장화
너무도 예뻐서 벗었다 신었다
마음은 학교 길 운동장을
마구 뛰는데
비도 샘이 나서 오지 않는다.
예쁜 내 장화 신어 보게
비야! 좀 오려무나.
- 〈새벗〉 1969년 11월 호

운동화 조권기 초 4학년

비 오는 날만 신으라고
사다 주신 새 운동화

선반 위에
올려놓고

오늘도
내일도
비를 기다렸습니다.
- 어느 군내 글짓기 대회 입선작

어찌 이 '운동화' '장화'뿐이겠는가? '거울'이라도 좋고 '구름'이라도 좋고 '시계'라도 좋다. 같은 제목의 작품을 모아 보라. 그러면 얼마나 비슷한 작품이 나오는가를 알게 될 것이다.

언덕에 서면   김삼순 초 6학년

언덕에 서면
파란 벌판이 보인다.
개미만 한 사람들이
모내기를 하고 있다.

언덕에 서면
가벼운 바람이 얼굴을 스친다.
모심는 아저씨께 보내고 싶다. (1965.)
-《소년조선일보 문예상 작품집 제1집》

언덕에 서면   이민화 초 5학년

언덕에 서면
푸른 바다가 보인다.
언덕에 서면
우리 동네가 보인다.
언덕에 서면
내 동생이 놀고 있는 것도 보인다.

내 동생이 놀다가
내가 있는 언덕을 보면,
"누나" 하고
달려오겠지. (1966.)
– 《소년조선일보 문예상 작품집 제1집》

언덕에 서면　강정일 초 5학년

언덕에 서면
집들이 보인다.
여기저기 논에는
모를 심어 놓았다.

학교 운동장에서는
아이들이
싸움하는 것이 보인다.
얼른 뛰어가
말려 주고 싶다. (1966.)
– 《소년조선일보 문예상 작품집 제1집》

　이 작품 세 편은 같은 책에 실린 것으로, 맨 앞의 것은 7월치 입선작이고, 다음 것은 3월치 가작이고, 끝의 것은 8월치 입선으로 되어 있다. 제목을 정해 주는 것도 아니고 자유로 써내는 것인데, 이렇게 똑같은 제목의 작품이 자주 나온다는 것은 문제다. 그리고 세 편이나 입상되어 있으니 얼마나 많이 이런 제목으로 쓰고 있는가, 하는 생각이 든다. 또한 이 작품 세 편을 살펴보면 한심할 정도로 그 내용이 비슷하고 싱겁다. 이런 제목으로 쓴 것이 흔히 상을 받더라, 이런 제목으로 많이 쓰더라, 이런 잘못된 태도로 쓰자니 그 내용도 싱거운 모방이 될 수밖에 없다.

하늘   정영봉 초 5학년

파란 잔디밭에 누워
하늘을 보면
하늘이 손에 잡힐 것 같다.

파란 하늘에
공을 던지면
공이 녹아들어 가는 것 같다.

파란 잔디에서
고향 생각하면
엄마 얼굴이
보이는 것 같다.
  -〈새벗〉1969년 9월 호

1장-어린이 없는 어린이 동시

5월 최혜선 초6학년

잔잔한 물결처럼
보드라운 잔디에 누워
파아란 오월의 하늘을
쳐다보면
내 가슴 부풀어 올라
오월을 노래하는
시인이 되지요.
- 《우리 모두 손잡고》

이것은 '잔디밭에 누워 고향 생각하는' 형 또는 '잔디밭에
누워 시인의 흉내를 내는' 형이라고 할 만하다.

잔디밭에 누워 무엇을 생각한다는 것이 아이들이라고 못 하
라는 법이 없고 또 더러 그럴 수가 있겠지만, 이런 광경은 아
무래도 어른스러운 상이다. 아이들에게는 잔디밭이 씨름과 달
음박질 장소가 되는 것이다. 더구나 고향을 생각한다든지, 멀
리 떠난 동무를 생각하는 경우는 드물고 특수하다. 그런데도
이런 작품이 많이 나오는 것은 "언덕에 서면" 하는 작품이 많
이 나오는 경우와 그 원인이 같다고 볼 수밖에 없다.

점심시간 이영진 초6학년

"따르르르릉"
"와와"
옹기종기 모여 앉아
웃음을 피는 점심시간.

"때르르르릉"
"우우"
너도나도 사이좋게
다정해지는 점심시간.

"뚜르르르릉"
"야야"
반찬 경쟁 벌어지네.
우리 세상 점심시간.
- 〈옹달샘〉 제9호

점심시간 송승호 초 4학년

제일 재미있고
즐거운 점심시간

너와 나
할 것 없이

밥 먹기 대회

서로 먼저 먹으려다
꽥 꽥 꽥
거위 소리 내고도
싱글벙글. (1966.)
-《소년조선일보 문예상 작품집 제1집》

이제 보기를 더 드는 것은 그만두자. 이런 모든 동요스런 발상에서 나온 운문에 공통된 점은 치졸한 것 또는 어른스러운 것의 모방이요, 남을 비웃는 자세요, 자기중심의 경망성이다. 그것은 곧 시와 생활이 거부된 세계요, 비참한 어떤 동물들의 모방 훈련이라고밖에 할 수 없다. 유행가―그렇다. 동시는 아이들의 천박한 유행가로서 바야흐로 언론과 교육계에서 상품의 선전으로 크게 이용되고 있는 것이다.

기교, 그 공허한 언어의 희롱

현재 우리 아이들이 쓰고 있는 동시의 또 하나 뚜렷한 경향은 감동이 없는 언어의 기교로 만들어진다는 것이다. 치졸한 어린아이의 시늉을 하는 동시도 따지고 보면 그 모두가 이런 부질없는 기교로 설명될 수 있지만, 한편 극단으로 실체를 떠난 언어 조립의 수공품을 조작해 내는 경향이 있다.

1950년대 이후 동요라는 것이 비판되고 나서부터 이른바 동시로 발전하였다지만 그것은 여전히 동요 조요, 동요의 세계에서 벗어나지 못한 동시였다는 것은 앞에서 말하였다. 이러한 정체 상태를 타개하기 위하여 교사와 작품을 가려 뽑은 평자들은 문학과 교육의 본질을 구명하여 문학작품인 동시와 어린이가 써야 할 시를 마땅히 구별하여야 했을 것이다. 그리고 지금까지 아이들에게 쓰게 한 동시를 지양하여 참된 시를 아이들에게 찾아 주는 노력을 해야 했을 것이다. 그러나 그런 노력은커녕 오히려 더욱 철저하게 아이들의 생활과 언어와 그 마음과 혼을 배제해 버리는, 역사에 반하는 길을 달렸다. 공허한 언어의 조합 세공으로 교육 선전 시대에 부응한 상품을 전시장에 출품하기 위한 어른들의 추악한 경쟁이 어린이들의 생명을 짓밟은 그 위에서 벌어진 것이다.

나는 여기서 어린이의 시와 기교 문제에 대해 좀 더 말해야 할 것 같다. 기교란 본디 언어에 절망한 시인들이 어쩔 수 없이 의지하는 표현의 방편이다. 만일 우리의 언어라는 것이 완전한 것이라고 하면 시인은 노래하듯 시를 쓰면 될 것이고, 사실은 그런 상태가 이상이라고 본다. 기교를 위한 기교는 아무 의미가 없는 것이며, 시의 기교라는 것은 거기 어쩔 수 없이 의지하는 시인들의 지팡이 같은 것이다.

이 시인의 지팡이가 어린이들에게는 필요 없다. 그 까닭은 누구나 생각할 수 있듯이 어린이는 언어에 절망하는 일이 있을 수 없기 때문이다. 아이들의 생활과 사고란 어른의 그것, 더구나 시인들의 그것과는 비교가 안 될 만큼 단순하고 충동에 휩싸이며 현실에 닿아 있다. '어린이시'의 표현 내용은 현실의 사물과 현상에 부딪쳐 순간마다 발화하는 생활 감동이다.

이런 어린이시의 핵이 되는, 원초에 지닌 심상心象이라고도 할 생활 감동이 시인에게는 거의 없다. 있다고 하더라도 그런 것을 소박하게 표현하여서는 시가 되기 어렵다. 시인은 과거와 미래를 함께 살고, 그가 소속해 있는 민족과 인류와 함께 호흡한다. 그래서 때로 관념의 사변 속에 시를 구하고, 때로는 상상의 세계를 날아오른다. 심사묵고深思默考, 정좌묵상靜坐黙想, 또는 주의主義와 행동 속에 시를 전개하고 애써 다듬어 마치 건축물을 축조하듯 언어를 구축한다. 이러한 시인의 생활과 시 쓰기 태도가 어린이의 그것과는 전혀 별세계의 것이라 함은 누구나 짐작할 것이다. 더구나 내부 세계에 침잠하고 몰입하여 난해한 시를 생산하고 있는 현대의 많은 시인들의 시 쓰기 태도와 방법을 어린이들에게 적용한다는 것은 천만부당하다.

다시 말하면 시인들은 언어로 시를 구축하지만 아이들은 생활에서 이미 얻은 시를 그대로 쓰는 것이다. 우리가 "어린이는 시인이다!"고 하는 까닭이 여기에 있다.

시인의 성장은 언어의 기교 속에서 이루어질는지 모른다. 그러나 아이들의 성장은 어디까지나 생활에서 이루어진다. 일상의 현실에서, 그리고 시를 얻고 구상하고 기술하고 평가하는 과정에서 이루어진다. 시인의 시는 작품으로서 완성을 목표로 하지만 아이들의 시는 작품으로서 완전한 것보다 그 시를 획득하는 노력과 자세를 문제 삼아야 한다. 시인의 시는 예술이요, 문학이지만 어린이가 쓰는 시는 문학이기 전에 교육이어야 하기 때문이다. 이 말은 어린이시는 문학이 아니라든지, 또는 어른의 시에 견주어 가치가 떨어진다는 말이 될 수 없다. 어린이시는 아이들 생명의 성장을 기록하는 독특한 영역의 문학이 될 수도 있다.

이런 마음과 혼의 성장을 기록하는 참된 '어린이시'란 것이 우리에게는 아직 거의 없는 상태다. 지금까지 우리 어린이들이 쓰고 있었고 지금도 쓰고 있는 동시는 어른들이 쓰고 있는 동시를 흉내 낸 것이요, 거기에는 어린이 자신의 느낌과 생각과 생활이 전혀 없다. 아이들은 어른들의 취미를 만족시켜 주기 위해, 학교교육의 성과를 선전하기 위해 상장과 상품에 낚이어 '재미있는 말 만들어 내기 놀이'를 하여 온 것이다.

동시는 동요스런 발상에서 나온 운문이며, 그것은 동시인의 시 쓰기 방법을 아이들에게 적용한 결과 생겨난 것이라고 앞장에서 말했다. 여기서는 일반 시인들의 시와 시 쓰기 태도를 어설프게 아이들에게 적용한 결과 넋이 빠진 무미건조한 작품이 고운 옷을 입은 인형처럼 전시장에 나타나고 있는 현상을 말해야 할 차례다.

우리는 아이들을 정직하고 순진하게 키워야 한다고 믿는다. 그리고 그러한 길이 아이들에게 시를 가르치는 바른길이라고 생각한다. 그러한데 아이들의 세계를 무시하고 한갓 말재주와 잔꾀로 약삭빠르게 처세하는 아이를 키운다는 것은 교육의 길도 시의 길도 될 수 없다. 아이들의 인간성을 짓밟고, 그들의 창조성 넘치는 정신을 봉쇄하고서 한갓 모방과 새롭고 기이한 것과 손재주만을 장려하여 온갖 거짓스런 풍조를 양성하는 데 동시 교육이라는 것이 한몫하고 있는 형편은 모르는 척 넘어 갈 수 없는 일이라 본다.

작품을 검토해 보자.

전깃줄   윤희두

"지지배배
지금 곧 출발합니다."
전깃줄 타고
건너간다.
제비의 남쪽 나라로
가는 이야기가.
- 어느 학교 고학년부 장원작

아이들이 시 작품을 쓰게 되는 과정은 세 단계를 거쳐야 할 것 같다. 첫째 단계는 아이, 곧 생활의 주체가 객체에 부딪치게 되는 사태의 발생이요, 다음 단계는 주체와 객체가 부딪쳤을 때에 일어나는 주체 내부의 발화, 곧 시의 핵이 되는 감동의 발생이요, 셋째 단계가 이 발화의 표현이다. 아이의 시 쓰기에서 이 세 단계는 그 어느 것도 빠질 수 없으며, 또 그 순서도 앞뒤가 결코 바뀔 수 없다.

　그러면 '전깃줄'이라는 작품에서, 첫째, 아이는 무엇을 보았는가? 둘째, 아이는 무엇을 느꼈는가? 셋째, 이 아이는 무엇을 표현하였는가?

　첫째, 아이가 가을날(그 이상 뚜렷한 때와 곳은 알 수 없다) 어느 때 어느 곳에서 전깃줄에 앉아 있는 제비들을 보았다.

　둘째, 그것을 보고 '아, 제비들이 지금 곧 남쪽 나라 고향으로 간다고 전화를 하는구나' 또는 '저 전깃줄에는 제비들이 지금 곧 먼 길을 출발한다는 말이 전화로 건너가는구나' 이렇게 생각하였을까? 느꼈을까? 아니다. 5, 6학년이나 되는 아이가 그런 느낌을 가질 리가 없다. 차라리, '벌써 가을도 깊어졌구나. 오늘 아침에는 조금 쌀쌀한 바람이 불었지. 제비들도 이제 곧 남쪽 나라로 가겠다. 저기 가맣게 산등을 넘어간 전깃줄을 따라 가벼운 날개를 저어 천리만리 떠나가는 꿈을 꾸고 있을까……' 이런 생각을 했다면 당연하다고도 할 수 있다.

　셋째, 이 아이가 아무것도 느낀 것이 없으면서, 또는 무엇을 느끼고 생각한 것이 있어도 실제 느끼고 생각한 그대로를 쓰지 않고 엉뚱하게 다른 것을 써 놓았다. 그러니 이 아이는 아이들이 시를 쓰는 과정에서 마땅히 거쳐야 할 둘째 단계가 없이 셋째 단계로 비약한 것이다. 이것은 어린이시라고 할 수 없다.

　그렇다면, 이 아이는 왜 이런 것을 썼는가?

　실제 생활에서 얻은 느낌은 '동시'가 될 수 없다고 생각한 것이다. 그런 감동은 뭔가 쓰기가 어설프고, 잡아내기가 힘들고, 또는 곱지 못하고, 무엇보다도 '재미'가 없어서 조금도 '동시' 같지 않다. 그래서 평소 교실에서 배우고 책에서 많이 보아 온 동시의 유희 세계에 들어가 재미있고 그럴싸한 생각을 머리로 만들어 낸 것이다. 아니, 이 아이는 이런 재미스런 이야기를 만들고 재치 있는 말재주를 부리는 일밖에 모르고 있는 것이다. 교사에게 칭찬을 받고, 또는 신문 잡지에 이름을 내기 위해 이런 작품을 쓰는 재주밖에 익힌 것이 없는 것이다. 시라고 하는 감동의 세계가 있다는 것을 모르고 있는 것이다.

그런데 이 아이가 생각해 낸 재미스러운 착상, 제비가 전깃줄로 통화를 한다는 생각은 6학년 아이로서는 실생활에서 얻은 감동이 될 수 없지만, 훨씬 더 나이가 어린 아이들이라면 가질는지 모른다. 이 아이가 어린아이의 세계로 되돌아가서 이런 생각을 한 결과로 만든 이 작품은 바로 동요스런 발상으로서 앞 장에서 말해야 할 것이나, 여기에는 또 한 가지 넘어갈 수 없는 기교의 자취가 있는 것이다. 그리고 사실 이 작품에서 받는 인상이라는 것이 동요스런 재롱보다 뭔가 '만들어졌구나!' 하는 느낌이 강하다.

이 작품의 기교란 물론 생략과 도치 같은 것인데, 이 아이가 이런 말의 표현 훈련을 실제로 어느 정도 받았는지 모르지만, 적어도 여기에는 그런 기교가 나타나고 있다. 그리고 이런 생략과 도치는 이 작품에서 효과 있게 나타나 있기도 하다. 그래서 이 작품을 대할 때, 잘 다듬어 만들어졌구나, 하는 느낌이 나는 것이다. 잘 다듬어졌다는 느낌, 잘 만들어졌다는 느낌은 시 작품의 평가 척도와는 관계없는 것이다. 아니, 오히려 그런 느낌은 그 작품이 시에서 멀어진 자리에 있다는 증거가 되기도 한다. 감동은 없이 기교만 두드러지게 보이는 시는 시가 될 수 없다. 그리고 어린이시에서 감동은 기발한 착상이나 언어를 선택하고 배치하는 기술에서 오는 것이 아니라, 어디까지나 소박하게 표현된 생활과 관련해서 오는 것이다.

어떤 이는 이런 작품을 평하여 간결하다느니, 잘 짜여 있다느니 할는지 모른다. 그러나 이런 비평 태도는 시인의 작품을 대하는 것과 똑같은 각도로 어린이의 작품을 보려는 것으로 아주 해롭다. 아이들은 언어만으로 감동을 만들어 내는 것이 아니고, 만들어 낼 수도 없고, 만들어 내어서도 안 된다.

결국 시를 쓸 때 거쳐야 할 두 번째 과정 없이 작품을 쓸 경우에는 어떠한 기교를 부려도 그것은 거짓 표현이 되는 것이고, 생명 없는 조화가 되는 수밖에 없다는 것은 적어도 아이들이 시를 쓸 때에는 움직일 수 없는 원칙이 되어야 한다.

김장감　정신혜 초 5학년

늦가을을 만진다.
김장감을 만진다.

걱정도 담긴다.
김장 걱정도 담긴다.

김장감을 만진다.

우리 엄마 걱정을 만진다.

- 어린이 신춘문예 당선작

이 작품에는 동요스런 발상이라는 것이 거의 없다. 그러면 생활 감동의 체험은 어떤가? 그런 것도 거의 느낄 수 없다. 이 것은 순전히 낱말 두세 개를 조합하여 만든 것이라고밖에 생 각되지 않는다. 술어는 "만진다"와 "담긴다" 둘이다. 주어는 거의 생략되어 있고, 목적어만 "늦가을" "김장감" "걱정" 세 가지를 쓰고 있다. 술어 두 개와 목적어 세 개를 가지고 이리 저리 맞추고 바꾸고 해 놓았다. 거기서 "늦가을을 만진다" "걱 정도 담긴다" "걱정을 만진다"라는 재미스러운 말이 나온다. 이것뿐이다. 두 줄씩 세 연으로 되어 있는데, 첫 연과 셋째 연 의 술어는 "만진다"로 되어 있고, 둘째 연은 "담긴다"로 되어 있다. 비슷한 내용의 말을 여섯 번 되풀이해 놓고, 그것을 세 연으로 구분해 놓은 것도 필연성이 느껴지지 않는다. "늦가을 을 만진다" "걱정을 만진다"고 한 재치 있는 말솜씨가 있을 뿐 이다. 그러나 이런 모방 언어의 공작 기교는 일부에 국한된 말 이 주는 재미밖에는 아무런 감동을 불러일으키지 못하고 있 다. 재미스런 말, 시의 형태를 갖추려고 억지로 조립한 말을 나 열한 것이라고밖에 볼 수 없다.

그래도 5학년 아이가 쓴 것이니 이만하면 잘된 작품이 아닌 가? 그러나 이것은 5학년이 아니라 3학년이나 1학년이 썼다고 해도 안 된다. 여기 쓰인 말들은 5학년 아이의 생활 용어가 아니다. 적어도 이 작품으로 볼 때 이 아이의 용어로는 되어 있지 않다. 그러니 3학년이나 1학년의 말은 더구나 될 수 없다. 아이 자신의 감동을 표현할 때 쓰는, 아이의 숨소리가 느껴지는 말이 아니고, 어른의 머릿속에서나 생겨날 기발한 조어 같은 것이나, 또는 죽어 버린 낱말 몇 개로 감동을 조립하려고 하는 것은 어림도 없는 짓이다.

현상 모집이나 백일장에 당선되기 위해 얼마나 많은 아이들이 이런 괴상하고 기이한 수공품을 제작하는 데 동원되고 있는가를 또 한 번 생각해 볼 필요가 있다.

동요가 이름만 동시로 바뀌었다 뿐이지 실은 동요스런 발상에서 한 걸음도 벗어나지 못한 채 10여 년을 지나는 동안 사회는 바뀌었고, 이제 낡은 동심의 표현만으로는 상품의 가치를 충분히 발휘하지 못하게 되었다. 그래서 근년에 와서 신문이나 잡지의 어린이 작품란을 보면 더러 '시'라고 표제를 붙여 놓기도 하였다. 그러나 물론 거기 실린 것은 동시 그대로다. 그리고 이런 이름만의 시 아닌 시 가운데는 지나치게 어른스런 손재주를 부려서 만든 작품이 가끔 나오는데, 이것이 종전의 동요 같은 작품과는 좀 다른 느낌을 주게 되어, 시와 교육의 겉만 핥고 있는 사람들에게 '뭔가 시 같다'는 느낌을 주게 되는 것 같다.

'뭔가 시 같다'는 것은 말의 재미스런 세공이나 조합의 수공에서 오는 어리둥절한 느낌으로서, 그것은 어른의 난해시가 주는 느낌과도 비슷할는지 모른다. 그래서 "시인의 시가 어려워지듯이 아이들의 시도 조금은 어려워지는 것이 이상한 현상이 아니다"고 변명하면서 그런 수공 기술을 가르치는 것을 정말 시를 가르치는 것으로 착각하고, 그리하여 천박한 어떤 계층의 수요에 응해 신기한 상품을 제조 공급함으로써 입신양명의 길을 가고 있는 것으로 보인다.

우리 나라의 어린이 작문 교육은 여전히 백일장과 현상 모집 작품을 가려 뽑은 평자의 식견으로 좌우되고 있다. 교육이 상업주의에서 실제로 벗어나는 것은 아직도 요원한 장래에나 기대할 것인지?

이제 신문 잡지 작품 평자들의 작품에 대한 견해를 소개해 본다.

담쟁이덩굴 박금선 강원 속초 속초초 6학년

담쟁이덩굴이
바알발 떨면서,
이 층 교실로
조금씩 조금씩
기어 올라간다.
한 발만 더 기어
올라가면
환한 우리 교실. (1965.)

《소년조선일보 문예상 작품집 제1집》에는 산문과 함께 동시 80편이 실려 있는데, 나는 그 가운데 이 작품이 단 하나 시로서 잘된 작품이라고 본다. 무엇보다도 이 작품에는 동요스런 발상이라는 것이 전혀 없다. 마치 "담쟁이덩굴이/ 바알발 떨면서" 한 발씩 기어 올라가듯이, 그야말로 제 힘껏 온몸으로 보고 느끼고 쓴 시다. "환한 우리 교실"이라는 말도 담쟁이덩굴이란 그 생명 속에 완전히 하나가 된 글쓴이의 가슴에서 저절로 터져 나온 말이다.

이 작품은 표현 면에서 어느 정도 실제로 교사가 지도했는지 나로서는 알 수 없다. 체언으로 끝난 말 같은 것으로 보아 작품을 어느 정도 써 본 아이인 것 같다. 그러나 조금도 그런 표현의 기술 같은 것이 어설프게 나타나지 않고 있으며, 기술이 있었다고 해도 그것은 감동을 조금도 손상하지 않고 있다.

나는 어린이 시 지도에서 기교를 극력 배척하여 왔다. 그러나 이것은 어린이시에서 기술 면의 지도가 전혀 필요 없다든지, 있어서는 안 된다는 의도가 아니다. 5, 6학년이 되거나, 시를 많이 써 온 아이에게는 감동의 중심을 파악하는 문제라든지, 줄이나 연을 나누는 문제라든지, 불필요한 접속사나 토의 생략이라든지 하는 것을 어느 정도 지도할 수 있다. 그런 지도는 원초에 지녔던 감동을 정직하고 효과 있게 표현할 수 있기 때문이다. 내가 배제하려고 하는 것은 이런 생활 감동을 효과 있게 파악하고 표현하는 기술이 아니라, 생활을 외면하고 감동이 없으면서도 기교만으로 작품(감동)을 만들어 내려고 하고 있는 현재의 그릇된 동시 제조의 방법과 태도다.

아니, 어쩌면 이 작품은 전혀 기교나 기술 같은 것이 개입되지 않았는지도 모른다. 나는 전혀 동시 지도를 받지 않은 아이에게서 가끔 이런 아름다운 작품을 얻은 경험이 있기 때문이다.

어쨌든 이 작품은 동요·동시 단계를 벗어난 훌륭한 시다. 그런데 이 작품 다음에 쓰여 있는 평자(윤석중—편집자)의 의견이 이러하다.

'담쟁이덩굴'은 맨 끝에 가서 "환한 우리 교실"의 "환한"만 빠졌더라면 입선감이 못 되었을 것인데, "환한" 한 마디로 가뭄에 소나기처럼 작품에 생기가 들었다.

이 평자는 어린이의 시 작품을 오직 언어의 기교에서 나오는 산물이라고 보는 것 같고, 그런 언어의 형식 면에서 작품을 평하고 있는 것이다. 그러나 앞에서도 말한 바와 같이 "환한"이 말은 이 아이의 온몸에서 터져 나온 말이다. 그리고 이 말은 갑자기 "가뭄에 소나기처럼" 나타난 것이 아니고, "담쟁이덩굴이/ 바알발" 기어오른 끝에 반드시 터져 나오게 된 말이다. 또한 "환한"이라는 한 마디 때문에 "가뭄에 소나기처럼 작품에 생기가 들었다"고 하는 것도 당치 않은 말이다. 그것은 그 밖의 다른 말은 모두 아무런 느낌도 주지 못하는 "가뭄"의 말로 보는 것이요, "담쟁이덩굴이/ 바알발 떨면서,/ 이 층 교실로/ 조금씩 조금씩/ 기어 올라간다./ 한 발만 더 기어/ 올라가면" 이러한 "환한 우리 교실"이라는 말을 토하기까지 이 아이가 기울인 혼신의 노력과 마음의 긴장 상태를 전혀 가치 없는 것으로 무시해 버리는 태도다. 어린이시에 대한 이러한 무지는 아이들의 가슴에서 저절로 터져 나온 말, 생활의 현장에서 감동으로 얻어진 말을 동시라는 수공품을 만들기 위해 머리로 선택 고안해 낸 말이라고 보기 때문이다. 다시 말하면 시를 동시로 잘못 보기 때문이다.

"'환한'만 빠졌더라면 입선감이 못 되었을 것인데, '환한' 한 마디로……" 이런 평을 읽게 되는 아이들이 작품을 어떤 눈으로 보게 되겠는가? 감동의 산물로 보지 않고 기교의 결과로 보게 될 것이 뻔하다. 그리하여 생활을 바라보고 그 속에서 시를 찾는 태도와는 전혀 다른 태도—손끝으로 그 무엇을 만들어 내려고만 하는 태도를 배울 것이다.

말의 잔재주나 작품의 결과보다 늘 말을 낳게 되는 그 원천과 시를 쓰는 태도를 바로잡는 교육의 평가가 있어야 한다. 그래서 이 작품 평의 경우, "입선감이 못 되었을 것"이니 하는 경솔하고 불합리한 상품 평가식 태도도 그러하고, "가뭄에 소나기처럼" 이러저러한 말도 부당한 소리지만, "환한 우리 교실"이라는 말에 대해서도 그것을 단순한 말로 처리하지 말고 "담쟁이가 애써 한 발씩 바알발 기어 올라가는 모습과 그 마음이 '한 발만 더 기어/ 올라가면/ 환한 우리 교실'이라는 말에 참 잘 나타났습니다. 담쟁이를 자기와는 아무 상관도 없는 풀

한 포기로서 그 겉모양만 바라보는 태도에서는 시를 느낄 수 없습니다. 풀이든 돌멩이 하나든 사랑의 눈으로 보지 않으면 시가 생겨나지 않습니다. 글쓴이는 완전히 담쟁이가 되어 함께 이 층 교실로 기어 올라가는 마음으로 바라보았기에 이런 감동의 말이 절로 가슴에서 터져 나왔을 것입니다. 참 잘 보고 느낀 것을 잘 잡았습니다" 이런 태도로 평해 주어야 한다고 생각한다.

유리창 남학생 초 5학년

말끔히 닦아 논
유리창으로
가을 하늘을 바라보았다.
가을 하늘도
내 손으로
닦은 것 같다.

이것은 어느 잡지에 실려 있는 작품이다. 신문 잡지에 실려 있는 작품이 대부분 시 이전의 동요스런 발상이 아니면 어른스런 몸짓이나 모방을 한 동시인데 이 작품은 감동의 소박한 표현이라는 점에서 드물게 보는 작품이다.

말끔히 닦아 놓은 유리창으로 가을 하늘을 바라보는 그 순간에 느낀 것을 "가을 하늘도/ 내 손으로/ 닦은 것 같다"고 했다. 이 말은 1행에 나타나 있듯이 제 손으로 닦아 놓은 유리창을 통해 바라볼 때에 직감으로 잡은 것이지, 결코 가을 하늘의 깨끗함을 표현하려고 책상 앞에서 이것저것 궁리하다 머리로 만들어 낸 것이 아니다. 소박한 감동의 표현이기에 이 작품은 어린이시로서 살아 있는 것이다. 물론 5학년이라고 할 때, 좀 더 깊이 있는 느낌이나 생각이 아쉽다고도 할 수 있지만.

그런데 이 작품에 대한 평자의 해설이랄까 감상이라는 것이 다음과 같다.

소재도 그러려니와, 자연 그것이 곧 한 편의 시로서 익어 떨어진 것 같은 깨끗함을 맛보게 해 준다. 덤비지 않고, 흥분하지 않았으되 잘 가라앉은 그 마음자리에 넌지시 비치는 마음 그림자(심상). 이 차분하고 조용한 관조를 꾸준히 계속해 나가는 동안 그의 세계는 무르익어 가리라.

이것은 확실히 놀라운 설명이다. 이 작품이 만일 시가 되었다면 앞에서도 말한 것처럼 생활 감동의 순박한 표현 때문이지 결코 기교나 명상의 산물이 아니다. 적어도 이 작품 현실에서 볼 때 그러하다.

무릇 자연이나 사회의 사물과 현상을 바라볼 때에 느끼는 아이들의 이런 감동은 아이들 생활에 늘 충만해 있는, 차라리 아이들 자신으로서는 평범한 일상일는지 모른다. 그것은 결코 머리에서 짜내는 손재주도 아니고, 깊은 생각의 산물일 수도 없고, 그들의 자연 발생의 말이요, 탄성이다. 이것이 만일 아이의 명상이나 기교의 결과라고 한다면 나는 이런 작품의 가치를 인정하고 싶지 않다. 그 이유는 명상이든지 기교든지 그런 것은 반드시 어른의 몸짓이기 때문이다. 이 작품을 가려 뽑은 평자는 글쓴이가 아이라는 사실을 잊었거나, 아니면 아이들도 시인이나 노인들처럼 마음의 눈으로 바라보고 마음속으로 생각한 끝에 시를 창조해 내는 줄 알고 있는 것 같다.

아이들 작품에 대한 평자들의 형식 비평이나 제멋대로의 주관이 담긴 평가는 그들의 시와 교육에 대한 몰이해와 불성실에 원인이 있는 것이지만, 한편 상업성에 물든 의식이 드러난 것이기도 하다. 예를 들면 아주 친절하고 권위를 과시하는 듯한 어구의 첨삭 지도 같은 것인데, "○○○란 말은 △△△로 고치는 것이 더 잘 어울립니다" 같은 것들이다. 이런 지도는 거의 예외 없이 아이들의 생활을 짓밟아 버리는 결과를 가져온다. 그리하여 이들은 동시를 지양하여 참된 시가 싹트도록 도와주는 것이 아니라 시의 탄생을 방해하고 있고, 아이들의 가슴에서 터져 나오는 '인간의 소리'를 봉쇄하는 일에 가담하고 있는 것이다.

시와
인간의 길

우리는 아이들이 시인이 되기를 바라고 있는가? 시를 쓰는 직업인이 되기를 원하고 있는가? 아니다. 우리는 마음이 정직하고 행동이 순진하고, 용감하고, 인간성이 풍부하고, 개성이 뚜렷한 창조성 넘치는 사람을 원하고 있는 것이다. 비 개인 하늘을 바라보았을 때 그 아름다움에 놀랄 줄 아는 사람, 발에 밟힌 곤충 한 마리에 마음 아파하고, 소아마비 거지 아이를 보고 비웃고 놀리고 돌질을 하는 것이 아니라 마음속으로 눈물을 흘리고, 불행한 사람이 있는 까닭을 알고 싶어 하는 사람—괴로운 일을 하면서도 그냥 괴로워만 하는 것이 아니라 자기 자신과 부모 형제와 남들과 맺은 관계에서 그 무엇을 생각하는 사람, 그리하여 생활을 창조해 가는 사람, 이런 인간이 되기를 원하는 것이다. 시를 만드는 장인바치가 아니라 시를 생활에서 찾고 느끼고 생각하고 행동하는, 시를 온몸으로 호흡하는 사람—시적인 생활을 하는 사람을 원하는 것이다. 이러한 시적 생활인이라는 것은 이른바 시인이 아니다. 더구나 언어의 기교(메커니즘) 속에서 행동과 생활이 마비되고 있는 현대의 많은 시인들을 두고 생각할 때, 이것은 우리가 바라는 인간상과는 너무나 거리가 멀다는 것을 느낀다.

우리가 아이들에게 시를 쓰게 하는 것은 작품을 얻는 것이 목적이 아니다. 작품을 쓴다는 것은 시적 생활—시적인 진실을 탐구하는 생활을 몸에 붙이기 위한 방법이다. 작품을 쓰는 과정—시를 찾고, 시를 느끼고, 생각하고, 표현하고……. 그러나 작품을 쓰고 나면 그것이 끝이 될 수 없다. 거기서 다시 시적 출발을 하여 끝없이 새로워지고 앞으로 나아가는 자세를 가지는……, 이것이 시적 생활이요, 이런 생활 태도를 몸에 붙이는 것이 시 교육이다. 그러니 어린이가 쓴 시 작품은 이런 끝없이 새로워지고 나아가는 길에서 보여 주는 한 개체(한 우주)가 가진 생명의 한 표정으로서 이해될 수 있다. 시를 만드는 재주가 아니라 시적 진실을 몸에 붙이고 살아가는 창조성 넘치는 인간 교육, 이것은 가장 근원이고 중핵이고 전위고 종합이고 예술인, 바로 시 교육인 것이다.

그러면 지금까지 우리 나라 아이들이 써 온 동요·동시는 어떤 것이었던가? 불행하게도 그것은 시라 할 수 없다. 시라 일컫기에는 너무나 서로 다른 것이다. 그리고 이 동요·동시를 꾸며 내는 손재주를 익히는 것을 교육이라고 하기에는 너무나 교육 아닌 요소들이 그 과정에서 작용하고 있다.

동요·동시가 어린이의 시가 되지 못하는 이유는 무엇보다도 거기 살아 있는 어린이의 세계가 없기 때문이다. 어린이가 쓰는 작품에 어린이의 생활이 없다는 것은 참으로 괴이한 일이다. 그리고 어린이가 쓴 운문이 동시인들의 문학작품과 완전히 같은 범주에 속해 있었다는 것은 이론의 여지가 없다.

어린이가 어른의 문학작품과 같은 동시를 써 왔다는 것은 어린이만이 가진, 그 자체만의 시가 없었다는 것이 된다. 어린이의 개성과 심리와 그 성장 과정이 무시되고 어른의 세계를 모방하고 시인의 시 쓰기를 흉내 내는 곳에 어린이시가 탄생할 수 없다. 어른의 세계와 그 정체된 세계만을 익히고 모방해야 했던 어린이들은 그들만이 가진 창조의 세계를 완전히 잃어버렸다. 동시인들이 어린이의 세계라고 짐작하고서 즐겨 매만지고 좋아하던 동심이라는 관념의 세계를 어린이들이—어린이들이 눈앞의 생생한 감동의 세계에는 눈을 가리고 어른들이 조작한 안개 속에 가린 죽은 세계를—모방했을 때, 그것은 극히 치졸한 어린아이의 재롱 같은 것이 되었고, 시인들은 또 아이들의 이런 유치한 흉내가 단지 유치하고 귀엽다는 이유로 찬양하여 왔다. 그러다가 이런 동요의 세계에서 벗어난다는 것이 이번에는 어른들의 시 쓰기를 모방한 기교—감동이 증발해 버린 공허한 말의 희롱이었다. 이리하여 어린이들은 그들의 현실을 외면하는 습성이 길들여지고, 그들의 감성과 지성은 퇴화되고 왜곡되었다.

그러면 도대체 이토록 타락한 어린이문화 현상의 근본 원인은 어디에 있었던가. 국토의 양단, 참담한 국내전, 남북의 대립과 정치 경제의 불안정……, 한마디로 우리의 역사와 사회의 특수한 조건이 이런 병든 문화 현상을 가져오게 한 것이다. 그러나, 그렇다고 우리들에게 책임이 없을 수 없다. 환경이 인간을 만들어 내겠지만 인간은 또 그 환경을 개조할 수 있는 존재다.

병든 문화의 원인을 따지기로 한다.

첫째, 무엇보다도 교육이 그 주체성을 상실한 까닭이다.

이 주체성의 상실은 교사들의 교육에 대한 자각 부족과 사회의 여건, 교육행정의 통제 같은 데 원인이 있다. 얼마 되지 않은 우리 학교교육의 역사는 교사들이 교육목표를 세우고 방법을 수립할 만큼 성장할 여유를 주지 않았다. 그리고 이런 교사의 성장은 국토가 양단되고 전란을 치러야 했던 혼란의 역사에서 진실을 찾아 괴로워하는 일보다 남의 것을 쉽게 모방하여 전시 효과를 노리는 상품 선전식 교육 풍조로 말미암아 억제되고, 다시 중앙집권의 강력한 통제 행정으로 봉쇄되었다. 글짓기 교육이 백일장이나 현상 모집 행사를 위해 영위되고, 어린이 작품이 내용 없는 교육 선전의 편리한 수단으로 존중되고 장려되는 경향은 교사들이 입신의 방법으로 동시 지도에 관심을 갖는 일과 궤도를 같이하고 있다.

다음은 문학의 타락을 들 수 있다.

우리의 어린이문학은 문학으로서 어린이를 진실의 세계로 이끌어 가야 할 그 본래의 사명을 망각하고 도리어 아이들의 안이한 세계에 깊이 빠져, 그 유치한 표정을 흉내 냄으로써 어린이의 인간성을 신장시키기는커녕 어린이를 한갓 장난감이나 놀림감으로 삼았으니, 이것은 도피의 세계에서 안일을 일삼은 문학의 타락이라 아니 할 수 없다. 우리 어린이들은 이런 타락한 문학으로 자라났을뿐더러, 한 걸음 더 나아가 그 타락한 문학을 만들어 내는 창작 행위까지 억지로 흉내 내야 했으니, 이것은 참으로 전도된 현상이요, 이 모든 책임이 문학인에게 있는 것이다.

그러면 앞으로 동시는 어떻게 될 것인가?

어린이들이 써 온 동요와 동시―태양 없는 음습한 땅에서 피어나던, 향기도 맛도 없는 버섯과도 같은 이 가짜 식물은 어차피 가까운 장래에 사라져야 할 운명에 있다. 그것은 역사 과도기의 한 전시장에 진열된 품목의 차례에서나 발견되어야 할 것이다. 그리고 이에 대신해서 참으로 생기에 가득 찬 어린이의 세계가 생동하는 그들의 언어로 표현되는 진정한 어린이시가 등장할 것이다. 그것은 마땅히 제자리에 놓여야 할 것이 놓이고, 바람에 날려 가야 할 것이 날려 가게 된 때가 왔기 때문이다.

동요와 동시―그것은 거의 시로서 발전할 수 없다. 새로 탄생되는 우리 어린이시가 지금까지 써 오던 동요·동시에서 이어받을 것은 아무것도 없기 때문이다. 계승과 발전이 아니라 단절과 출발이 있을 뿐이다. 적어도 그런 각오와 태도 없이는 이 노쇠한 동시의 고목에서 새로운 어린이시를 접목할 수는 없으리라.

어린이에게 어린이의 시를 찾아 주자. 그들의 생활과 개성과 느낌과 사고와 언어를 찾아 주자. 어린이가 시인의 흉내를 내는 원숭이의 상태에서 벗어나 참된 인간다운 삶을 되찾도록 길을 열어 주자. 시와 인간의 길을!

2장
:

어린이시의
이해

어린이시의
이해

어린이시는 어린이가 쓰는 시다. 그것은 어른이 쓰는 시나 어른이 어린이를 위해 쓰는 동시와는 그 쓰는 과정과 표현이 다르다. 쓰는 주체가 앞은 어른이고 뒤는 어린이이기 때문이다. 어린이 시 교육은 이 엄연한 사실 위에서 이뤄져야 한다.

어린이가 어른과 다른 점이 무엇인가? 귀여운 재롱을 부린다는 것인가? 어린이가 어른과 다른 것은 동심을 가졌기 때문이라고 생각하는 이들이 있었다. 이 동심이라는 것은 어떤 동시인들의 머릿속에서 만들어진 것이었다. 그래서 지금까지 아이들이 써 온 동시라는 것은 어른들이 쓰는 동시와 이름 그대로 완전히 같은 범주의 것이었다. 아이들은 시인의 시 쓰기 과정을 본받아 동시인의 작품을 흉내 내어 '재미'와 '재롱'을 찾아다니면 되었다. 그 결과 빈말만 꾸며 맞추는 말장난이 널리 퍼지고, 생활에서 등을 돌린 정신은 왜곡된 꿈속의 세계를 벗어날 수 없었다.

어린이가 어찌 유치하고 재미스런 인형으로서 진열장에 장식되는 완상물일 수 있겠는가? 그들이 어찌 시인들같이 가만히 앉아 꿈만 꾸고 있는 존재이겠는가? 그들도 어른들과 다름없이 오염된 사회 환경 속에서 숨 쉬며 살아가는 인간이다. 어른들의 눈을 즐겁게 하기 위해 진열된 인형이 아니라, 그들은 나날이 시시각각으로 성장하고 있는 것이다! 얌전하게 표준말을 쓰고 있는 것이 아니라, 사투리로 지껄이고 있는 것이다. 고운 꽃구두를 신고 다니는 것이 아니라, 대부분 검정 고무신을 신고 다니는 것이다.

이런 아이들의 신체와 정신과 환경과 생활의 특성 위에서 쓰는 어린이시가 어른이 쓰는 시나 동시와 다른 모습으로 나타나는 것은 필연이다. 여기 어린이시에 나타나는 몇 가지 뚜렷한 특징을 들어 보려고 한다.

생활 감동이 솔직 소박하게 나타나는 시

어린이시는 아이들의 생명이 넘치는 생활 감동을 소박 솔직하게 나타낸 시다. 시인의 시는 기교로 만들어지지만, 아이들의 시는 생활 감동으로 쓰인다. 시인의 시는 머리로 짜는 것이지만, 아이들의 시는 온몸으로 토해 내듯이 쓰는 것이다. 아이들의 생활에는 살아 있는 감동이 충만해 있어서 그것을 그대로 잘 표현하면 된다. 이 '잘'이라는 것은 이른바 기교가 아니다. 감동을 가장 소박 솔직하게 나타내는 방법이다. 설령 기교가 필요하다고 하더라도 아이들은 이 기교로써 시를 만들 수 없다. 아이의 생활과 심리와 언어가 기교로써 시를 창작할 수 없게 되어 있는 것이다. 필요도 없는 기교를 강조할 경우 아이들은 시를 못 쓰게 되고, 대신 시 비슷한 것, 내용 없는 시의 형식 같은 것을 만들어 낸다. 이것이 지금까지 우리 나라 아이들이 써 온 동시였고, 이 동시 제조의 기교는 아이들의 언어와 생활과 생명이 짓밟힘으로써 이루어졌던 것으로, 교육이라 할 수 없다.

우리는 아이들의 순진 소박한 마음과 생활을 그대로 뻗어 나가게 해 주고 싶다. 그리고 이것이 바로 시 교육의 길이 되어야 한다고 믿는다.

버들강아지   이수자 경북 안동 대곡분교 2학년

태기야. 을자야. 성순아. 마구 날 보래.

버들강아지 먹어 보래. 안 씨워. 먹어 보래.

을자야. 니는 씨와?

나는 썹다.

경자야. 니는 안 씨와?

경자는 맛 좋다 한다. (1970. 3. 28.)

＊마구: 모두.   ＊보래: 봐.

＊안 씨워: 안 써. 안 쓰다.   ＊니: 너.

＊씨와?: 씨냐? 쓰나? 쓰니?   ＊썹다: 씨다. 쓰다.

눈물 남경자 경북 안동 대곡분교 3학년

아침을 먹다가
동생이 날 보고 머라 해서
눈물이 나온다.
어머니가
"눈물도 썩어 빠졌다.
고마 눈을 콱 쑤셔 불라"
하니 할머니가
"눈을 쑤시면 눈물이
더 나오라고?" 하신다.
나는 눈물이 썩어 빠졌다. (1969. 9. 30.)
＊머라 해서: 뭐라 해서. 무슨 말을 해서.
＊쑤셔 불라: 쑤셔 버릴까.

떡가래 주형철 경북 상주 청리초 3학년

우리는
쌀이 없어서
떡을 안 뺐다.
나는
영도네 떡이
김이 솔솔 나는 기

울고 싶다.

우리가 부자가 되었으면

하는 생각이 난다.

내 마음엔 내가

떡가래를 막 먹는 같다. (1964. 2. 12.)

　여기에는 현상 모집 당선 작품이나 신문 잡지에 발표된 이른바 모범 작품들의 영향이 전혀 보이지 않음을 알 것이다. 그리고 가만히 앉아서 머리로 생각해 낼 수 없는 것, 기교라는 것이 필요 없는 세계임을 알 것이다. 손끝으로 만든 것이 아니라 온몸으로 썼다는 것을 알게 된다. 현실 속에서 살아가는 아이들의 싱싱한 숨소리가 들리는 듯하고, 그들의 생동하는 모습이 마치 꿈틀거리는 물고기처럼 느껴지는 것을 깨달을 수 있다. 지금까지 써 온 '동시'가 아이들이 어른들의 그림이나 교과서의 그림을 모방하여 그린 그림 같은 것이라고 한다면, 이러한 어린이시는 서투른 선과 형태지만 진정 제 마음으로 그린 창조품으로, 싱싱하게 살아 있는 색채 속에 제 모습을 약동시킨 어린이 그림이라고 할 것이다.

　생활 속에 시가 넘치고 있는데 무엇 때문에 책상에 엎드려 시의 모조품을 만들기에 고심하겠는가? 아이들은 시인이라는 것을 이런 점에서 확신해도 좋을 것이다.

　모든 어린이가 쓰는 시

어린이시는 모든 어린이들이 쓴다. 학습이나 지능 발달이 더딘 아이들도 쓴다. 마치 정신 발달이 더딘 아이들이 놀라운 그림을 그리는 것과 같이.

글자만 알면 모든 어린이들이 시를 쓸 수 있다는 것이 내 경험에서 얻은 결론이다. 모든 어린이들이 시로 희로애락을 표현하는 즐거움을 누릴 수 있고, 시로 온갖 욕망과 공상, 실망과 낙담, 느낌과 사고를 표현할 수 있다. 그리하여 어린이시는 아이들의 개성을 신장시키고, 사물의 인식을 돕고, 감성과 이성의 발달을 촉구하고, 집단과 연대감을 깊게 하며, 우리 말에 대한 자각을 갖게 하고, 현실에서 받은 상처를 치유하게도 하며, 참으로 많은 교육의 의의를 갖는다. 이렇듯 훌륭한 교육 수단이 거의 모든 교사들에게 잊혀 있고, 또는 그 방법이 왜곡되어 있다는 것은 유감스러운 일이다. 다음에 참고로 학력이 가장 낮은 쪽에 드는 아이들의 작품을 몇 편 들어 본다. 작품들은 맞춤법과 구두점만 바로잡아 놓았다.

미루나무　정충수 경북 상주 청리초 4학년

미루나무는 키가 커서
보기가 좋다.
밑에는 굵다. 신체가 좋다. (1964. 4. 20.)

자두　정명옥 경북 상주 청리초 4학년

과수원에 있는 자두

빨간 자두

내 입에 들어가는 것 같다. (1964. 6. 22.)

*자두: 자도. 오얏. 외추.

꽃밭 정봉자 경북 상주 청리초 3학년

꽃밭에만 가면

코스모스가 환하게

피어 있다.

꽃밭에만 가면

코스모스가 환하게

피어 있다. (1963. 10. 12.)

버드나무 김태복 경북 안동 대곡분교 3학년

버드나무야,

어서 물이 올라라.

나는 피리 불고 싶다.

학교 공부 마치고

집으로 돌아갈 때

나는 심심하면

피리 하나 분다. (1970. 2.)

고기 홍성호 경북 안동 대곡분교 2학년

고기가
헤엄을 치고 논다.
나는 헤엄을 못 친다.
고기는 헤엄을 잘 친다.
나는 암만 해도 못 친다. (1969. 5. 2.)

어린이와 함께 성장하는 시

어린이시는 아이들 심신의 발달과 함께 성장한다. 지금까지 아이들이 동시인들의 흉내를 내어 써 오던 동시에서 성장이라는 것은 있을 수 없었다. 만약 무슨 변화라는 것이 있었다면 늘어난 말재주와 잔꾀 부리는 기술이었다. 일곱 살 어린아이도 열두 살 되는 아이도 마흔 살 어른도 똑같은 세계, 동심이라는 고정된 세계였다.

그런데 어른들은 대체로 일정한 세계관과 사상으로 살아가지만 아이들은 그 심신이 하루하루 성장하고 변화한다. 이런 아이들을 굳어 버린 어른 중심의 관념 세계에 가두어 놓고 동시 짓기를 가르친다는 것은 그 정신의 성장을 억압하는 일로서, 참으로 이치에 맞지 않고 교육과 먼 짓이다. 이리하여 얼마나 많은 아이들이 비참한 훈련을 받아 왔던가? 어린 생명들을 위축 말살시키는 이 거짓놀음의 동시 교육이라는 것은, 겉치레와 선전만을 능사로 하는 입신출세주의 교육의 한 표본으로서, 그것은 수험 준비를 위해 조각 지식을 암기하는 것보다 더한 해독을 아이들에게 주는, 교육의 공해 지대가 되어 있는 것이다.

여기 자료는 충분하지 못하나, 한 아이의 시와 생활이 발달하여 간 자취를 따라가 보기로 한다.

까치 남경삼 경북 상주 청리초 2학년

소나무에서
까치가 웁니다.
꼬랑대기에서
똥이
찔끔
나옵니다.
까치는 까까
합니다.
그래
날아갔습니다.
어데서
비행기 소리가
윙 하고 날아갑니다.
지금도
날아가는 소리가

납니다. (1962. 10. 25.)

이것은 2학년의 처음 시작하는 수준에 있는 사생시다. 시를 지도하는 첫 단계에서 흔히 취하는 한 방법이다.

눈 남경삼 경북 상주 청리초 3학년

쉴 시간에 변소 갈 때
저쪽 감나무에 눈이 맞는다.
감나무 높은 까치집에
눈이 퍽퍽 쏟아진다.
까치는 어데 갔는지 안 보인다.
까치가 눈이 와서 좋아서
놀러 갔는가 비다.
까치 새끼 놓았다 하면
서글퍼 못 견디겠네. (1964. 2. 6.)
 * 갔는가 비다: 갔는가 보다.   * 놓았다: 낳았다.

사생시에서 감상 이입이 보인다. 같은 까치를 보는 눈이 2학년의 그것보다 깊어진 것을 알 수 있을 것이다. 어미의 '~ㅂ니다' 높임말씨는 이 시기에 와서 예사말씨로 옮겨 간다.
만일 사생시로 시 지도를 시작했을 경우에 어느 때까지나 이런 경물 사생에만 의존한다면 곧 아이들의 작품은 바라지도 않은 타성에 빠지게 된다는 사실을, 웬만큼 시 지도를 한 사람이라면 다 체험하게 된다. 이것은 어린이시에서도 감각의 훈련이 이롭지 않은 것은 아니지만 그것이 결코 시의 전부가 될 수 없다는 것을 의미하는 것이며, 또한 이것은 아이의 생활이 감각 언어의 유희 상태에 머물러 있을 수 없도록 성장하여 간다는 것을 말해 주는 것이다. 생활이 성장하면 시도 성장해야 한다. 지성이 발달함에 따라 폭넓고 다양하고 움직이는 정신을 표현할 수 있는 생활시, 행동시로 지향하여야 할 것이다.

그러나 이 아이는 이런 생활 행동시를 쓰지 못한 것 같다. 너무 여성스런 성격이어서, 제 마음속으로만 파고들어 간 것이다.

1학년 아이들 남경삼 경북 상주 청리초 4학년

선생님이 하나 둘 하니
1학년 아이들이 셋 넷 하는 기
참 재미있다.
내가 다시 1학년이 되면 좋은
생각이 난다. (1964. 3. 7.)
＊하는 기: 하는 게. 하는 것이.

가만히 1학년 아이들을 바라보고 귀엽다고 생각하는 마음은 벌써 이만큼 자라났다. "내가 다시 1학년이 되면" 하는 이 마

음은 2학년쯤으로는 가지기 어려울 것이고, 6학년이라면 너무 어릴 것이고, 아무래도 4학년 정도의 마음이 아닌가 싶다.

이 아이는 5학년 때는 시를 쓰지 못하다가 6학년이 되자 다시 쓰기 시작했다. 담임교사의 지도가 아니고, 몇 해 전에 배운 것을 제 혼자 쓰며 즐기게 된 것이다.

버드나무   남경삼 경북 김천 모암초 6학년

새파란 버드나무
언제 눈 떴는지
벌써 잎사귀는
커다랗게 피어 있네.
하루 종일 고개 숙여
땅만 내려다보고
비가 오면 눈물만
뚜닥 뚜닥 흐르네.
새파란 버드나무
꺾어다 피리를 만들면
삐리리 삐리리
소리 나겠지요.
새파란 나무 한 아름
안고 집에 온다면
나의 마음도 새파란

마음이 될 것 같아요. (1966.)

버드나무를 가만히 바라보는 소년의 조용한 마음이 엿보인다. "새파란 나무 한 아름/ 안고 집에 온다면/ 나의 마음도 새파란/ 마음이 될 것 같아요"에서 피어나는 잎과 소년의 마음이 아름다운 생명으로 빛나고 있다.

그러나 피어나던 풀잎과도 같던 이런 마음은 이윽고 사나운 비바람을 맞이한다. 시험 준비 공부라는 지옥의 나날이 온 것이다.

나의 마음   남경삼 경북 김천 모암초 6학년

아, 죽고 싶은 마음
공부도 못하고
중학교는 못 들겠고
집에 있으면
꾸중만 들을 게고
아, 얼른
땅속에 들어가서
잠이나 자나. (1966.)

비뚤어진 교육에 짓밟힌 아이의 신음이다. "아, 얼른/ 땅속에 들어가서/ 잠이나 자나" 누가 이 말을 단지 장난삼아 한 말이라고만 보아 넘길 것인가? 그래서 다음과 같은 작품도 자유를 동경하는 아이의 그 얽매인 몸에서 터져 나오는 한숨으로 들리는 것이다.

제비 남경삼 경북 김천 모암초 6학년

새까만 제비의 날개
푸른 하늘을 마음껏 나는
제비의 날개
아, 높이도 떴구나! (1966. 5.)

푸른 하늘을 마음껏 나는 새까만 제비의 날개를 쳐다보면서, "아, 높이도 떴구나!" 하고 탄성을 올리는 아이의 새까만 눈동자를 흐리게 하는 자 누구인가? 그러나 이 아이의 시는 그 생활과 함께 앞으로도 계속 성장할 것이고, 이렇게 발전하는 시를 쓰는 한 이 아이는 끝까지 그 생활에서 패배하지 않고 스스로를 구원해 나갈 것이라 확신한다.

그런데 여기서 좀 더 부연해 두어야 할 문제가 있는 것 같다. 그것은 앞에서 든 '나의 마음'이라는 시에서, "아, 얼른/ 땅속에 들어가서/ 잠이나 자나"라고 한 것은 이 아이의 패배가 아닌가, 하는 문제다. 다시 말하면 왜 이런 비참한 것을 썼는가? 이런 것을 씀으로써 이 아이는 더욱 비참해지는 것이 아닌가? 이런 시는 비참한 상황을 더욱 강조하여 더 비참한 상태로 떨어뜨리는 결과가 되는 것이 아닌가? 좀 더 이른바 '밝은 것'을 찾아 주어야 하지 않겠는가, 하는 의문이다.

그런데 자살하려고 하는 사람이 있을 때 그 사람이 자기의 심경을 시로 썼다고 해서 그로 인해 자살행위가 더욱 빨라질까? 나는 그렇게 안 본다. 오히려 반대로, 밀폐되었던 심정을 내보임으로써 그런 위기일발의 정신에 변화를 가져와서 자살을 멈추게 되고, 다시 생활과 대결해 나가는 자세를 취하게 되는 수가 있을 것 같다. 한편 자살이라도 할 것 같은 상태에 놓여 있는 사람에게 그의 처지를 변명하거나 마음의 정황을 해명하려는 행동을 봉쇄해 버린다면 오히려 자살이라는 행위를 다그쳐 빨리 나아가도록 하게 되지 않을까? 가령 빈궁의 극에 놓여 있는 사람들에게 (이런 사람이 자살을 택하는 경우를 우리는 신문 보도로서도 많이 알고 있다) 자기의 가난한 처지를 남들에게 호소하도록 해 주지 않고 오히려 화려하게 살아가는 사람들의 생활이나 보여 준다면 어찌 되겠는가? 그리하면 정말 자살을 감행할 사람이 많이 나오지 않겠는가?

역경에 빠진 사람에게는 그 고통스런 현실을 잊어버리도록 하기 위해 그들이 도달할 가능성이 없는 행복한 꿈을 보여 주는 것이 옳다는 말은 결코 고난 속에서 살아가는 사람을 위해 하는 소리가 아니라는 것은 아이의 경우에도 마찬가지다. 다음 작품을 보자.

촌   김종철 경북 안동 대곡분교 2학년

우리는 촌에서 마로 사노?

도시에 가서 살지.

라디오에서 노래하는 것 들으면 참 슬프다.

그런 사람들은 도시에 가서

돈도 많이 벌일 게다.

우리는 이런 데 마로 사노? (1969. 10. 6.)

　산촌에서 혹심한 생산노동과 경제 궁핍으로 시달리는 이 아이가 라디오에서 흘러나오는 명랑한 노랫소리를 듣고 즐거워하기는커녕 슬퍼하고 자포자기하는 것은, 자기의 벗어날 수 없는 밑바닥 생활을 화려한 도시의 그것과 대비함으로써 더욱 비참한 것으로 깨닫기 때문이다. 누구를 위해 들려주는 즐거운 노래라는 말인가?

　"아이들에게는 즐거운 것을 보여 주어야 한다."

　"아이들에게는 명랑한 웃음을 주어야 한다."

　이 말이, 아이들의 생활 속에 파고들어 가 그들의 생활과 영혼을 근본부터 치유 개선하려는 태도와 노력 없이, 그저 답답하고 궁색한 둘레가 보기 싫다는 자기 본위의 감정으로 경솔하게 지껄이는 말이라면, 그것은 아이들의 정신에 어떠한 잔인한 박해라도 감행할 수 있는 무서운 궤변으로서 깊이 경계해야 할 것이다.

　어쨌든 '아이구 아파!' 하고 소리치는 아이는 그것으로 그 아픔을 견디어 나가는 것이 어른과 다름없다. 명랑하고 배부른 시를 쓰는 것이 승리가 될 수 없고, 비통한 마음을 시로 쓴 다고 패배가 아니다. 오히려 반대로, 가령 농촌의 빈궁한 아이 들이 도시의 부유한 아이의 작품을 흉내 내는 것이야말로 패 배라 할 것이다. 그것은 생활뿐 아니라 시까지 패배한 것으로 보고 싶다. 또한 현재의 도시 아이들이 옛날의 전원 풍경 같은 것을 어른들 따라 흉내 내어 쓰는 것(물론 그것은 시가 아니라 '동시' 다)도 우스운 일임은 말할 것도 없다.

아이들이 자기 생활을 시로 쓴다는 것은 생활과 대결하여 가장 인간답게 살아가는 길을 찾는 노력이 된다. 다시 말하면 시를 쓴다는 것은 자기를 키워 가는 행위가 되는 것이다.

사투리로 쓰는 시

아이들은 시를 그들의 싱싱한 생활 용어로 쓴다. 그러니 사 투리로 쓰는 것이 예사다. 아이들의 시가 아이들의 말로 쓰인 다는 것은 너무나 당연하다. 그러나 이런 당연한 사실에도 의 문을 제기할 수 있다. 시인들도 언어의 빈곤을 극복하기 위해 참담한 고심을 하는데, 아이들이 과연 그들의 빈약한 생활어 로 시를 창작할 수 있는가, 하고. 이 의문에 대해서는 아이들이 시를 쓰는 것은 언어만으로 조립 수공하는 시인의 경우와 전 혀 다르다는 것을 떠올릴 것과, 아이들의 생활어가 결코 빈곤 하지 않다는 것을 말하면 될 것 같다.

다음 작품에서 아이들의 시어에 대해 잠깐 생각해 보자.

이슬 김용자 경북 안동 대곡분교 3학년

이슬이
옥수수 잎에
동그랗게
달팽이집같이 팽달을 치고
앉아 있네. (1970. 6. 18.)

이 아이는 깊은 산골 외딴집에서 이웃도 없이 자연만을 상
대로 하여 자라난 아이다. 생활이 빈곤하고 학교 가는 길이 멀
고 험하여 자주 결석을 한다. 그러나 여기서 볼 수 있는 것은,
신문이나 잡지에 흔히 발표되는 향기도 호흡도 느낄 수 없는
수공품의 '동시'와는 비길 바 아닌, 실로 싱싱한 말이다. 아이
들은 이런 살아 있는 말을 그들의 일상에서 창조해 내어 쓰고
있는 것이다. 우리는 아이들의 시에서 우리 말의 보고를 발견
하게 되고, 어린이시와 교육의 위대한 가능성을 깨달을 수 있
지 않을까 생각한다.

하늘 정상문 경북 경주 경주초 2학년

하늘은 높다.
하늘은 저리 노푸단하다고
하늘은 지가 대통령이다고

생각하였습니다. (1967. 7. 24.)

＊노푸단하다고: 높단하다고. 높다랗다고.

＊지가: 저가. 제가. 자기가.

이것은 지금 막 2학년이 된 아이가 온몸으로 느끼고 쓴 시다. 여기에는 아무런 새로운 말이 없지만, 그러나 이 말들은 사전에서 주워 낸 낡아 빠진 죽은 말이 아니라, 생생하게 살아 있는 말로 우리들에게 안겨 온다. 청순한 아이의 입김을 불어 넣을 때 죽은 말들이 이렇게 기적같이 부활하는 것이다. 그리고 아이들은 이렇게 아무것도 아닌 말을 동원하여 시를 쓰는 천재이기도 하다. 어찌 말의 빈곤을 염려할 것인가? 아이들의 생활과 아이들의 말에는 실로 풍요한 시의 원야原野 지대가 약속되고 있는 것이다.

아이들의 시가 빈곤할 수 없다는 것은 또한 그들이 살아 있는 말, 곧 사투리를 자기들의 말로써 자유자재로 쓰고 있기 때문이기도 하다. 아이들이 자신들의 생활어로 시를 쓴다는 것은 사투리로 시를 쓴다는 말이 된다. 아이들의 말이 사투리인 만큼 어린이시가 사투리로 나타나는 것은 당연하다. 더구나 저학년의 시는 사투리가 아니고서는 될 수가 없다.

눈　권순남 경북 상주 공검초 2학년

눈은 다 같이 와서도

먼저 녹고 내중에도 녹고

할 수 없지만

눈은 녹고 생진 모이진 않고

내박 소로록 녹아 버린다.

또 유리창에 왔다가

방울방울 붙어 있다. (1958. 12. 27.)

* 내중: 낸중. 내종. 나중. 난중.　　* 생진: 생전. 좀처럼. 좀체.

* 내박: 노박. 노상. 줄곧.

구름　박선용 경북 상주 청리초 3학년

구름이

해님을 꼭 안고

놔주지 않았다.

그런데 해님이

가랭이 쌔로

윽찌로

빠자나왔다. (1963. 10. 31.)

* 가랭이: '가랑이'라고도 한다.　　* 쌔로: 새로. 사이로.

* 윽찌로: 억지로.　　* 빠자나왔다: 빠져나왔다.

복숭아꽃　이창순 경북 안동 대곡분교 3학년

복숭아꽃은

날마다 방글방글 웃는 빛이 가지다. (1970. 4. 30.)

 * 가지다: 그것뿐이다. 끝이다. 그것이 맨 끝이고 그 이상 더는
없다.

코스모스 정순복 경북 상주 청리초 2학년

코스모스는

아직 썬나장 피어 있는데

썬나장만 있으면

다 죽습니다.

코스모스는 안됐습니다. (1962. 11. 17.)

 * 썬나장: 서너 개. 조금. 잠깐.

 이런 사투리를 표준말로 고친다면 어찌 되겠는가? 살아 있
는 것으로 느껴지던 아이의 호흡은 간 곳 없이 사라지고 내용
없는 형식만 남은 언어는 마치 넋이 빠진 허수아비처럼 전혀
감응력을 잃어버리게 될 것이다. 도대체 어찌 된 셈인가?

 가령 사투리로 쓴 2학년 아이의 시를 표준말로 고쳐 놓았다
고 할 때, 그 고쳐 놓는다는 짓은 어른의 짓이다. 어른이 고친
것은 물론 어른의 말로 고친 것이다. 느낌은 아홉 살짜리 어린
애의 것인데 언어가 어른의 것이 되고 말았으니 그 작품이 시
로서 감동을 지닐 리가 절대 없다.

또한 사투리에는 지방색, 향토색이 나타난다. 경상도 어느 산골 아이가 쓴 시라면 경상도 그 어느 산골의 냄새가 나고, 전라도 어느 바닷가 아이가 쓴 시라면 전라도 어느 바닷가의 맛이 나는 것이다. 그러하거늘, 경상도 산골 아이가 썼는지 서울 아이가 썼는지 모르도록, 어느 곳의 아이라도 쓸 것 같은 얌전한 표준말로 쓴 것이라면, 그런 것은 도저히 시가 될 수 없는 의미 없는 언어의 나열밖에 안 될 것이 뻔하다. 왜냐하면 거기에는 이미 살아 있는 아이의 생활과 언어가 없기 때문이다.

사투리를 표준말로 고칠 때 시는 죽어 버리고, 또 사투리로 쓸 수밖에 없는 나이의 아이가 표준말로 썼다고 할 때, 그것은 거짓 작품이 되는 것이지만, 한편 표준말로 고칠 수 없는 사투리가 있다는 것도 생각해야 한다. 가령, 앞에서 든 작품 '코스모스'에서 "썬나장"이라는 말을 어떤 표준말로 대신할 수 있는가? 이 말은 원래 '서너 날'이 '선날'으로, '선날'이 '썬날'으로, 여기에 접미사 '장('곰'이라는 뜻일까?)'이 붙어 된 것이겠는데, 이것을 '조금만' '잠깐 동안' 이렇게 바꿀 수 있을까? 그러나 이것은 어감에서 엄청나게 다를뿐더러 의미에서도 차이가 있는 것 같다. 예를 들어 '이 산은 저 산보다 조금 낮다' 할 것을 '이 산은 저 산보다 썬나 낮다'고 할 수는 없다. '이 접시에 담겨 있는 설탕은 저 접시에 담겨 있는 것보다 썬나 많다' 했을 때의 '썬나'와 비슷하다. 썬나, 이 말은 '조금'이라는 말보다 뭔가 더 적거나 작은 것, 그 작은 것이 정말 서너 개 정도로 헤아

릴 만큼 작은 상태라고 할까. 거기다 '장'이 붙어 있는 것이다.

또 "복숭아꽃은/ 날마다 방글방글 웃는 빛이 가지다"에서 "가지다"는 '그것뿐'이라는 뜻으로 어떤 사물의 양이나 행동의 한도를 표시하는 말인데, 이런 말도 다른 표준말로 바꾼다 하더라도 꼭 맞는 말이 있을 것 같지 않다.

표준말로 대신할 수 없는 사투리는 부사뿐 아니라 형용사, 동사, 그리고 명사에는 더 많을 것 같다. 아이들이 개울에서 잡고 있는 물고기의 이름이나 산에서 뜯어 오는 산나물의 이름, 온갖 새들의 이름 같은 것이 표준말로 다 정해져 있을 것 같지 않고, 정해져 있다고 하더라도 그런 것을 아이들이 다 알기 어렵다. 대학의 생물학 교수나 알까?

아이들은 어른들에 견주어 표준말 어휘가 적다. 그 대신 일상에서 쓰는 사투리로 부족한 어휘를 충족하고 있다. 아이들 작품에 쓰이고 있는 사투리를 보면 그것이 생활감정을 표현하는 시어로서 참으로 놀랄 만한 감응력을 지니고 있음을 깨닫게 된다. 이것은 사투리가 아이의 환경, 나이, 정서, 지방색 같은 것을 짙게 나타낼뿐더러 표준말로서는 대치할 수 없는 의미와 어감을 지니고 있는 아이들 자신의 언어이기 때문이다.

아이들은 이와 같이 사투리를 가장 큰 무기로 하여 시를 쓰고 있다. 우리는 이 귀중한 무기를 조금도 주저할 필요 없이 적극 쓰도록 지도하여 더욱더 그들의 시와 인생을 풍부하게 가꿔 주어야 하겠다.

동시에서
시로

　아이들이 쓰고 있는 동시, 그것은 시가 될 수 없을 만큼 내용도 형식도 정체되어 버렸다. 아니, 그것은 처음부터 그렇게 구제될 수 없는 것으로 출발한 것이다. 바야흐로 동시는 아이들의 유행가로서 아이들의 세계에 깊이 들어와 그들의 창조성 넘치는 생명을 좀먹고 있다. 이제 이 거짓놀음의 교육은 지양되어야 하겠는데, 그리하자면 먼저 '동시'라는 용어부터 없애야 한다. 동시를 쓰자고 하면서 시를 쓰게 할 수는 없다. 아이들의 머릿속에는 '동시'라는 말만 기억되어 있는 것이 아니다. 그 내용이, 동시 특유의 성정이 아이들의 마음을 사로잡고 생활을 지배하고 있다. 그래서 이 동시 특유의 기분에서 벗어나는 일이 아주 어렵다. 동시와 시가 서로 다른 것으로 철저히 인식되도록 동시라는 용어도 없애고, 전혀 다른 것을 배우고 쓴다는 자세를 가지게 해야 한다.

　더구나 동시 특유의 습성과 기분에 젖어 있다고 볼 수 있는 도시의 아이들과, 농촌에서도 상급 학년을 대상으로 시 교육을 할 때는 그 출발부터 깊이 유의해야 한다. 동시 그 자체를 시로 발전시킬 수는 없기 때문이다.

이것은 음악의 노래 부르기 지도를 해 본 경험을 떠올리면 이해가 쉬울 듯하다. 아이들이 어디서 주워듣고 제멋대로 부르는 곡은 교실에서 아무리 바로잡으려고 해도 되지 않는다. 이런 경우 현명한 교사는 곧 잘못 입에 익힌 노래를 교정할 것을 단념하고, 그 대신 그 힘을 들여 아이들이 아직 모르고 있는 곡을 지도하여 이익을 얻는다.

동시는 잘못 익힌 아이들의 유행가다. 입술에만 익힌 것이 아니라 그들의 온몸이 그 속에 잠겨 있는 것이다.

그리고 아이들이 쓰는 것이라도 시면 시지 하필 아이 '동' 자를 붙일 필요가 없다. 어른의 것과 구별할 필요가 있어서 어른들이 말할 때는 '어린이시'라든지, '아이들의 시'라고 하면 될 것 아닌가.

동시와 시를 엄격히 구별하고, 동시에서 아주 떼어 내서 시를 가르칠 때에도 아주 유의해야 한다. 동시의 세계에 잡혀 있는 아이들은 싱싱한 그들의 현실 세계를 깨우쳐 주어도 여전히 그 치졸한 습성을 버리지 않는다. 새장에 오랫동안 갇혀 있던 새가 해방을 시켜 주어도 날 줄 모르는 것과 같다. 시라고 쓴다는 것이 형식만 시 같은 그 무엇을 흉내 내게 되고, 흔히 기교만 일삼는 경향이다.

나는 최근 서울의 어느 사립학교에서 방학 중에 개설한 글짓기 교실에 나가 지도할 기회가 있었는데, 그 경험을 잊을 수 없다. 그곳의 아이들은 1학년부터 표기 능력이 있어 무엇이든지 쓸 수 있었는데, 작품이 아주 보기 싫었다. 아무 맛도 없는 말, 도무지 생활이니 감동이니 하는 것과는 인연이 없는 빈말만 만들어 내는 데는 딱 질색이었다. 이런 것은 할 수 없으니 시를 써야 한다고 아무리 시 이야기를 해 주어도 쓴다는 것이 여전하였다. 여러 날 지도하다가 글짓기 선수들만 모인 그 교실에서 시는 단 한 편도 얻지 못하고, 아주 흥미를 잃어 그만두었다.

동시 특유의 발상, 그것은 원래 도시 중심의 부유층 아이들이 발산하는 기분에서 나타나는 현상이요, 이들의 의식 세계의 반영이다. 그래서 시를 지도하려면 이러한 세계, 이기심에 차 있고, 오만하고, 경망스럽고, 약한 사람에 대한 동정 대신에 그들을 멸시하고 비웃고, 잘난 척하고, 세상이 자기를 위해 존재하는 듯한 기분으로 살아가는 아이들의 의식 상태, 인식 태도에서 벗어나야만 한다는 것을 말하고 싶다. 특수한 아이들의 것에서 일반 아이들의 것으로, 잘사는 아이들에서 서민 아이들로, 공부 잘하는 아이들에서 차라리 공부가 뒤처지거나 따라오지 못하는 아이들의 것으로, 일부 아이들에서 전체 아이들의 세계로 그 목표와 방법이 옮겨 가야 한다고 본다. 이러한 교육의 민주 혁신 없이는, 상품 선전의 동시 교육은 될지 모르지만 진정한 시 교육은 할 수 없다고 본다.

여기 동시스런 것에서 벗어나는 효과 있는 방법 세 가지를 제시해 놓는다.

첫째는 제재를 넓히는 것이요, 다음은 산문시를 쓰게 하는 것, 그리고 셋째가 사투리로 시를 쓰도록 하는 일이다.

제재의 방향을 바꾸고 넓혀 준다

동시 특유의 제재가 있다. 어린애의 재롱, 놀이, 자연 풍물 같은 것이다. 놀이라는 것이 아이들의 생활 영역에서 주요한 위치를 차지할 것이지만, 그러나 그것이 아이들 생활의 전부가 아니다. 더구나 생활이 곤궁한 아이나 농촌의 아이들은 그러하다. 그리고 놀이를 쓰더라도 그 겉모양만 재미있게 만들어 흥얼거리는 노래로 파악할 것이 아니라, 아이들의 뛰노는 모습과 그 마음의 움직임을 전체로, 행동으로 파악하여야 한다. 아이의 살아 있는 마음이 그대로 느껴지도록 현실 그 속에서 써야 한다.

어린애의 재롱을 애써 흉내 내는 것이나, 꽃이랑 나비 같은 것을 찾아다니는 것이나, 놀이를 형식만으로 파악하거나, 이런 것은 모두 한결같이 재미스런 것, 웃음거리, 안이한 것을 요구하는 배부른 생리에서 오는 것이다. 그것은 원래 인형같이 고이 자라나는 일부 아이들이나 좋아할 것이요, 그런 아이들을 장난감이나 놀림감으로 삼고 좋아하는 일부 어른들의 기호 경향을 말해 주는 것이다. 이러한 병들어 잘못된 세계의 산물을, 환경이나 생활이 전혀 다른 아이들이 흉내 내어 본받고 있는 것은 웃지 못할 사실이다.

놀이에서 일하는 생활로, 재미스런 이야기의 조작보다 현실 행동의 표현으로, 꽃과 나비와 짝짜꿍의 세계에서 근심과 걱정과 생각을 하면서 살아가는 사람다운 세계로, 재미스런 것과 우스운 것에서 가슴에서 터져 나오는 감동의 세계로, 이렇게 제재를 다른 방향으로 바꾸고 넓혀 주어야만 비로소 동시다운 것에서 탈출하여 시를 얻을 수 있을 것이다.

동시 특유의 세계에 잡혀 있는 아이들이 제재를 어떻게 가려 쓰고 있는가, 하는 예를 하나 들어 보자.

농촌의 6학년 교실이다. 국어 시간에 시 이야기를 하고 처음으로 쓰게 했더니 다음과 같은 작품을 써낸 아이가 있었다.

동생 초6학년

학교를 갔다 오니
동생이
울고 있었다.
울지 마라고 해도
자꾸만
울었다.
울 테면 울어 보아라,
하고
책을 한참
읽다가

시끄러워서
귀옥아, 울지 마
하고 달래니
울음을 뚝
그쳤다.

　이 아이는 전교 어린이회 회장이다. 언뜻 보면 이 작품에는
동시 특유의 용어가 없고, 묘사체로 되어 있다. 요즘 아이들 잡
지의 작품 평자 같으면 이런 것이 새로운 동시라 해서 입상감
으로라도 넣을 것 같은 작품이다. 그런데 시로서 가슴에 들어
오는 것이 없다. 좀 더 깊이 느낀 것이 있어야 할 것 아닌가.
　이런 작품을 두고 흔히, 동생이 우는 모양을 더 잘 그려 보
라든지 책 읽을 때의 심정을 더 잘 생각해 내어서 쓰라든지 하
는 말로 이 아이에게 조언을 할 것 같다. 그러나 원체 이 아이
가 이 제재에서 이 이상의 것을 체험한 것이 없다면 어찌하겠
는가? 그리되면 빈말만 공연히 만들어 내도록 하는 것밖에 안
된다. 이런 작품은 표현보다 제재가 문제 되어야 한다. 제재의
전환이 필요하다. 왜 하필 '동생'의 모습에 관심이 가 있는가?
그 동생의 모습이라는 것이 시가 될 만한 감동의 거리도 못 되
는 것이고 보면 더욱 그렇다. 이 아이가 이런 것 말고도 그날
체험한 온갖 일들이 수두룩하게 있어서 감정의 물결이 일고
지고 하였을 것인데, 동생의 이런 이야기를 써야 한다고 생각
한 마음 자체가 동시의 세계에 있기 때문이다. 더구나 이 아이

는 아버지가 없는 집에서 가정 문제, 생활 문제까지 걱정하면서 살아가야 할 처지이고, 그런 나이가 되었는데 말이다.

"동생의 울음을 달래는 네 맘이 나타나 있기는 하다. 그러나 깊이 느껴지는 것이 없고 싱겁다. 좀 다른 것을 써 봐라. 네 마음속 깊이 느낀 것, 생각한 것을 써 봐라."

그런데 이 아이가 제자리에 돌아가더니 일 분도 안 되어 다시 나와서, "선생님, 이가 아파서 조퇴해야 되겠습니다" 한다. "이가 아파?" 그러고 보니 한쪽 볼이 많이 부었다. 입을 벌리라 해서 들여다보니 어금니 하나가 새까맣게 거의 다 파먹어 들어갔다. 약을 먹었는가 물어보니 안 먹었다 한다. 얼마나 아픈 것을 참느라고 애썼을까? 밤에 잠을 못 잤다 한다. 진통제도 먹지 않고 저 모양 되도록 참다니! 그런데 또 하나 내가 놀란 것은, 그렇게 이가 아파 끙끙거리면서 정신없이 책상에 엎드려 있는 아이가 써낸 작품이 이렇다니!

동시 같은 것은 쓰지 말고, 그런 것 쓰는 기분으로 쓰지 말고, 그런 것은 아주 잊어버리라고 했는데도, 시를 쓴다는 것이 기분만 약간 달리 했을 뿐(거짓스러운 억지 말장난이 없으니) 여전히 제재는 동시의 세계 그대로인 것이다.

"그렇게 이가 아프다면 바로 그 이 아픈 얘기를 썼으면 좋았을 텐데, 가장 마음을 차지하고 있는 것은 버려두고 왜 하필 쓰고 싶지도 않았을 이런 것을 썼어? 집에 가서 먼저 약을 사먹고 곧 병원에 가도록 해. 그리고 이 아팠던 것을 꼭 한번 써 와라."

이렇게 해서 돌려보냈지만 그 뒤 아무것도 써 오지 않았다.

시가 안 되고 있을 때 그것을 고쳐 쓰는 것보다 아주 딴 제재를 찾아 쓰도록 하는 것이 효과를 거두는 수가 많다. 제재부터 동시의 세계에서 벗어나지 않으면 안 되는 것이다.

산문시를 쓰게 한다

동시는 산문 형태로 쓰지 않는다. 그리고 줄을 썩 길게 쓰는 경우도 좀처럼 없다. 가볍게 흥얼거리는 것이기 때문이다. 그래서 산문같이 그냥 달아서 쓰라고 하면 효과가 있다. 그러면 재미와 웃음으로 가볍게 흥얼대어 흘려버릴 것을 쓸 수 없기 때문에 처음부터 그 자세가 고쳐질 수 있고, 마음 깊이 자리하고 있는 심정이나 사고의 세계로, 자기 자신으로 돌아가기 쉽지 않을까 생각한다.

해바라기 김용팔 경북 안동 대곡분교 3학년

해바라기가 활짝 피었어요. 어둠 속에서 나와 살아서 꽃이 피니 얼마나 기쁘겠어요. (1968. 9. 16.)

하늘 홍성희 경북 안동 대곡분교 3학년

하늘이 파랗다. 교실, 학교, 어울려서, 가을 동산과 같이 어울려서, 집마다 파랗게 만들고 산도 파랗게 만든다. (1969.)

눈 김순자 경북 안동 대곡분교 2학년

눈이 오면 나뭇가지가 전체 하얗다. 눈이 오면 온 세상이 환하
다. 눈이 꽃 덩거리 같다. 꺾으러 가면 미원 같은 게 와르르 으
러진다. 집에서 보면 꺾으로 가고 싶다. (1969. 12.)

* 덩거리: 덩어리.
* 으러진다: '무너진다' '내려앉는다'에 가까운 말.

아이들의 감동은 이렇게 그냥 산문형으로 쏟아져 나오는 경
우가 많다. 아이들이 느끼는 감동의 율조라는 것이 끊어졌다
이어졌다 하면서 이어져 간다기보다 끊임없이 움직이고 흐른
다고 볼 때, 그리고 어른들의 시에서나 나올 수 있는 기교나
구성이라는 것이 거의 없다고 할 때 차라리 산문시가 어린이
시의 본령이 아닌가, 하는 생각도 드는 것이다.

풀 김용구 경북 상주 청리초 4학년

독 새에 풀 한 포기 억지로 빠져나와 해를 보려고 동쪽으로 고개
를 드는데, 동생들이 호매로 쪼아 가면 그 풀뿌리는 또 억지로
나오니라고 얼마나 외로이 얼마나 애를 먹을까? (1964. 3. 7.)

* 독: 돌. * 새: 사이. * 호매: 호맹이. 호미.
* 나오니라고: 나오느라고. 나온다고. 나올라고.

얼음 이주섭 초 2학년

겨울이 오면 좋습니다. 얼음이 얼면 수겟도로 얼음 위에 놓고 올
라앉아 수게침으로 시르면 을매나 호시가 좋을까? 또 발수겟도
가도 타다가 구불어져도 좋아 가주고 자꾸 타다가 발이 시려면
집으로 돌아가 한참 있으면 또 타고 싶습니다.
＊수겟도: 스케이트. 썰매.

바다 이용대 경북 안동 대곡분교 2학년

하늘은 바다 같다. 바다는 새파랗다. 바다는 언제나 물이 한가득
있다. 바다는 사무 물만 먹고 산다. 바다에는 청태도 많이 있지.
사람은 바다에 빠지면 죽지. 못에 빠져도 죽는데 바다에 빠지면
죽지 뭐. 바다에 빠지는 사람은 어애 죽노? (1969. 12. 28.)
＊어애: 어찌. 어떻게.

산 김한영 경북 안동 대곡분교 2학년

산은 언제나 마음을 하나 하나 한 마음을 가지고 가만히 앉아 있
다. (1970. 11. 7.)

이렇게 조용히 심상이나 사고를 이야기할 때는 산문의 형태
를 취하는 것이 적당하다. 동시의 세계에서 벗어나는 방법으

로 동시와는 가장 거리가 먼 이런 마음의 세계를 펼쳐 보게 함
으로써 시를 얻을 수 있지 않을까 생각한다.

푸른 하늘 이순희 경북 상주 청리초 4학년

푸른 하늘 가도 가도 끝없는 하늘, 하루 바빠 걸어도 매일 걸어
도 하늘나라 별자리 끝도 없는 별자리, 밤에는 저 멀리 보이는
하늘 위에 반짝이고 눈부시고 달님과 함께 서쪽으로 가만히 소
리도 없이 넘어간다. (1964. 6. 3.)

아이들의 서정은 거의 모두 이런 산문시로 나타나는 것 같
다. 그러니 산문시를 쓰지 못하는 아이들의 시 세계라는 것이
얼마나 좁은 세계인가를 짐작할 수 있다.

저학년에서는 처음부터 줄이 짧은 시를 보여 줄 필요 없이
시를 읽어 주어서 감상시킬 필요가 있다. 그렇게 해야만 잘못
된 형태의 영향을 받지 않을 것 같다. 그리고 쓸 때도 그냥 산
문같이 쓰도록 내버려 두고 시의 감동을 잡는 일에 힘을 기울
였으면 한다.

산문 형태는 아니지만 줄을 좀 길게 해서 쓰게 하는 것도 동
시의 세계에서 멀어질 수 있는 방법이 아닐까?

비누 거품의 무지개 김경화 경북 안동 대곡분교 3학년

비누를 갈면 거품이 나온다.

거품이 나오면 무지개가 나타난다.

노랗고 빨갛고 파랗다. 참 색이 곱다.

물에 떠내려갈라고 하면

하도 고와서

한 번 더 보고 떠내려 보낸다. (1968. 10. 5.)

땅속의 새싹들 김경수 경북 상주 청리초 3학년

땅속의 새싹들은 언제 나올까?

새싹들은 아직 땅속에서 숨바꼭질하고 있나?

새싹들 숨어 있는 땅속으로 훈훈한 공기 들어가는가?

할미꽃은 봄을 기다리고 봄이 오면 흙을 파고 올라오겠지. (1964. 2. 17.)

팽이 여갑술 경북 안동 대곡분교 2학년

팽이를 치면 윙…… 소리가 나네.

소리가 나면 하늘이 가만히 듣고 있네.

온 땅이 윙 그며 듣고 있네.

팽이는 아파서 우는가, 안 아파서 우는가.

윙…… 자꾸 소리가 나네. (1970. 11. 21.)

* 팽이: 팽댕이. 팽대이. 팽데기. 팽딩이. 팽디. 팽도로기.

* 윙 그며: 윙 하며.

서사든 서정이든 묘사든, 이렇게 줄이 길어지는 수가 흔하
다. 무작정 짧게 끊어 쓰게 한다는 것은 청순하게 흘러나오는
아이들의 감정을 왜곡하는 결과를 가져온다. 그리고 길게 씀
으로써 기교를 부리지 않는 자연스러운 감동을 얻을 수 있고,
동시의 세계에서 벗어나게 된다.

사투리로 쓰게 한다

아이들의 시는 아이들의 말로 써야 한다. 아이들의 말은 사
투리를 없앨 수 없으니, 아이들이 시를 사투리로 쓰는 것은 당
연하다.

그런데 동시에는 사투리가 없다. 농촌의 1, 2학년이 썼다는
것이 얌전한 표준말로 발표되어 나온다. 그것은 사실은 아이
가 쓴 것이 아니고 쓸 수 있는 것도 아니다. 어른의 손으로 고
친 것이다. 시는(산문도 그렇지만) 저학년에서는 사투리 없이 쓸
수 없다. 고학년에서도 사투리를 씀으로써 더욱 생동한 표현
이 되는 경우가 많다.

사투리를 어린이시에서 없앨 수 없다는 것, 사투리를 없앤
다는 것은 아이들의 시, 더구나 농촌 아이들의 시를 없애는 것
이 된다는 것, 사투리가 아이들의 생활과 느낌과 정서가 담겨
있는 말이라는 것은 앞에서 다루었다. 여기서는 동시를 쓰지
말라고 해도 여전히 그런 세계에서 벗어나지 못하는 아이들을

시의 세계로 이끄는 한 방법으로 일부러 사투리로 시를 쓰게 할 필요가 있다는 것을 말하고 싶다.

사투리가 들어 있는 시, 사투리로 쓰는 시를 써 보자고 한다. 몇 번을 이렇게 사투리로 쓰게 하면 어렵지 않게 동시의 세계에서 벗어나 그들의 신선한 생활의 세계로 돌아오지 않을까 싶다. 그 이유는 물론 동시에는 사투리가 없기 때문이다. 동시는 말을 맞추고 꾸미는 말재주고, 그런 말재주는 교과서나 사전에 나오는 형식만 갖춘 어휘로 이루어지는 것이고, 또 이것은 교과서나 신문 잡지에 발표되는 작품들을 모방하여 만들어지는 것이다. 그런데 현실의 감정이나 생각이 들어 있는 사투리로 그런 말장난을 한다는 것은 천지에 아직 그 본보기가 없고 그것을 만들어 내기 어렵다. 그뿐 아니라 동시의 그 어린 아이 취향과 사물을 희롱해 버리는 기분이라는 것이 사투리를 쓰는 그들의 현실 감정과는 전혀 맞지 않으니, 사투리로 동시를 써낼 재주가 없는 것이다. 그래서 사투리로 쓴 시를 보여 주고, 이런 시를 마음껏 써 보라고 한다면 처음에는 좀 당황할는지 모르지만 점점 모두 즐겁게 쓰게 되지 않을까? 몇 번쯤 자기 세계를 표현하고 나면 시를 알게 되어 얼마나 즐거워할 것인가?

땅콩 김후남 경북 안동 대곡분교 3학년

내려오며 땅콩을 보니 먹구 싶다.

언제 땅콩 캐 먹으꼬

내 혼자 가마이 캐 먹어 부까.

언니한테 그캤다. (1969. 10. 6.)

*내려오며: '학교에 오며'라는 말이다. 이 아이의 마을에서 학교에 오는 길은 골짜기를 따라 내려오는 길이다.

*먹으꼬: 먹을꼬. *가마이: 가만히. 남몰래. 몰래.

*먹어 부까: 먹어 버릴까. *그캤다: 그렇게 말했다.

이렇게 말하는 것을 사투리로 써야 한다는 것은 생각할 여지가 없다.

감 박운택 경북 상주 청리초 3학년

감을 따 먹다 들켰다.

아, 이놈 자식

거기 서 봐라

카미 막 따라온다.

감을 두 개주 따가

막 내뺐다.

그래 내빼서

감을 내보니

노랗게 익은 게 참 좋다.

햇빛에 발갛다. (1963. 9. 28.)

* 카미: 하며. 하면서.

* 개주: 개주머니. 개주멍이. 개주미. 호주머니.

* 따가: 따 가지고. 따서.

이렇게 행동을 표현하는 데 사투리가 들어가면 그 행동이
생생하게 느껴진다.

눈   김진순 경북 상주 공검초 2학년

눈이 많이 오니

서로 니쩔라고 해서

또 어떤 거는 너 먼저 니쩌

어떤 거는 안 죽을라고

땅에 떨어지면 죽는다고 너 먼저 니쩌

하고 다른 거를 막 떠다밉니다.

그래 다른 거는 뚝 떨어지니까

소르르 녹으면서 아이구 나 죽네

합니다. (1958. 12. 27.)

* 니쩔라고: 널쩔라고. 떨어질라고. 떨어지려고.

* 니쩌: 널쩌. 떨어져.

사물을 사실 그대로 바라보고 잡는 데도 사투리는 필요하다.
더구나 의인화 표현에는 아이들의 마음과 행동이 생생하게 살

아 있는 사투리를 씀으로써 대상이 약동함을 느끼게 한다.

잠자리　김웅환 경북 안동 대곡분교 3학년

잠자리는 일이 없어 놓니 날마다 노기만 한다. 우리가 잠자리라
그러면 일도 안 하고 노재. 잠자리는 펜펜해 대배져 놀기만 한다.
(1969. 10. 5.)

＊없어 놓니: 없어 놓으니. 없으니. 　＊노기만: 놀기만.
＊잠자리라 그러면: 잠자리라 그러면. 잠자리라고 하면.
＊노재: 놀지. 　＊펜펜해 대배져: 펜펜해 디배져. 편하게 자빠
져. 편안하게 멋대로.

농촌 아이들의 사고와 감정의 세계는 사투리 없이 표현할
수 없다. 사투리를 적극 쓰게 하는 것은 자기 자신의 세계를
찾아 가지고 그것을 넓혀 나가도록 하는 수단이 되는 것이다.
　그런데 상급 학년의 작품에 사투리가 좀처럼 나오지 않는
것은 어떻게 보아야 하는가? 이 아이들은 우리의 표준말을 자
유자재로 구사해서 조금도 부족함을 느끼지 않을 만큼 성장해
있는가? 그리고 이 아이들의 실제 언어생활에는 사투리가 청
산되고 있는가? 그렇지 않다. 더구나 농촌 아이들의 경우가 그
렇다. 위에 열거한 작품들만 보더라도 거기 나타나는 사투리
들이 5, 6학년이 되어 갑자기 그들의 생활에서 없어진다고는
결코 볼 수 없다. 실제 아이들이 쓰고 있는 말을 들어 보아도

그러하다. 이런 사투리는 중학생 나이가 되어도 거의 그대로 쓰고 있다. 그런데 시 작품에 사투리가 나오지 않는 것은 그만큼 이 아이들이 자기 자신을 솔직하게 드러내 놓지 않고 있다는 것, 드러내 놓기를 싫어하는 나이와 환경이 되어 있다는 것으로 보아야 한다. 중학년까지의 아이들 작품이 자기의 말로 쓰여 있어서 생동감을 얻는 반면에, 5, 6학년 아이들의 작품이 대체로 규격화되어 있고 개성이 희박한 느낌이 나는 것은 이러한 이유에서다.

만일 여기 어떤 상급 학년의 담임교사가 입신양명식 교육을 무시하고 비상한 노력을 기울여 아이들이 이렇게 자기를 외면하는 태도를 바로잡는 참된 교육을 실천한다고 할 때, 그 아이들에게서 놀라운 시가 나올 수 있을 것이다. 그리고 그런 시에는 아이들의 일상용어가 아무 두려움도 주저도 없이 자유롭게 쓰여 있을 것이라고 생각한다.

상급 학년의 개성이 없는 규격화된 작품은 반드시 동시에 접근해 있다. 이런 상급생들에게 자신을 솔직하게 표현할 수 있는 사투리 시를 쓰게 한다는 것은 참된 시를 얻는 지름길이 될 것이라고 믿는다.

농촌 어린이의
시

한 나라의 문화를 창조하는 일에 시문학이 가장 전위의 자리에 놓여 있는 것이라고 할 수 있다면, 어린이문화에서도 어린이시가 가장 중요한 자리를 맡는 노릇을 할 수 있을 것이다. 따라서 어린이문화를 창조하는 어린이시는 그 나라의 미래 문화를 꽃피울 싹이나 봉오리라고도 할 수 있고, 그리하여 어린이 시 교육도 그 민족의 문화 창조에 가장 커다란 공헌을 할 수 있는 영예를 지게 되는 셈이다.

한편 우리의 민족문화가 다른 나라의 영향을 받거나 표피 상태인 데서 벗어나 생산성 있고 평화로운 것을 토대로 창조되어야 한다고 하는 명제에 다른 의견이 없다고 할 때, 이는 마땅히 현재의 도시 중심 문화에서 농촌 중심의 문화로 전환해야 할 것으로 보인다. 그렇다면 장차 실현될 우리 문화의 자태를, 그 가능성을 지금의 농촌 아이들—장차 반세기 동안의 이 나라 역사를 창조할 주인공들의 생활과 정신의 상황을 표

현한 시 속에서 어느 정도 발견할 수 있지 않을까? 농촌 아이
의 시 경향을 살펴보고자 하는 것은 이런 뜻에서다.

우리들에게 남은 단 하나의 희망인 이 어린이들은 지금 무
엇을 느끼고 무엇을 생각하고 무엇을 하고 있는가? 무엇을 아
름답다고 보고 무엇을 괴로워하고 무엇을 미워하고 있는가?

생활의 곤궁함을 쓴 시

농촌 아이들의 시에 가장 두드러지게 나타나는 것은 생활의
궁핍한 모습이다.

쌀밥 정창교 경북 안동 대곡분교 2학년

쌀밥이 먹구 싶다.
쌀밥을 먹을라 해도 쌀이 없다.
지사가 오면 쌀밥을 먹을까,
생일이 오면 먹을까,
쌀밥이 자꾸 먹고 싶다. (1969. 12. 23.)
* 지사: 제사.

강냉이죽 김성환 경북 상주 청리초 3학년

강냉이죽 끼리는 데 가 보니
맛있는 내금이 졸졸 난다.

죽 끼리는 아이가 숟가락으로

또독 또독 긁어 먹는다.

난도 먹고 싶다.

그걸 보니 춤이 그냥 꿀떡

넘어간다.

참 먹고 싶었다. (1963. 9. 26.)

　* 끼리는 데: 끓이는 데. 끓이는 데.

　* 내금: 내음. 내미. 냄새.　* 난도: 나도.

옷　이성자 경북 상주 청리초 3학년

나는 옷이 불다.

내치 옷도 안 사 준다.

다른 아들은 옷을 조금 사 주는데

나는 다른 아들이 옷을 입으마

눈물이 난다. (1964. 2. 12.)

　* 불다: 부럽다.　* 내치: 내처. 죽 잇달아.

　* 아들: 아이들.　* 입으마: 입으면.

신　김태운 경북 안동 대곡분교 3학년

어머니는 신이 다 떨어졌다.

그래서 아버지한테 돈 좀 달라 해도

안죽도 담배 감장해야 주제

안 그러면 못 준다 하신다.

나는 "다 댕겼다" 합니다. (1970. 11. 10.)

* 안죽도: 아직도.

* 감장: 감정. 곧 수납을 말한다. 담배 농사를 한 사람이 담뱃잎을 전매청에 공판으로 팔 때, 등급 판정을 받게 되어서 '담배 감정한다'고 하는 것이다.

* 다 댕겼다: 다 다녔다. 다 다녔구나. 이제는 다닐 수 없게 됐구나.

우리 오빠 정점열 경북 상주 공검초 2학년

나는 오빠가 보고 싶어요.

남의 집에 일꾼을 들었는데

우리 오빠 고생하는 것 보면

참 눈물이 납니다.

아래 저녁에 왔는데

참 뱃작 말랐는 걸 보고

나는 어머니하고 울었습니다. (1958. 12. 2.)

* 남의 집에 일꾼을 들었는데: 남의 집에 머슴으로 들어갔는데.

* 아래: 아레. 그저께.   * 뱃작: 배짝. 비쩍. 버쩍. 비썩. 배싹.

누나 김진복 경북 상주 청리초 4학년

누나는 형님 따라

서울로 식모살이 갔다.

내 마음은 언제나

울고 싶은 마음

교실에서 산을 바라보면

내 눈에는 서울이 보인다.

그러면 눈물이 나올라 한다. (1964. 4. 20.)

글 김숙자 경북 안동 대곡분교 3학년

점문네 집에서

방아를 찧다가

점문네 아버지가 글을 읽는데

하도 잘 읽어서

어머니가 슬퍼서 눈물을 흘리고

나도 그만 흘렸다.

내가 어머니보고

할머니가 왜 아버지를 학교 안 시켰노,

하니 내가 왜 안 시켰는동 아나, 한다.

내 언니 열다섯 살 나는 것도

안 시켜 놓고, 하니

내가 또 눈물이 난다.

언니는 안동에 가 있으나

2장-어린이시의 이해

엉가이도 슬프다고 집에 와서 그칸다. (1970. 5. 10.)

＊시켰는동: 시켰는지.

＊엉가이도: 엉간이도. 엉간히도. 어지간히도.

＊그칸다: 말한다. 그렇게 말한다.

산골에서 잡곡만 먹고 살아가는 아이들은 쌀밥을 한 번 실컷 먹어 보는 것이 소원이다. 점심을 굶고 학교에 다니는 아이들은 지금도 예사로 있다. 급식으로 강냉이죽을 멀거니 소금만 넣어 끓이는 것도 서로 먹고 싶어 한다. 옷도 신발도 제대로 살 수 없으니 학용품은 말할 것도 없다.

'우리 오빠'는 중세기 같은 고용 제도가 그대로 존재해 있음을 말하고, '누나'는 농촌의 여자아이들이 도시의 공장 노동으로, 식모로 해마다 집을 떠나고 있는 실태를 말해 주고, '글'도 이렇게 도시로 나가고 있는 여자아이들이 의무교육조차 못 받고 있다는 것을 나타내고 있다.

일하는 생활을 쓴 시

다음, 농촌 아이들의 시에 뚜렷하게 드러나는 것이 일하는 생활을 쓴 작품이 많다는 것이다. 겨울철을 뺀, 그러니까 봄부터 가을까지 아이들 생활의 중심은 농사일이다. 초등학교 저학년도 산촌에서는 어른들과 같이 일을 하게 되어 있고, 더구나 여자아이들은 겨울에도 부엌일을 맡아 하는 수가 많다.

비료 지기 정창교 경북 안동 대곡분교 3학년

아버지하고
동장네 집에 가서
비료를 지고 오는데
하도 무거워서
눈물이 나왔다.
오다가 쉬는데
아이들이
창교 비료 지고 간다
한다.
내가 제비보고
제비야,
비료 져다 우리 집에
갖다 다오, 하니
아무 말 안 한다.
제비는 푸른 하늘 다 구경하고
나는 슬픈 생각이 났다. (1970. 6. 13.)

콩밭 매기 이승영 경북 안동 대곡분교 3학년

온 낮에 땀이 흐른다.
한낮까지 매니

2장-어린이시의 이해

입은 옷이 펑석 젖어 버렸다.

손을 가주고 낯을 문대니

온 낯이 꾸정물이다.

풀 밑에 들어가니 시원한 바람이 분다.

참매미가 매용 매용 바람 소리에 맞추어 운다. (1970. 7. 24.)

* 손을 가주고: 손을 가지고. 손으로.

모내기　김준규 경북 상주 청리초 4학년

모를 심었다.

경수가 마늘을 지고 온다.

경수야, 하니

어머니가

고마 모나 심어,

한다. (1964. 6. 22.)

* 고마: 고만. 그만.

인동꽃 따기　이경자 경북 안동 대곡분교 3학년

인동꽃을 땄다.

조그만 보자기를 앞에 끼고

인동꽃을 땄다.

배고프면 노란 인동꽃을 빨아 먹고. (1970. 6. 13.)

배고픈 것을 참아 가며 일을 하고, 힘에 겨운 괴로운 노동을 견디어 내야 하는 현실이 여기에 있다. 이래서 이 아이들은 일을 싫어하고, 일만 해야 하는 여름방학이 오는 것을 무서워하고, 봄조차 반갑지 않은 것이다.

봄   박선용 경북 상주 청리초 4학년

봄이 오면
시미기 하기
멀쩡난다.
봄이 왔다가
일찍 가면 좋겠다. (1964. 3. 1.)
 * 시미기: 소먹이. 소에게 먹이는 풀.
 * 멀쩡난다: 지긋지긋하게 싫은 마음이 난다.

콩밭을 매면서   권순교 경북 안동 대곡분교 3학년

일은 죽도록 해도
육성회비는 한 달도 못 내고.
여름방학이 오면
일할 것이 많아 어애노?

바람이 술술

불어오면 좋겠다.

가을아, 빨리 오너라. (1970. 7. 24.)

＊어애노: 어쩌노. 어찌 하노.

내 마음 이승영 경북 안동 대곡분교 2학년

내 마음에는 날마다 놀았으면 좋겠다.

그래도 사무 일만 시킨다.

내 마음에는 도망갔으면 좋겠다. (1969. 10. 10.)

＊사무: 사뭇. 내처. 잇달아.

그러나, 아무리 고된 노동이라고 하더라도 그것을 피할 수
는 없게 되어 있다. 그리고 어느덧 그 노동은 점점 그들의 연
약한 몸에 배어 들어가게 되고, 그것을 스스로의 생활로 받아
들이고 있는 것이다.

봄이 오면 박희복 경북 상주 청리초 3학년

참새는 겨울이 지나간다고

지저거리며 얼마나 좋아할까?

나도 봄이 오면 일요일 날은

보리밭 매로 간다.

들로 호미를 들고 가면

참새도 보리밭에 앉아서

땅을 쫏으며 벌레를 잡는다. (1964. 2. 23.)

*매로: 매러. 영남에서는 '밭매로 간다' '놀로 간다'고 말한다.

*쫏으며: 쪼으며. 쪼며.

여름방학 이순일 경북 안동 대곡분교 2학년

여름방학에는

보리타작을 한다.

보리 까끄래기가 모간지에 붙으면

까끄라와서 못 견딘다.

저녁밥을 먹고 거랑에 가서

시원한 물속에 들어간다. (1970. 7. 24.)

*모간지: 모가지. 목.   *거랑: 거렁. 걸. 시내.

어머니 윤원숙 경북 상주 청리초 3학년

우리 어머니는

아기를 업고 가서

밭을 매요.

내가 아기를

봐주마 좋겠어요. (1963. 6. 1.)

*봐주마: 봐주면.

그래서 일하는 것이 살아가는 것이요, 살아가는 것이 일하는 것으로 되어 가는 이 아이들은, 꽃을 보아도 단순하게 아름다움을 즐기며 구경하는 대상이 될 수 없다.

참꽃   김을자 경북 안동 대곡분교 2학년

참꽃 먹어 보니 씨다.
그래서 올해는 풍년이 지는 거다.
참꽃이 쓴 거 보니 글타. (1970. 4. 21.)
 * 참꽃: 창꽃. 진달래꽃.   * 씨다: 쓰다.   * 글타: 그렇다.

이것을 가령 도시 아이들이 '꽃'이니 '꽃밭'이니 하는 제목으로 쓴 '동시'들과 비교해 보라. 얼마나 차이가 많이 있는가를 깨달을 것이다.

조밭 매기   백석현 경북 안동 대곡분교 3학년

나와 누나와 대연이와
조밭을 맸다.
두 골째 매다니
땀이 머리가 젖도록 흐른다.
땀이 흘러 눈을 막는다.
이럴 때 목욕했으면 좀 좋을까?

풍덩! 물속에 들어갔으면!
햇볕에 시드는 풀 냄새가 섞인
쌔도록한 냄새의 바람이 분다.
그러다가 시원한 바람이 불어온다.
아아, 시원하다.
누나가
대연이 색시 바람 불어오는구나, 한다. (1970. 7. 24.)

"햇볕에 시드는 풀 냄새가 섞인/ 쌔도록한 냄새의 바람"이
것은 한여름의 밭에 엎드려 땀을 흘려 보지 않은 사람은 느낄
수 없는, 일하는 아이의 감각이다. "대연이 색시 바람 불어오
는구나" 이러한 농담으로 괴로운 노동을 참아 가려는 농촌 아
이들의 생활이 눈물겹게 여겨진다.

내 손 김웅환 경북 안동 대곡분교 3학년

내 손은
안 씻어 가지고
한쪽 손이 자꾸 튼다.
칼 있는 아이한테
칼 좀 빌려 달라고 하면
안 빌려준다.
내 손이 터 가지고

피 묻을까 봐 안 빌려주나.

왜 안 빌려주노.

그리고 글때

손을 끊었는 게

안죽도 터가 있다.

눌리면

아프다. (1969. 11. 25.)

　여기에는 일하는 아이의 생각과 생활 태도가 뚜렷하게 느껴
진다. 겨울철에 나무를 하다가 손가락을 끊은 일이 있는 이 아
이는 연필 깎을 칼이 없어 칼 있는 아이한테 손을 내밀어 빌려
달라 한다. 그 손은 일을 해서 터서 갈라져 피가 묻어 있다. 이
아이는 "안 씻어 가지고" 그렇다지만 사실은 일을 해서 그런
것이다. 그런데 칼을 빌려 주지 않는 데 대해서 이 아이는 어
떻게 생각하는가?

　"내 손이 터 가지고/ 피 묻을까 봐 안 빌려 주나./ 왜 안 빌
려 주노." 이것은 칼을 안 빌려 주는 데 대한 거의 항의에 가까
운, 퉁명스러운 말이다. 제 손에 피가 묻어 그럴 것이라고 손을
쑥 집어넣는 것이 아니고, 이렇게 도리어 안 빌려 주는 아이
에게 작으나마 항의를 한다는 것, 이것이 바로 일하며 살아가
는 아이의 생활 태도라고 생각한다. 만일 도시의 아이 같으면
어떨까? 물론 손이 트는 도시의 아이란 거의 없겠지만, 그런
아이가 있다고 치더라도, 그런 피 묻은 손을 내밀어 칼을 빌

려 달라고 하지 않을 것이고, 또 안 빌려 주면 도리어 부끄러워 얼굴을 붉히며 손을 주머니 속으로 감춰 버릴 것이 틀림없을 것 같다. 더구나 이런 시를 이렇게 쓴다는 것은 있을 수 없다. 매끌매끌 곱고 보드라운 손을 자랑하든지, 아니면 다음에 나오는 시처럼 손이라는 것을 한갓 희롱의 대상으로 노래하는 '동시'를 쓰는 것이 고작일 것이다.

내 손 박기남 초 4학년

내 손은 얌체
조금만 추워도
호주머니 속에
숨어서
나오지 않는다.
행진 때는
선생님께 혼나지요.
- 〈소년조선일보〉 입선작

도시다운 것과 농촌다운 것의 차이는 소비생활을 위주로 하는 안일한 생활 태도와 노동에 종사하는 인간의 생활 중심, 이치에 따르는 생활 태도의 차이다. 그리고 이것은 또 동시와 시가 보여 주는 대응이 되고 있기도 하다. 곧, 동시는 도시의 안일 무사한 계층 아이들의 의식이 반영이 되어 있고, 시는 생활

노동에서 떠날 수 없는 농촌 아이들 속에서 더욱 풍요한 결실이 기대되는 것이다. 물론 현실의 농촌은 유행과 모방에 들떠있는 도시의 식민지 상태가 되어, 거기 문화라는 것이 없다. 그러나 아이들이 쓰고 있는 시(그것은 아직 극히 부분이 싹트는 상태이지만)를 보면 거기에는 확실히 미래의 어떤 문화에 대한 가능성을 보여 주는 것이 있다.

담배 심기 김태운 경북 안동 대곡분교 3학년

담배를 심는데
구덩이를 잘못 파서
엉덩이를 얻어맞았다.
내가 하하 허허 웃었다.
일월산 보고 웃었다. (1970. 6. 4.)

일하다가 얻어맞으면 도시 아이들 같으면 불쾌해서 쭈그려앉거나 달아나 버릴 것 같다. 그런데 이 아이는 도리어 웃었단다. "하하 허허" "일월산 보고 웃었다"는 이 아이의 웃음에는 농민 특유의 낙천성을 지닌 성격이 나타나 있는 것 같다. 뭔가커다란 것, 좀처럼 움직일 수 없는 그 무슨 정신 같은 것이 옛날부터 농민들에게 있었다면 바로 이런 성격이 아닐까도 싶다. 그리고 이런 성격은 농사 노동에서 얻어진 것임에 틀림없다.

조그만 구름　이성윤 경북 안동 대곡분교 3학년

조그만 구름아,
어서 빨리 갈라고 하면 뭘 하노?
평생 가 봐도 너의 집은 없다.
몇 며칠 굶고 가도 밥 한 숟갈 안 준단다. (1969. 11. 8.)

아무리 박절한 세상이라도 서두를 것 없다. 어차피 괴롭게
살아가는 세상 아닌가. 천천히, 되는대로 살아가 보자. 너무 아
이답지 못하다고만 하지 말라. 여기에는 농민들의 유연한 생
활 태도가 있는 것이다. 그리고 이것은 역시, 힘에 겨운 농사일
을 너무나 일찍이 몸에 익혀 버린 아이들이, 너무나 빨리 체득
해 버린 슬픈 생활의 진리인 것이다.

몸과 생활에 대한 시

다음은 농촌의 일하는 아이들이 자기의 몸과 생활을 어떻게
보고 있는가를 알아보자.

내 얼굴　김후남 경북 안동 대곡분교 3학년

내 얼굴은 참 못났지요.
만져 보면 꺼끌꺼끌한 버짐
참 못났지요.

눈도 굵고 코도 길고 하는데

거울을 보니 허연 버짐

참 보기 싫다.

버짐을 빼고 얼굴을 보드랍게

해야 되는데

생각하니 슬프다.

입도 바수가리만 하고 엉안 보기 싫다. (1969. 12. 23.)

＊바수가리: 바소구리. 발채. 지게에 얹어서 짐을 싣는, 싸리로
엮어 짠 농사 연장.

＊엉안: 엉간이. 어지간히. 어지간이. 어지간히. 너무나.

'내 얼굴'이라는 제목으로 시를 쓰게 하면 예외 없이 제 얼
굴이 못난 것으로 생각하고 있다. 실제로는 못난 아이들이 아
닌데 모두 그렇게 쓴다. 도시의 아이들은 어떤가? 이 아이들은
모두 제가 잘났다고 생각한다.

내 얼굴　유복진 초 5학년

내 얼굴은 동그란

보름달이래요.

꽃송이래요.

학교에선 그렇게

부르지만

엄마는 날 보고
넙죽이래요.
아이들이 꽃송이라고
부르며는
나는 왜 그러냐고
대답하지만
엄마가 넙죽이라고
부르며는
나는 골난 척
말도 않지요.
– 국제 어린이 글짓기 대회 입선작

이것은 《우리 모두 손잡고》(국제 어린이 글짓기 대회 입선 작품집)
에 실려 있는 작품인데, 이 책에 나오는 같은 제목의 작품을
읽어 보면 모두 제 얼굴이 잘났다고 생각하는 것뿐이다. 그리
고 서울의 어느 사립학교에서 나온 아주 호화스런 문집 〈옹달
샘〉 속에도 '내 얼굴'이라는 제목의 글이 많이 실려 있기에 하
나하나 읽어 보았더니 여기도 단 한 편의 예외가 없이 모두 제
얼굴에 대한 자랑, 제 얼굴이 곱다는 이야기다.

나는 내가 가르친 농촌 어느 곳의 아이들이라도 이렇게 제
얼굴이 잘났다고 생각하는 글을 쓴 것을 하나도 본 일이 없어,
이것 또한 참 재미있는 대조가 된다고 생각했다. 농촌의 아이
들은 모두 제 얼굴이 못났다고 생각하고, 도시의 아이들은 모

두 제가 잘났다고 생각하는데(당선되고 발표된 도시 아이의 동시나 산문은 모두 그렇게만 나타나고 있다. 이것은 일부러 그런 것만 골라 뽑았다고 생각되지 않는다.), 이것은 곧, 일하면서 살아가는 아이들과 근심 걱정 없이 놀면서 살아가는 아이들의 의식의 차이라고 보인다. 그리고 물론 또 이것은 시의 세계와 동요·동시가 보여 주는 세계의 차이이기도 하다.

농촌 아이들의 이런, 제 얼굴과 제 모습에 대한 생각은 자기 반성이 철저하다는 점에서 아끼고 키워야 할 좋은 심성이지만, 한편 너무 자기를 열등시한다는 점에서 결코 건강한 태도라 할 수 없다. 이러한 농촌 아이의 제 얼굴에 대한 열등감은, 그들 스스로의 생활을 열등시하고 도시로 나가 살고 싶어 하는 농촌 사람들의 도시 동경의 노예 같은 감정과도 통하는 것이다. 그리하여 이러한 농촌 아이의 의식은, 모두 부정되어야 할 도시 아이들의 이치에 맞지 않는 자만심과 함께, 한결같이 병든 사회의 반영이라는 것은 의심할 여지가 없다.

보리 가리기   김종철 경북 안동 대곡분교 3학년

보리를 가린다.
나는 아시고
아버지는 가린다.
나는 아시면서
형님도 대구 가 있고

누나도 대구에 가 있는데
열심히 해야 우리도
대구에 가서 살지,
생각했다. (1969.)
* 가리기: 곡식 단이나 나뭇단 따위를 차곡차곡 쌓아 더미를 짓는 일.
* 아시고: 가릴 수 있게 곡식 단을 갖다 주는 것을 '아신다'고 한다.

도시   이용대 경북 안동 대곡분교 2학년

도시는 제일 편타.
농사도 안 짓고
차도 만날로 탄다. (1969. 11. 1.)

서울   이승영 경북 안동 대곡분교 2학년

나는 서울로 갔으면 좋겠다.
서울 가면 기술도 배우고
돈도 번다.
그런 데 가면 사람도 약아질 게다. (1969. 11. 1.)

바다   김윤원 경북 상주 청리초 3학년

푸른 바다 보고 싶다.

저 먼 미국에 가 보고 싶다.

생각에 내가 고래라면.

고래가 아니면 상어라면. (1964. 1. 13.)

농촌 사람들의 정신은 완전히 도시에 가 있다. 어떻게 해서
라도 도시에 나가 사는 것이 그들의 소원이다. 아이들도 어른
들 따라 그런 마음으로 살아간다.

지난해 이곳 학교 3학년 이상의 400명 아이들을 상대로 몇
가지 교육 연구에 관한 조사를 하는 가운데, "어디로 가서 살
고 싶으냐?" 하는 질문에 대한 대답에서 제일 많은 수가 서울
과 미국, 그다음이 대구, 그다음이 군청 소재지와 일본인데, 제
마을에 그대로 살아도 좋다는 아이는 조사 대상 아이들 가운
데 18퍼센트밖에 되지 않았다.

이런 농촌 아이들에게 무엇을 어떻게 가르쳐야 하겠는가?
농촌에 그대로 남아서 살아야 한다고 말하는 것은 그들에게
비참한 생활을 연장하도록 권하는 것이다. 부지런히 일하고
알뜰히 저축해서 도시에 나가 집 한 채라도 사도록 해야 한다
고 한다면 그것은 노예 같은 생활을 긍정하는 교육이다. 역사
와 사회를 이치에 맞게 파악하고, 진정한 농촌 문화를 건설하
려는 각오와 노력이 없이는 어떠한 교육도 의미 없는 것이고,
어떠한 구호도 상품 선전의 수단에 지나지 않는 것이다. 시 교
육이 참된 문화를 창조하는 교육으로서 지닌 중요성이 실로

여기에 있지 않을까 생각한다.

앞으로 어린이시가 널리 쓰인 다음이라도, 생존경쟁이 치열한 도시에서는 좀처럼 발견할 수 없을 것 같은, 농촌 아이의 마음 한구석을 보이고 싶다.

청개구리　백석현 경북 안동 대곡분교 3학년

청개구리가 나무에 앉아서 운다.
내가 큰 돌로 나무를 때리니
뒷다리 두 개를 펴고 발발 떨었다.
얼마나 아파서 저럴까?
나는 죄 될까 봐 하늘 보고 절을 하였다. (1970. 5. 23.)

여기에는 현대 문명의 해독을 받지 않은 인간이 아직도 가지고 있는 본원의 선의 같은 것이 느껴진다. 이런 인간 본연의 선의는 농촌에서도 이제는 거의 없어져 가고 있는, 참으로 귀중한 것이 아닌가 싶다.

우리 아저씨　권이남 경북 상주 공검초 2학년

우리 아저씨 군대에 가서

대포를 쏘다가
저녁이 되면
누워 잘 때도 목을 쳐 간다지.
그래 집에 와서
군대에 가기 싫어서
울며 갑니다.
나도 눈물이 났습니다. (1958. 12. 2.)

군대에 대한 예찬의 교육도 인간의 진솔한 감정은 어찌할
수 없나 보다. 이러한 진솔한 감정이야말로 시 교육에서 키워
가고 있는 가장 귀중한 인간성이다.

자연에 대한 감수성이 보이는 시

자연에 대한 예민한 감수성을 나타낸 시는 얼마든지 들 수
있다. 이것은 농촌의 아이들이 언제나 자연 그 속에서 살아가
고 있기 때문이다. 얼핏 생각하면 자연 속에서만 살아가는 아
이들이 그 자연에 대해 둔감해지고, 자연의 미를 느끼지 못할
것 같은데, 이 점은 어른들과는 전혀 다르다는 것을 알게 된다.

마늘 김석님 경북 상주 공검초 2학년

마늘은 겨울을 싫어하지요.
봄이 오면 좋아서 방긋방긋 웃으며

마늘에서 싹들이 나요.

그렇지만 겨울이 오면 울라 해요.

봄은 참 즐겁고 따뜻해서

마늘에서 싹이 나왔어요. (1959. 2. 26.)

　봄이 되어 마늘에 싹이 난다는 것은 아무것도 이상할 것
이 없는 평범한 일인가? 아니다. 농촌에서 살아가는 아이들로
서 그것은 커다란 놀라움이요, 즐거움이다. 아직 응달에는 눈
이 채 녹지도 않고, 찬바람이 매섭게 불고 있는데, 봄이 올 때
가 되었는데……, 하고 참다못해 바구니에 호미를 들고 냉이
를 캐러 나선 아이들이, 산기슭 양지쪽 짚북데기 밑에서 새파
랗게 돋아나 있는 마늘 싹을 발견한 기쁨!

　"야, 마늘 싹이 벌써 돋아났어!"

　"어느새 이렇게 나왔을까?"

　마늘 싹을 찾아낸 기쁨은 봄을 찾은 기쁨이다. 벌써 봄이 이
렇게 와 있는 것을 모르고 있었구나! 봄이 되어 제일 먼저 새
파란 싹이 터 올라오는 것이 마늘이다. 아니, 마늘 싹은 봄이
오기 전에, 조금 전에 터 오른다. 그래서 봄이 거의 다 와 있다
는 것을 아이들에게 알린다.

　"겨울이 오면 울라 해요." 이것은 변덕을 부리는 날씨가 다
시 눈을 뿌리고 얼음을 얼게 하기 때문이다. "봄은 참 즐겁고
따뜻해서……" 마늘 싹을 보고 즐거워하는 아이의 마음이다.

땅 김진순 경북 상주 공검초 2학년

땅을 파니
새싹이 돋아나느라고
노랗게 올라옵니다.
따뜻한 니가
올라옵니다. (1959. 3. 25.)
＊니: 너. 네.

"따뜻한 니가……" 새싹을 보고 "니가"라고 할 수 있는 이
자연에 대한 친애의 정은 농촌 아이만의 것이다.

봄 권상욱 경북 안동 대곡분교 2학년

봄아, 오너라.
봄이 되면 소를 몰고 갈 테야.
아버지와 소 풀도 뜯으러 갈 테야
봄이 오면 진달래꽃과 할미꽃들
일 년 동안 못 보던 꽃들
어서 피어라, 보고 싶다.

산골의 겨울은 너무나 춥고 길다. 언제나 자연의 품에 안겨
일하며 살아가는 아이가 다시 그 품에 안기고 싶어 자연을 부

르고 있는 것이다. "일 년 동안 못 보던 꽃들" 얼마나 친밀한 감정의 표시인가, 마치 육친의 정과도 같은.

산 정창교 경북 안동 대곡분교 3학년

산은 하늘에 대는 것 같다.
산은 이 등 저 등 다 하늘에 댄다.
내가 하늘에 올라갈라고 등에 올라가면
파란 하늘이 한없이 높다.
구름이 가면 푸른 풀잎들이
같이 가자고 손짓을 한다. (1970. 5. 12.)
 * 대는: 닿는.   * 댄다: 닿는다.
 * 등: 산등. 산등성이. 산등성마루. 등마루. 등마리. 산마루.

산이라든지, 하늘이라든지 하는 것은 언제나 쳐다보고 바라보는 것인데, 아이들이 그런 자연을 나날이 새롭게 바라보고, 새로운 감격으로 대한다는 것은 놀랄 만하다. 이 아이들은 시를 언제나 신선하고 아름다우며, 생동하는 언어로 쓰고 있다.

바람 김경수 경북 상주 청리초 3학년

바람이 색색 분다.
마리에 나가니

감나무 젙에 있는 별들은

나무한테로 따라오는 것 같다.

바람이 안 불면

감나무에 올라가 보고 싶었다.

별들은 노란빛으로

반짝이고 있는 것 같다. (1963. 11. 23.)

  * 마리: 마루.   * 젙에: 곁에.

　밤하늘의 별들을 황홀한 마음으로 쳐다보는 눈, 자연에 용
해된 감정의 세계, 그것은 농촌 아이만이 가질 수 있는 것인가
한다.

　가난한 생활 속에서 노동에 시달리면서도, 그 노동 생활에
서 더욱 사람다운 감정과 생활 태도를 몸에 붙여 살아가고 있
는 아이들, 그리하여 선하고 순박하고 평화를 사랑하고 자연
바로 그것과도 같은 아름다운 마음을 잃지 않고 살아가는 농
촌 아이들, 이 아이들에게 우리는 마땅히 우리의 미래를 기대
해야 할 것이다. 그리고 이런 아이들을 지키고 키워 나가는 것
이 시 교육의 임무가 되고 영광이 되어야 할 것이다.

3장

．
．
．

어린이시
지도 방법

취재 지도

취재 지도, 곧 무엇을 쓰게 하느냐, 하는 것은 시 지도에서 아주 중요하다. 취재의 경향과 태도에 따라 아이들의 느낌과 생각의 질이 달라질 수 있고, 가치 의식과 인식의 방향이 결정될 수 있기 때문이다. 달리 말하면 이 취재 지도는 어린이의 세계를 어떤 방향으로 개척해 주고, 넓혀 주고, 만들어 가도록 하여 주는가, 하는 것으로 높은 철학성마저 띠고 있다고도 할 것이다.

어린이시의 취재 범위는 아이들이 생활하는 모든 영역이라 할 수 있는 놀이, 학습, 노동, 가정생활, 여행, 밥 먹는 일, 자연, 세상일, 사회 같은, 아이들이 보고 듣고 생각하고 체험하고, 그리하여 희로애락의 감정의 물결을 일으키는 모든 사물과 현상이다. 아이들을 둘러싼 모든 환경과 아이 자신의 체험이 아이의 자유의사에 따라 선택되고 취재되어야 하는 것이 원칙이다.

취재의 이러한 원칙을 늘 염두에 두고 시 지도에 임해야 한다는 것을 강조하는 까닭은, 아이들이 어른들의 편협한 시적 취미만을 추종하지 아니하고, 온실 속에서 가위질당한 나약하고 비뚤어진 식물로 갇혀 있는 동시의 세계에서 벗어나 태양이 빛나는 살아 있는 시의 세계를 그들 스스로 획득해야 하기 때문이다.

취재의 방법을 생각해 본다. 어떻게 하면 생활 현장에서 감동을 붙잡아 내게 할 수 있는가?

아이들과 같이 생활하면서

아이들과 같이 생활하면서 무엇을 보고 겪은 것을 잡아내어 이것이 시라고 말해 준다.

가령, 공부 시간에 갑자기 교실에서 삐이, 하는 소리가 났다고 하자. 모두 깜짝 하는 순간에 장난감 피리를 분 아이 쪽으로 시선은 모이고, 그 아이는 머리를 숙이고 있다.

이럴 때 교사는, "○○야, 아이들이 모두 너를 보고 있구나. 나도 깜짝 놀랐어. 너 스스로도 놀랐지? 얼마나 불고 싶어서 손으로 만지다가 그만 저도 모르게 불었느냐? 어디, 그 피리 좀 내봐라. 얼마 주고 샀니? 누구한테서 얻었니? 피리를 불고 싶어서 못 견딘 그 마음, 불고 난 다음의 느낌, 그런 것을 말해 봐라" 이렇게 해서 그 아이의 입에서 어떤 이야기가 나오도록 할 수도 있고, 그 심정을 공책에 적도록 할 수도 있지 않을까?

"지금 ○○가 피리를 불고 싶어서 견디다 못해 그만 그것을 입에 대는 순간 삐이, 하는 소리가 났지? 남몰래 가지고 있는 이런 마음이나 애타는 기분 같은 것을 그대로 쓰면 시가 될 수 있어. 또, 저도 몰래 삐이, 하고 나서 깜짝 놀란 일, 동무들의 눈이 모여 와서 고개를 숙인 순간의 느낌과 마음을 그대로 써 놓으면 시가 되는 거야" 이런 말로 이야기해 줄 수도 있다.

가령 또, 오랫동안 아파서 결석을 하던 아이가 처음으로 왔다고 하자. 그럴 때 얼굴이 해쓱한 그 아이를 모두들 멀거니 쳐다보고만 있는 학급도 있겠지만, 여러 동무들이 몰려와서 그 아이에게 얼마나 아팠더냐, 병원은 갔더냐, 밥을 먹게 되었느냐, 우리는 책을 어디까지 배웠다느니…… 해서 그동안 변한 학교 이야기, 동무들의 소식을 알려 주는 학급도 있겠다. 그러면 교사는 글쓰기 시간이 아니더라도 자습 시간이나 점심시간 또는 국어 시간이나 특활 시간에 잠시 다음과 같이 지도할 수 있으리라.

"오늘 ○○가 처음 학교에 왔는데, 인사말이나 무슨 말을 해 본 사람이 있으면 손을 들어 봐요." 이렇게 해서 손을 든 아이들에게 무슨 말을 했는가, 말만 해 주었는가, 손을 만져 보지는 않았는가, 머리를 쓰다듬어 주기까지 하였는가, 해쓱한 얼굴을 보고 느낀 것, 가냘픈 목소리에 놀란 것, 손을 만졌을 때의 느낌 같은 것을 말해 보라 한다. 그리고 그런 것이 좋은 시가 될 수 있다고 말해 준다. 아팠던 그 아이에게는 가까이 와서 얘기해 준 아이들의 얼굴과 말소리에 무엇을 느꼈는가, 손을 만져 준 아이에 대해 무엇을 느꼈는가, 이야기해 보라고 한다. 그런 느낌 그런 마음이 곧 시가 될 수 있다고 말해 준다. 물론 말한 것을 공책에 적게 하고, 또는 칠판에 써 보여 주면서 지도할 수 있다.

오랫동안 아팠던 아이가 처음으로 학교에 와도 인사 한마디 하는 아이가 없이, 그저 가만히 바라보고만 있는 학급에서는 또 그런대로 지도해야 할 것이다. 아무리 그 마음들이 황폐해졌다고 하더라도 그래도 아이들이요, 인간이다. 그들은 우정이 없다기보다 우정을 표시할 줄 모르는 것이다. 가까이 가서 무슨 말을 해 주고 싶지만, 손이라도 잡아 주고 싶지만, 아무도 그런 짓을 안 하니까 용기가 나지 않아서 저도 남들처럼 표정 없이 구경만 하고 있는 아이의 그 속마음을 이야기하게 하고 이야기하기 싫으면 공책에 쓰게 하여, 이런 것이 시다, 이런 남몰래 품고 있는 속마음, 동무에 대한 사랑 같은 것이 훌륭한 시가 될 수 있다고 말해 줄 수 있으리라.

쉬는 시간 운동장에서 아이들과 같이 하늘의 구름을 바라보고 그 모양을 이야기한다든지, 꽃밭의 꽃이나 날아가는 나비를 따라간 이야기 같은 것을 해 줄 수도 있다. 그러나 이런 꽃이니 나비니 구름이니 하는 것으로는 이미 도식화된 교과서의 작품이나 타성에 빠진 시적 발상밖에 못 얻을 것이고 시를 느끼고 잡는 데 도움이 되기보다 방해가 되기 예사일 것 같다.

시의 원형이 감탄사라고 한다면, 아이들이 저도 몰래 지껄인 감탄의 말을 잡아내서 이런 것이 시라고 말해 주는 것은 시 쓰기의 도입에서 자연스러운 지도라 할 수 있다.

아굿째여!

하얀 무궁화 꽃이 폈다.

이것은 눈이 오고 있는 날, 공부를 하다가 교실 유리창을 열어 본 2학년 아이가 소리친 말이다.

야아,

아가시꽃 냄새가 좋아.

야아,

아가시꽃 끌어 가지고

먹어 보까.

야아,

많이 있구나.

이것은 아카시아꽃을 따 먹으려고 가지를 휘어잡으면서 지껄인 3학년 아이의 말이다.

아이들과 문답을 해서 그들의 생활을 캐내는 수도 있다. 아침 자습 시간 같은 때에, "귀봉아, 넌 어제 뭘을 했나?" "고추밭 맸어요" "호오, 고추밭을 맸어? 누구하고?" "아버지하고 어머니하고요" "아버지하고 어머니하고 같이 매니 네가 따라갈 수 있겠더냐?" "못 따라가요. 아버지는 벗덕 매요. 어머니도 벗덕 매요" "그렇겠지. 고추밭 맬 때 무슨 새소리 같은 것도 들었을 텐데……. 그리고 무슨 생각을 하면서 맸는지, 혼자 지껄인 말 같은 것은 생각 안 나는지, 그런 것 한번 써 볼 생각은 없나?" 이래서 써낸 작품을 아이들에게 보여 줄 수 있다.

고추밭 매기   박귀봉 경북 안동 대곡분교 2학년

낮에
큰구메에서
고추밭을 맸다.
아버지는 벗덕 맸다.
어머니도 벗덕 맸다.
나는
어서 매고 재달이 풀 모자 만들어 준다
하면서 맸다. (1969. 6. 11.)
＊벗덕: 퍼뜩. 얼른.

산문 지도를 하면서

산문을 함께 읽어 나가다가 감동이 고조된 내용이나 시적 표현이 있으면 이런 것이 시라고 말해 준다.

요즘 당국에서 고전 읽기를 아이들에게 장려하고 있다. 그 많은 고전 가운데 해마다 지정 교재가 바뀐다고 하지만, 어느 것을 그해의 교재로 선정하는가, 하는 것도 문제고, 지정된 그

고전의 번역이 제대로 되어 있는가, 하는 것도 심히 의심스럽지만, 도서실의 많지 않은 동화책조차 외면하고 만화책만 찾아 들여다보고 있는 아이들에게 고전을 읽도록, 어쨌든 책을 읽도록 교육하려는 그 취지만은 찬성하고 싶다. 그래 기왕 읽힌다면 그냥 읽으라고만 하지 말고, 또는 시험을 칠 것이니 읽으라 하지 말고 좀 효과 있는 독서 지도를 해 주었으면 한다.

가령 고전 가운데 한 대목을 아침 자습 시간 같은 때에 교사가 읽어 주어, 문학 교육의 기회로 삼는 것도 한 방법이리라. 초등학교 아이들이 읽게 되어 있는 고전은 거의 모두 문학 책인 줄 아는데, 책이라고는 무미건조한 교과서밖에 모르는 아이들에게 안데르센의 작품이나 데 아미치스의 《쿠오레》(1886)의 한 구절을 읽어 주고 그 속에 흔히 나오는 시적인 세계에 다 같이 들어가 보는 것은 문학작품 감상 교육은 물론이고, 시를 느끼고 붙잡는 데도 좋은 계기가 될 수 있으리라 생각한다.

작품 감상으로

작품의 발표와 비평 감상 단계의 지도는 그것이 그대로 취재의 암시가 되고 취재 활동으로 발전한다. 감상 교재는 같은 반 동무의 작품이 아니라도 이용할 수 있다. 미리 지도의 주된 목표를 정해서 작품을 읽히고, 거기 표현된 작자의 심정에 공감하게 하고, 표현하려 한 핵심이 잘 나타났는가를 살피게도 하여 저마다 생활을 반성함으로써 시를 찾도록 하는 것인데, 이것은 가장 자주 실천될 듯한 방법이라고 본다.

사생 지도로

바깥에 나가 사생을 시키는 것도 이따금 할 수 있는 방법이다. 교실에서 미리 지도(대개는 작품 감상인데 이것은 10분이면 충분하다)를 하고 바깥에 나간다. 잔디밭에 앉든지 나무에 기대어 서 있든지 자유롭게 하는데, 단지 남을 방해하지 않게 해야 한다. 그래서 무엇을 가만히 바라보다가 문득 느낀 것을 미리 준비한 조그만 종이에 적도록 한다.

이 사생시는 감각을 자극하는 것에 그치기 쉽고, 타성에 빠지기 예사이나 생활시 지도와 나란히 이따금 사실 그대로 묘사하는 것을 익히는 훈련으로 시도해 볼 수 있고, 더구나 시가 무엇인가를 처음으로 알려 주기 위한 방법으로 흔히 쓰인다.

사생시가 평이한 묘사와 감각을 자극하는 언어로 정체되는 까닭은 그 대상이 대개 자연 경물이고, 무엇보다도 시를 쓰기 위해 일부러 도사리고 앉아 시적인 것을 찾는 작위성과 비생활성 때문이다.

집에서 써 오라고 숙제로 내면 좀처럼 안 써 오니까 이렇게 해서라도 쓰게 해야 한다고 사생만 시키지 말고, 이럴 때는 과제를 내어 보는 것이 좋다.

체험을 과제로

이것은 학급에서 공동으로 체험한 일에 대해서 과제를 내 주는 방법이다. 견학, 연극 관람, 작업, 소풍, 운동회 같은 기회를 놓치지 말아야 한다. 그리고 무슨 큰 행사가 있었다든지, 여행을 갔다든지 하는 일이 아니라도 조금만 주의를 기울이면 평소 학교생활에서 얼마든지 공동으로 경험하는 사건이나 모든 아이들이 관심을 기울이고 있는 일들이 있다.

아니 학교생활이란 종소리에 따라 움직이는 공동생활이다. 체육 시간에 운동경기가 벌어질 때는 온 반 아이들이 한마음이 되어 열중하고, 음악 시간에는 터져 나오는 아이들 목소리가 교실을 뒤흔든다. 공부를 못하고 언제나 꾸중을 듣는 아이에 대한 생각, 그런 아이가 놀라운 그림을 그려 보였을 때의 찬탄, 고구마를 숨겨 놓고 쉬는 시간에 먹고 있는 아이, 물을 서로 먼저 먹으려고 하다가 일어난 싸움, 0점을 받은 시험지, 새로 전학 온 아이, 청소하다가 벌어진 말다툼, 반장 선거, 깡패 같은 아이, 선도 당번……. 조금만 주의를 기울이면 누구나 체험하고 또는 관심을 가진 일들이 얼마든지 있다. 그래서 어떤 시간이나 장소를 한정해서 그 안에서 일어난 일에 대해 자유롭게 취재하게 할 수도 있고, 몇 가지 시 제목이나 제재를 보여 주고 거기서 선택하여 쓰게 할 수도 있다.

어떤 사건이 있을 때 그 일에 대해 서로 이야기할 기회를 주어 저마다의 감정을 확인하고 남의 마음을 이해하게 하여 우정을 심화하는 예는 앞에서 든 바 있다. 이렇게 학급 아이 가운데서 어떤 불행한 일이 일어났을 때 그 불행을 함께 이야기하고, 그 불행한 아이를 위해 시를 쓸 수 있는 과제를 내주는 것은 아주 적절한 방법이다.

시의 취재는 어디까지나 아이들의 자유의사에 따르는 것이

원칙이나, 이렇게 모두가 관심을 갖고 있는 일이 있고 공동으로 체험한 생활이 있으면 얼마든지 과제를 낼 수 있고, 그렇게 함으로써 작품을 견주어 표현 방법과 느낌과 생각의 차이들을 살피게 하여 더욱 효과 있는 시 지도를 할 수 있다.

넓은 범위의 과제를 낼 수도 있다. 때, 곳, 표현 내용을 어느 정도 한정해서 그 범위 안에서 무엇이든지 잡은 감동을 쓰게 하는 것이다. 예를 들면 이런 것을 쓰라고 한다. 제목은 달리 생각해서 정할 수 있고, 나중에 또 고쳐 써도 좋다.

첫째, 점심시간에 일어났던 일.

둘째, 쉬는 시간에 있었던 일.

셋째, 학교에 오다가 본 것.

넷째, 슬픈 일, 가슴 답답한 일.

다섯째, 아무도 몰래 저만 혼자 오래오래 가지고 있어 온 느낌이나 생각.

여섯째, 억울한 일, 분한 일.

일곱째, 기뻐서 어쩔 줄 모르던 일.

여덟째, 가엾구나, 하고 생각한 것.

아홉째, 아름답구나, 하고 생각한 것…….

이 밖에 계절에 따른 시의 제목과 제재 일람표를 만들어 두는 것도 좋다. 또, 쓰기 전에 모두 자기가 쓰려고 하는 내용이나 제목을 발표하게 하여 제재를 넓히는 데 도움이 되도록 할 수도 있겠다.

시가 아이들의 생활에서 우러난 감정으로 쓰는 것이라면 일
부러 시를 쓰려고 찾아다녀서는 안 된다. 그러니 집에서 밥을
짓다가, 또는 심부름을 가는 길에서, 또는 동생을 등에 업고 들
에서 돌아오는 어머니를 기다리며 보고 듣고 생각한 것을 그
때그때 감동이 식기 전에 시로 써 두는 일은 시를 쓰는 아이들
에게 가장 바람직한 일이다. 수첩이나 조그만 공책을 가지고
다니면서 하루 한 가지나 두 가지씩 적어 두었다가 이따금 교
사에게 내보이도록 하면 좋을 것이다. 이런 것이 숙제라면 숙
제다.

구상 지도

 ●

 쓸거리가 정해지면 그 쓸거리, 다시 말해 현실 감동을 어떻게 그 중심이나 초점만 잡아내어 두드러지게 할 것인가, 하는 구상 지도가 있어야 한다. 이 구상 지도는 첫째, 생활의 장에서 일어난 일 가운데 어디서부터 어디까지를, 마음의 움직임 가운데 어느 부분을 도려내는가, 곧 현실을 재단하는 문제, 둘째, 줄 나누기와 연의 구성, 셋째, 표현의 형태로 나누어 살펴볼 수 있다.

감동의 핵심을 잡아내기

 시를 처음 쓰게 하면 아이들은 태반이 산문을 써낸다. 이런 산문을 다시 잘 살펴보면 그것은 대개 세 가지, 처음부터 감동을 전혀 잡지 못한 것과, 감동이 있기는 하지만 필요 없는 말을 많이 늘어놓은 것과, 감동을 그대로 쏟아 놓지 않고 설명한 것으로 나눌 수 있다.

처음부터 시를 잡지 못한 것은 취재 지도로 감동을 붙잡는 공부를 하도록 해야 할 것이다. 그리고 설명을 한 것은 주로 쓰기 지도가 되겠는데, 앞뒤에 필요 없는 이야기를 붙여 놓은 것은 바로 구상을 제대로 하지 못하고 쓴 것이다.

인동꽃 따기   김순교 경북 안동 대곡분교 3학년

인동꽃 따로 갔다.
갯골 가니 많았다.
영주야,
어서 따자.
말려서 팔아서
기성회비 내야지.
돈이 삼백 원이면 인동꽃을
얼마나 따야 되는지 아나?
빨리 따라.
보리밭에 뭐가 운다.
무섭다.
영주야,
니, 내 뒤에 온내이. (1970. 6. 13.)

＊ 인동꽃: 인동덩굴에 피는 꽃으로 옛날부터 약으로 썼으나 최근에는 이것이 화장품의 원료로 많이 쓰이게 되었다. 인동꽃이 피는 봄철에는 농가에서 돈이 나올 데가 없어, 아이들은 흔히 인

동꽃을 따서 한 달 300원의 기성회비를 대었다.

＊기성회비: 학생들이 달마다 학교에 내는 돈. 후원회비, 사친

회비……, 이렇게 여러 가지 이름으로 바뀌었다.

이 작품에서 맨 처음 두 줄을 삭제하는 것이 좋겠다고 지도

할 수 있다. 그것은 표현의 형태를 생각해야 한다는 점도 있지

만, 이 아이가 현실의 어느 부분을, 어디서부터 어디까지를 한

정해서 써야 한다는 것을―감정의 초점을 잡아내어 써야 한다

는 것을 잊고 있기 때문이다. "인동꽃을 따면서 동생에게 말한

것만 써라"해서 필요 없는 부분을 삭제하게 하면 될 것이다.

(글쓴이가 엮은 어린이시 모음 《일하는 아이들》(1978)에는 이 부분이 삭제된

채 실려 있다. 지도한 결과로 보인다.―편집자)

하나 더 예를 들어 본다.

어머니 윤상옥 경북 문경 김룡초 6학년

나는 아버지가 안 계신다.

어머니만 모시고 산다.

어머니는 매일 걱정을 하신다.

살림이 없기 때문이다.

나는 매일같이 꽁당보리밥을 먹고

학교에 다닌다.

오늘도 어머니는 남의 일을

하러 가셨다.
오늘은 일찍 돌아오실까?
생각이 난다.

이런 작품이 나왔을 때, 산문이라고 아주 내버리는 일이 없도록 해야 할 것이다. 작품이 아무리 시에서 멀어져 있다 하더라도, 거기 좋은 점을 찾아낼 수 있으면 그것을 칭찬해 주는 것이 좋다. 이 작품에는 아이가 말하고 싶은 생활감정이 분명히 있다.

감동이 있는데 그것이 효과 있게 표현되지 못한 것은 구상이 거의 없었기 때문이다. 현실의 어느 부분을 잘라 내어 쓰는가, 하는 문제를 생각하지 않았고, 감동의 자세하고 뚜렷한 모습을 파악하지 못했기 때문이다. (이 작품은 아이가 생전 처음 시라고 쓴 것이다.) 그래서 감동이 자리한 현실의 재단 방법을 무엇보다도 먼저 지도해야 할 것이다.

이 작품을 분석해 보면 아래처럼 산만한 이야기가 되어 감동의 중심이 없어져 버린다.

첫째, 나는 아버지가 안 계시고 어머니만 모시고 산다. (1, 2줄)

둘째, 살림이 없어서 어머니는 걱정만 하신다. (3, 4줄)

셋째, 나는 날마다 보리밥을 먹고 학교에 다닌다. (5, 6줄)

넷째, 오늘도 어머니는 남의 일을 하러 가셨다. (7, 8줄)

다섯째, 어머니는 일찍 돌아오실까, 생각한다. (9, 10줄)

이 아이가 쓰려고 한 것은 고생하는 어머니에 대한 간절한 생각인 것 같다. 평소 마음속에 뿌리 깊이 박혀 있는 이런 감회는 자기의 생활을 모조리 설명해서 나타내려 하지 말고, 첫째에서 다섯째에 이르는 것 가운데 그 어느 한 가지를 정해서 거기에 감동을 집중해서 나타내도록 해야 할 것이다. 다시 말하면 어느 순간(대체로 짧은 시간) 감동의 집약된 상태를 파악해서 보여 주어야 할 것이고, 그 밖에 자기 형편에 대한 설명 같은 것은 모두 아낌없이 잘라 내 버려야 한다.

이 아이가 어머니를 생각하는 마음을 '다섯째, 어머니는 일찍 돌아오실까, 생각한다'를 중심으로 파악해서 다시 쓰게 한 것이 다음과 같다.

어머니 윤상옥 경북 문경 김룡초 6학년

어머니는 지금

미숙이네 뽕나무밭에서

바랭이를 파내고 있을 게다.

호미로 뿌리를 파고

손으로 쥐어뜯으면

확확 달아오르는 땅바닥은

얼마나 숨이 막힐까?

등줄기를 땀이 흘러내리고

얼굴도 땀투성이가 되어

손등으로 이마를 문대고 있을 게다.

그러면 이마는 또 흙투성이가 되고,

아, 어머니!

잠시라도 쉬셔요.

밭둑에는 참나무 그늘이 있겠지요.

거기 가서 땀을 닦으셔요.

뻐꾸기 소리라도 들어 보셔요.

저기 산 위에 피어오르는 구름,

꽃같이 아름다운 구름을 바라보셔요.

나도 지금 뻐꾸기 소리를 듣고 있어요.

뻐꾹, 뻐꾹, 그 소리 들으면서 배고픈 것도 잊었어요.

어머니!

오늘은 일찍 가겠어요.

제가 감자를 삶아 놓겠어요.

어머니도 일찍 돌아오셔요.

이것은 교실에 앉아 어머니를 생각하다가 어느새 어머니를
불러 이야기하면서 제 마음을 나타낸 형태로 되어 있다.

줄 나누어 쓰기

이 줄 나누어 쓰는 문제는 동시 특유의 발상 형태와도 관계
있다고 생각되기에 좀 자세히 말해 보고 싶다.

흔히 시는 줄을 짧게 끊어 쓰고, 산문이면 길게 달아서 쓰는

것이 예사지만, 산문같이 길게 달아 쓴 시도 있다. 그리고 시같이 짧게 끊어 썼다고 해서 반드시 시가 될 수 없다는 것은 상식이다. 그런데 이런 상식을 그렇게 잘 이해하고 있지 못한 것 같다. 아이들의 작품을 보면 교사들이 줄을 짧게 끊어 쓰는 데만 관심이 가서, 내용은 온전히 산문인 것을 줄만 짧게 끊어써 놓고 시 또는 '동시'라고 생각하거나, 내용에 맞지 않게 줄을 끊어 씀으로써 모처럼 얻은 시를 그만 잃어버리는 수가 많다.

안경 김소영 초 6학년

어두운 장롱 속
상자 안에서
햇빛도 바깥세상도
보지 못하고
쓸쓸히 홀로 있는
아빠의 안경.
아빠가 계실 땐
푸른 들, 높은 산
바라보면서
언제나 즐겁게
지내었건만,
지금은 주인 없는

장롱 속에서
즐겁던 그때를
그려 보면서
외로이 하루를
보낸답니다.
　　－《유양 문예 작품집 1》

　이 작품에 대해서 평자는 음수율을 분해해서 아주 적절한
평을 하였는데, 그러나 평 끝에 가서 "'안경'의 내용은 매우 어
두운 것인데, 더욱 재미있고 밝고 신비한 내용이면 좋겠습니
다"고 말한 것은 좀 달리 생각된다. 이야기가 좀 달리 되는 듯
하나 먼저 이 문제부터 말해 본다.
　아버지의 안경과 돌아가신 아버지에 대해 생각하는 것이 그
처럼 어두운 생각일까? 6학년인 아이로서 돌아가신 아버지에
대해 생각하는 것은 언제나 그런 생각에 매여 있는 것이 아니
고 그럴 리도 없으니 당연하고 자연스러운 마음이 아닐까? 세
상에는 그보다 훨씬 더 어둡고 답답한 일이 얼마든지 있고, 그
런 것을 6학년쯤 되면 일상의 일로 보고 듣고 당할 것인데, 이
정도의 생각을 어두운 것이니 쓰지 말라고 하고, "재미있고 밝
고 신비한" 것을 쓰도록 하는 게─그 신비한 것이 아이들의 생
활에서 어떠한 것인지 잘 모르지만─아이들을 건강하게 키
워 가는 결과가 될까? 그것은 어른 중심으로 치우친 표정을 아
이들에게 강요하는 것이 아닌가? 그래서 무한히 넓혀 주고 키

위 주어야 할 아이의 감성과 지성의 세계를 조그만 울타리 안에 가두어 놓는 결과가 되는 것이 아닌가? 나는 6학년이나 된 아이가 돌아가신 아버지를 어쩌다가 어떤 기회에 생각하는 것은 지극히 자연스러운 감정이요, 이와 비슷한, 또는 이보다 더 슬프고 답답한 남의 일을 생각할 수도 있고, 생각할 뿐 아니라 그런 일을 당했을 때 울고 슬퍼하는 시를 얼마든지 쓸 수 있다고 본다. 그런 사람다운 아이를 시로 키워야 한다고 생각하는 것이다. 나비나 꽃이나 찾아다니는 인형 같은 동심이 아니고.

어쨌든 이 작품으로 짐작되는 아이의 감정은 진실한 일상의 현실이다. 그런데 보라. 아이의 이런 진정이 이른바 '동시'의 형식으로, 동시스런 발상으로 얼마나 왜곡되어 나타나고 있는가를! 아버지를 생각하는 그 진심의 표현이 잔잔한 물결처럼 흘러나와야 할 것을, 이렇게 재미있게 흥얼거리는 노래로 나타나다니, 어찌 된 셈인가? 이럴 수가 있는가? 6학년이나 된 아이가 "아빠"라고 하고, "보낸답니다" 하는 말씨며, 짧게 줄을 끊어서 유쾌하고 가벼운 기분을 낸 것이 모두 동시 특유의 발상이 되고 있다. 이런 동시로서는 살아 있는 아이의 감정을 나타낼 수 없게 되어 있다. 그럼에도 교실에서 지도하고 신문 잡지에 발표되는 작품은 모두 이런 것이니, 아이들은 설사 진실한 그 무엇을 가졌다 하더라도 작품으로 쓰이는 것은 이렇게 맹랑하게 왜곡되어 나타나는 것이다. 그래서 이 작품도, 아이가 처음부터 감동이란 전혀 없이 남의 모방을 일삼은 것이 아닌가, 하는 의심까지 들게 되는 것이다.

이 작품의 내용과 형식이 서로 어울리지 않는다는 것을 평자도 느끼고 있는 것 같다. 그래서 7·5조의 가락은 우리 말에 잘 어울리는 것으로 가볍고 매끄럽고 산뜻한 맛을 풍기는 것이니 내용도 이에 맞추어 재미있고 밝은 것으로 쓰라고 하였지만, 나는 이와 반대의 말을 하고 싶다. 곧, 여기 나타내려고 한 아이의 느낌은 아이 자신의 생활에서 우러난 진실한 감정인데, 쓴 형식은 그런 진정을 나타낼 수 없이 남의 흉내로 흥얼거리는 노래 같은 동시 조로 써서 그만 느낌과 생각이 아주 죽고 말았으니, 형식을 조금도 생각하지 말고 쓰고 싶은 것을 자유롭게 쓰라고 말하고 싶다. 형식에 내용을 맞추는 것이 아니라, 내용에 형식을 맞추어야 한다. 아니, 내용이 나타나면 그것이 그대로 형식이 된다.

이 작품에서 짐작되는 아버지의 안경과 돌아가신 아버지를 생각하는 아이의 감정이 조용히 가라앉고, 그리워하고, 생각하게 하고, 또는 쓸쓸한 그런 것이라고 할 때, 이런 감정의 표현 형식은 흔히 산문같이 될 것 같다.

이미 동시 특유의 발상으로 나타난 언어지만 이것을 다음과 같이 산문체로 고쳐 써 놓으면 어떨까?

어두운 장롱 속 상자 안에서 햇빛도 바깥세상도 보지 못하고 쓸쓸히 홀로 있는 아버지의 안경. 아버지가 계실 땐 푸른 들, 높은 산 바라보면서 언제나 즐겁게 지내었건만, 지금은 주인 없는 장롱 속에서 즐겁던 그때를 그려 보면서 외로이 하루를 보낸답니다.

　이렇게 써 놓으면 이른바 동요 조의 그 경망한 느낌이 가시고, 작자의 순수한 감동만을 표현하는 모양이 될 것 같다. 물론 이렇게 쓴다 해도 이미 동시 조로 되어 버린 말은 어찌할 수 없다. 여기서 말하고 싶은 것은, 이 작품은 처음부터 산문시로, 산문시의 언어로 쓰였어야 한다는 것이다.

　그런데 아이들은 이렇게 쓰면 산문이 되는 줄 아는 것 같다. 아니, 이렇게 쓸 줄 모른다. 산문시를 쓴다는 것은 동요·동시의 세계에서 벗어나는 것을 뜻하는 것인데―왜냐하면 동요·동시에는 산문체가 없기 때문이다―시를 모르는 아이들이 산문시를 못 쓰는 것은 당연하다 할 것이다.

우산　권경희 초 4학년

내가 학교
갈 때
우산은
벽에 걸려 있다가
나를 쓰고
가라고
파란 우산
빨간 우산들이

서로

가지고 가라고

퍼드득

퍼드득.

아버지가

출근하실 때

우산은

벽에 걸려

있다가

나를 쓰고

가라고

파란 우산

빨간 우산들이

서로

가지고

가라고

퍼드득

퍼드득.

이것은 어느 작품집에 실려 있는 것인데, 다음과 같이 줄만
고쳐 써 본다.

내가 학교 갈 때

우산은 벽에 걸려 있다가
나를 쓰고 가라고
파란 우산, 빨간 우산들이
서로 가지고 가라고
퍼드득 퍼드득.

아버지가 출근하실 때
우산은 벽에 걸려 있다가
나를 쓰고 가라고
파란 우산, 빨간 우산들이
서로 가지고 가라고
퍼드득 퍼드득.

이렇게 고쳐 놓고 보면, 본디 작품은 동요를 시의 모양을 내기 위해 줄을 짧게 끊어 나누고, 연도 없애 놓았다는 것이 더욱 분명해진다. 정형시의 줄을 여러 가지로 끊어 나누어 시의 효과를 내려고 한 것은 김소월 이후 많이 시도되어 시조에서도 널리 쓰이고 있지만, 아무것이나 이렇게 줄을 짧게 나누기만 하면 시가 되는 것이 아님은 말할 것도 없다. 더구나 시의 차원에 이르지도 못한 동요·동시를 이렇게 시 같은 모양을 내려고 형식만 모방하는 것은 당치 않은 일이다.

시의 형식을 모방해 놓은 본디 작품을 다시 보면, 그것을 한 줄 한 줄 읽어 나가면서 이미지를 재구성하려 하지만, 무의미하게 분산된 낱말들이 그저 어리둥절하게 할 뿐, 더구나 마지막에 가서는 그 내용이 아무것도 아님을 깨닫게 되고, '속았구나!' 하는 느낌마저 드는 것이다. 그러나 고쳐 써 놓은 것은 적어도 그 느낌이 정직하고 선명하게 받아들여진다.

이 작품의 상想과 언어는 동요다. 동요는 동요의 형식으로밖에 쓸 수 없다. 그것을 형식만 어떤 시의 흉내를 낸다고 해서 시가 될 수 없음은 너무나 자명한 일이다. 내용에 맞는 형식이라야 한다. 아니, 형식은 내용에 따라 스스로 결정되는 것이다.

버스   권영준 경북 문경 마성초 3학년

버스는 달립니다. 나무는 밀려가는 듯이 움직입니다. 버스는 미끄러지듯이 달립니다. 사람들은 손을 흔듭니다. 기쁩니다. 정말 아름다워요. 산에는 단풍, 들에는 누렇게 익은 벼, 버스는 먼지를 내며 달려갑니다. 버스는 재미있는가 봐. 사람들은 버스를 보고 손을 흔들어 준다. 상쾌한 느낌이 들었다. 버스는 그래도 쉬지 않고 달린다. 버스 안에서 잠을 자는 사람도 있었다. 버스는 바퀴 여섯 개를 가지고 달려갑니다. 잘도 달려갑니다. 버스가 달리면 날으는 것 같습니다. 타 있는 사람들은 무섭지도 않은가 봐. 이상도 하지. 참으로 이상하다. 이상한 느낌이 든다. 버스는 자꾸 달린다. 어머니 아버지, 밭의 보리를 가느라고 야단입니다.
(1972. 10.)

이것은 군내 아동실기대회 때에 나온 작품으로 나는 이 작품에 대한 평을 다음과 같이 썼다.

버스를 탔을 때의 어린이다운 즐거운 마음이 잘 나타나 있습니다. 읽어 나가면 누구나 버스를 탄 것같이 즐겁습니다. 이것은 글쓴이가 버스를 타고 여행을 갔다 와서 이 시를 쓸 때, 버스를 타고 있을 때의 기분을 잘 되살려서, 그때의 마음을 그대로 썼기 때문입니다. "버스는 달려갑니다"를 되풀이하여 쓴 것도 남의 흉내가 아니라, 버스를 탄 심정이 되어 쓰다 보니 저절로 되풀이된 말입니다……. 이렇게 산문같이 써도 얼마든지 시가 될 수 있습니다.

그런데 작품집이 나와서 이 작품이 실려 있는 것을 보고 실망했다. 그것은 다음과 같이 줄을 짧게 끊어 놓아서, 그 본디의 모습이 아주 달라졌기 때문이다.

버스는 달립니다.
나무는 밀려가는 듯이 움직입니다.
버스는 미끄러지듯이 달립니다.
사람들은 손을 흔듭니다.
기쁩니다.
정말 아름다워요.
산에는 단풍,

들에는 누렇게 익은 벼,

버스는 먼지를 내며 달려갑니다.

버스는 재미있는가 봐.

사람들은 버스를 보고

손을 흔들어 준다.

상쾌한 느낌이 들었다.

버스는 그래도 쉬지 않고 달린다.

버스 안에서 잠을 자는 사람도 있었다.

버스는 바퀴 여섯 개를 가지고 달려갑니다.

잘도 달려갑니다.

버스가 달리면 날으는 것 같습니다.

타 있는 사람들은 무섭지도 않은가 봐.

이상도 하지.

참으로 이상하다.

이상한 느낌이 든다.

버스는 자꾸 달린다.

어머니

아버지

밭의 보리를 가느라고 야단입니다.

보는 바와 같이 줄을 이렇게 끊어 놓아서, 원작에서 버스가
쉴 새 없이 달리고, 달리는 버스에 타고 있는 아이의 즐거운
심정이 연달아 쏟아지는 말로 흥겹게 읽히던 것이 그만 끊어

진 줄마다 단절 상태가 되어, 그 흥취가 반감되어 버리는 것을
느끼게 된다.

　하나 더 예를 들어 본다.

뜰 　이병도 초 5학년

　구석에
　버려진
　새까맣게
　낡은
　헌 고무신.

　남몰래
　고개 숙이고
　부끄러워하는
　민들레
　아가씨…….

　성난 얼굴
　하면서
　구석에
　혼자 있는
　점박이

축구공…….

동생이
놀다
버려둔
털터리
자전거.

모두 모두
한 동무
한 친구래요.
– 제6회 대구청년회의소 주최 어린이 백일장 운문부 장원작

이것은 오늘 어느 신문에 나온 작품이다. 5연으로 구성된 이 작품은 4연까지는 이게 뭔가, 뭔가, 하고 읽다가 마지막 연에 가서 비로소 통일된 어떤 사상 같은 것을 느끼게 된다.

모두 모두
한 동무
한 친구래요.

여기서 우리는, 이 세상에 태어난 모든 것은 한 형제라는 그 누구의 말을 생각할 수도 있으리라. 그러나 이런 생각은 우리

어른들이 애써 머리를 짜내어 도달하는 것이지만 아이들은 그 일상에서 예사로 느끼고 있는 것이다. 이런 것을 아이들이 가진 원초의 이미지라고 할 수 있을지 모른다. 그래서 아이들은 그 생활 감동을 그대로 순박한 말로 쏟아 놓으면 시가 되는 것이다.

그런데 이런 천성의 시인들을 이번에는 어른들이, 더구나 시 같은 것을 가르친다는 어른들이 무참하게 죽이고 있는 것은 아닌가? 이 작품에서 위에서 말한 순수한 감동과는 달리, 뭔가 어울리지 않는 억지스러운 말과 태도가 4연까지 나타나서, 그만 마지막 연의 통일된 상想마저 이게 이 아이의 가슴에서 우러난 것이 아니고 어디 남의 것에서 빌려 온 것이 아닌가, 하는 느낌마저 들게 하는 것이다.

4연까지가 억지스러운 표현이라는 것은, 그 낱말들이 단 하나의 예외도 없이 추상과 개념과 상식으로 만들어진 것도 그렇지만, 뭔가 그럴싸한 것을 보이려고 해서 짧게 줄을 끊어서 하나하나 낱말의 의미를 강조해 놓은, 그 이른바 시 같은 것의 모방이 무엇보다도 거슬린다. 만일 이것을,

구석에 버려진
낡은 고무신
남몰래 고개 숙인
부끄러워하는 민들레 아가씨
......

이렇게 고쳐 써 놓는다면, 물론 시가 될 수 없는 그 상식 용어야 어쩔 수 없지만, 억지스러운 형식의 조작이 없고, 따라서 마지막 연의 상도 훨씬 더 자연스럽게 살아나지 않을까 생각한다.

말하고 싶은 생각, 표현하고 싶은 내용이 그대로 잘 나타나도록 할 것이지, 형식을 본받아서는 안 된다. 형식은 없다고 생각해야 한다. 어떠한 형태로든지 나타나는 그것이 곧 형식이다. 더구나 생활감정의 소박한 표현으로 쓰는 어린이시는 그러하다. 그리고 시의 형식에서 가장 눈에 띄는 것이 줄을 옮겨 쓰는 것인데, 교사들이 시 지도에서 이렇게 줄을 짧게 끊어 쓰려고만 하는 것은 아이들에게 시 정신을 가르칠 것은 잊고 작품의 결과를 중시하는 나머지 형식의 모방을 일삼는 것이라고 볼 수밖에 없다.

그러면 줄을 옮기는 지도나 연을 나누는 지도가 필요 없는가?

내 경험으로는 2학년이든지 6학년이든지 처음 시를 쓰게 되는 아이들에게 한두 작품을 보여 주고, "제 생각대로 끊어 써라"고 하면 대체로 자연스럽게 줄을 나눠 쓰는 아이들이 많았다. 그리고 끊어서 쓸 것이라도 산문같이 달아서 쓰는 아이들이 물론 많이 있지만, 이런 아이들에게도 "왜 이렇게 산문같이 달아서 써 놓았는가?" 하고 주의를 준 적이 거의 없다. 몇 번만 더 쓰게 되면 칠판에 써 놓은 작품이나 같이 보는 작품을 읽는 가운데 절로 익히기 때문이다. 이렇게 해서 아이들이 처음부터 제 생각에 맞도록 마음대로 시의 모양을 만들어 쓴다는 것은 그것이 곧 자기 스스로의 세계를 창조해 가는 것으로서 시 교육에서 아주 중요하다고 생각된다. 아마, 교사들은 엉뚱스럽게 줄을 나눠 써 놓은 작품에서 오히려 아이들의 어떤 진심을 발견하게 되는 수도 가끔 있으리라.

우리 어머니   여학생 부산 동신초 4학년

우리 어머니는
날마다 시장에 가십니다.
오늘도 새벽에 나갔습니다.
우리 어머니는 쇳덩거리입니다. (1952. 12.)
* 쇳덩거리: 쇳덩어리. 쇳덩이.

이렇게 순박한 시를 쓴 이 아이가 만일 줄을 짧게 옮겨 쓰는 것이 시라고 생각하도록 처음부터 지도를 받았다면 어떻게 썼을까? 가령 이 시의 말을 그대로 하여 좀 더 짧게 써 본다.

우리 어머니는
날마다
시장에
가십니다.
오늘도

새벽에

나갔습니다.

우리 어머니는

쇳덩거리입니다.

줄을 짧게 끊어 쓰도록 지도를 받았다면 이와 같이 썼을지
도 모른다. 이 작품에서 이렇게 짧게 끊어 놓은 것은 아무 필
연성도 없고 의미가 없으며, "어머니는 쇳덩거리"라는 어머니
에 대한 절실한 생각이 그만 분산된 낱말 때문에 희박해질 뿐
아니라, 어머니의 노고를 어린 가슴으로 아파하는 것이 아니
고, 남의 일처럼 노래하는 태도가 되기 쉬운 것이다. 여기다가
"가십니다" "나갔습니다" "입니다" 같은 말이 동시 같지 않다
고 해서 '가시죠' '나갔죠' '랍니다'쯤으로라도 쓴다면 시는 멸
망할 수밖에 없다. 그리고 형식 치중의 지도라는 것이 이렇게
될 위험성은 너무나 많은 것이다.

돌 김선모 경북 안동 대곡분교 3학년

학교에 오다가 큰 돌을 딛지 않고 오려니까 큰 돌을 하나 밟았
다. 오늘 학교에 가면 재수가 없을 것이다, 하고 마음먹고 와서
공부를 하니 두 개가 틀렸다. (1970. 5. 30.)

만일 형식 지도를 위주로 하여 줄 끊어 쓰기를 처음부터 강

조했다면 이런 아이의 이런 마음의 세계는 도저히 표현할 수 없는 것이다.

다음은 2학년 아이의 작품인데, "제 마음에 맞도록 끊어서 써라"고만 해서 써낸 작품 그대로다.

벌 박영분 경북 상주 공검초 2학년

우리 배꽃에
벌이
꿀 빨아 먹자 꿀 빨아 먹자 꿀 빨아 먹어
하면서 서로 빨아 먹을라고 꿀 빨아 먹을라고
윙윙 합니다. (1959. 4. 13.)

다음 작품도 생전 처음 써낸 것인데 전혀 그대로의 모양이다.

하늘의 끝 최보순 경북 문경 김룡초 5학년

하늘은 하늘은 끝이
안 보이네.
하늘은 온 세계를
덮고 있는가 봐요.
하늘을 날아다니는

고운 새소리

곱기도 곱다.

아, 하늘은 또 저렇게

높구나!

차라리 1, 2학년에서는 줄을 짧게 끊어 쓴다는 것이 무리하고, 그럴 필요도 없는 것이 아닌가? 시를 그냥 산문같이 달아서 쓰게 할 것이 아닌가? 그래서 참된 시라는 것을 천천히 이해시키는 것이 정상이 아닌가? 3학년쯤 되어서 비로소 줄을 짧게 끊어 놓은 시의 형식을 보여 주고 쓰도록 할 것이 아닌가?

그러나 이런 문제는 앞으로 더욱 연구되어야 하리라 믿는다.

표현 형태

시의 형태라고 할 때는 내용을 떠난 어떤 고정된 형태 같은 것을 말하는 것이 아니라, 아이의 감동이 어떤 모습으로 분출하게 되는가, 하는 자태를 말한다. 이 감정의 분출은 그림을 그리듯 함으로써 나타나는 수가 있고, 노래를 부르듯이 들려주는 수도 있고, 그냥 고함을 치는 수도 있고, 또는 조용히 소곤거리기도 한다. 그래서 호소하는 형태, 묘사하는 형태, 서사 형태, 서정 형태 들로 나눌 수 있기는 하지만, 대개의 경우 이런 몇 가지의 형태가 함께 나타난다.

(1) 절규, 또는 감탄하는 형

시의 가장 순수한 원형이라고 할 수 있다. 욕망이나 의지가 따를 때 절규가 되고, 경이로운 세계의 발견일 경우 감탄이 된다.

눈과 무궁화나무   권명분 경북 상주 공검초 2학년

아굿째여!
하얀 무궁화 꽃이 폈다. (1959. 1. 20.)

나이가 어릴수록 이러한 순수한 부르짖음의 언어는 그 비중을 크게 차지한다. 우리는 시라는 것을 이해시키는 최초의 유효한 방법으로 아이들이 저도 몰래 부르짖은 이런 말을 발견하고 채집해서 그들에게 보여 줄 수 있을 것이다. 그리하여 자유로운 마음과 표현의 세계를 천천히 키워 갈 수 있으리라.

(2) 호소하는 형태

요구, 청원, 청유, 하소연, 질의 따위 여러 가지인데, 부모나 교사에게 하는 수가 많겠지만, 형제나 동무에게 할 수도 있고, 새라든지 나무라든지 바람과 같은 자연물을 상대로 이야기하는 수도 있다.

아버지께   김병희 경북 문경 김룡초 5학년

아버지,

돈 5원만 줘요.

지우개 살라고요.

아버지, 5원이 없겠어요?

지우개 없어요.

시험 칠라면 지워야 돼요.

　이것은 5학년 아이가 쓴 것이지만, 1학년이나 2학년 아이들에게 "아버지나 어머니나 선생님께 하고 싶은 말을 써 보라"고 해서 그들의 욕망이나 소원을 마음껏 소리 내 보게 하는 것도 좋을 것이다.

바람 　고윤자 경북 상주 공검초 2학년

바람아, 바람아,

불지 마라.

우리 오빠

산꼭대기에서

산 지키는데 춥다.

바람아,

불지 마라. (1958. 12. 9.)

　이것은 바람에게 호소하는 시다. 구름에게 얘기하는 시, 강물에게 이야기하는 시, 나무에게 이야기하는 시, 파랑새에게 이야기하는 시……, 얼마든지 쓸 수 있다. 아이들은 의인화 표현을 잘하는데, 이와 같이 자연물에게 제 마음을 호소하거나 정을 이야기하는 것은 아주 자연스러운 감정이 아닌가 싶다.

오요강아지　이재왕 경북 안동 대곡분교 2학년

오요강아지야,
봄이 오면 춥도 않고 좋지.
따뜻한 봄이 오면 참 좋지.
촉도 트고 참 좋지.
따뜻한 기 최고제.
봄아, 어서 오너라. (1970. 2.)
＊오요강아지: 버들강아지. 버들간지. 버들강생이. 버들개지.
＊촉: 싹. 새싹. 새눈. 새순. 움. 맹아리.

풀과 나무와 돌멩이들을 제 동무로 느끼고 따뜻한 정을 나누는 아이들의 마음과 말은 그대로 시가 될 것이 아닌가? 우리는 아이들의 마음을 좀 더 활짝 열어 주어야 하겠다. 별과 이슬과 태양과 그 밖의 모든 자연을 향해…….

(3) 묘사하는 형태
사물과 현상을 눈앞에 그림처럼 그려 보이는 형태인데, 흔히 자연 경물의 사생으로 시작한다.

구름 박선용 경북 상주 청리초 3학년

구름이
해님을 꼭 안고
놔주지 않았다.
그런데 해님이
가랭이 쌔로
윽쩌로
빠자나왔다. (1963. 10. 31.)
  * 가랭이: '가랑이'라고도 한다.   * 쌔로: 새로. 사이로.
  * 윽쩌로: 억지로.   * 빠자나왔다: 빠져나왔다.

아이들의 묘사는 대개 의인화로 이루어진다. 이런 의인화
표현은 아이들의 순진한 마음을 잘 나타내고, 직유니 은유니
하는 기교조차 거의 가르칠 필요 없이 효과 있게 쓰고 있는 것
같다.

햇빛 박종득 경북 안동 대곡분교 3학년

햇빛이
거미줄에 감겼다.

거미줄에서 햇빛이
춤추는 같다.
거미는 햇빛을 보고
막 걸어 다닌다. (1968. 12.)

그러나 이런 감각만 표현한 작품은 여기서 다시 다른 길을
찾지 않는다면 막다른 골목에서 헤어날 수 없을 것이다.

구기자   이현숙 경북 상주 이안서부초 2학년

구기자 밑에
비가 와 갖고
빗방울이
매달려 있다.
참 예쁜 게
매달렸다.
어쩌면 조렇게
매달렸을까?
조금 있으니
땅에 널쩌고 한다.
참 재미있구나.
동생이
내가 구기자 밑에 빗방울을

한번 만치 보아야지, 한다.

가만히 나도.

지대로 떨어져.

가만히 나도. (1966. 11. 13.)

＊널쩌고: 널찌고. 떨어지고. 그런데 '널쩐다'와 '떨어진다'는
좀 달리 쓰는 말이다. 무거운 돌은 '떨어진다'고 하지만, 물방울
이나 종이는 '널쩐다'고 한다. 또 '나뭇잎이 가지에서 떨어져서
땅에 팔랑팔랑 널쩐다'고 하면 알맞게 쓴 말이 된다.

＊만치: 만져.　＊나도: 놔둬.　＊지대로: 저대로. 저절로.

사물을 가만히 앉아 바라보는 데 그치는 것이 아니라 시를
쓴 사람의 행동이 그 속에 나타날 때 대상은 더욱 생동하는 모
습으로 나타나는 것임을 볼 수 있다.

포플러　이재원 경북 안동 대곡분교 3학년

포플러 나무들이 하늘로 올라간다.

하늘이 포플러 나무를 오라고 한다.

서로 올라갈라고 떠밀어 낸다.

한 나무는 못 올라가니 엎어질라 한다.

구름이 얼른 안 오면 나는 간다 한다.

포플러 잎도 방글방글 웃으며 하늘로 올라간다. (1970. 5. 8.)

＊포플러: 미루나무.

여기는 객관물을 그냥 평면으로 그리지 않고 그 속에 몰입해서 움직임을 표현한 것이 동화의 세계가 되어 그 모습이 생동함을 느끼게 한다. 물론 이것은 기교가 아니라, 자연에 부딪쳐 저절로 열리는 아이들의 눈이요, 천성의 소리다.

솔 넘어가는 소리   권상출 경북 안동 대곡분교 3학년

안동매기에서
솔을 빈다.
짝닥닥 하고
넘어간다.
빌 지기는
설설 거다가
넘어갈라 할 지기는
짝닥닥 거다가
땅에까지 댈 때는
콰당탕 건다.
내가
멀리 있어도
칭기는 것 같다.
소나무 앞에 있는
참나무도
엄침이 큰 게

소나무에 칭기서

불거진다. (1969. 10. 4.)

* 빈다: 벤다.   * 빌 지기는: 벨 적에는.

* 설설 거다가: 설설 하는 소리가 나다가.

* 콰당탕 건다: 콰당탕 한다.   * 칭기는: 치이는.

* 엄첨이: 엄청나게.   * 칭기서: 치여서.

* 불거진다: 부러진다.

솔 넘어가는 소리를 아주 사실감 있게 그려 놓았다. 눈에 보이는 것뿐 아니라 귀에 들리는 소리, 맡는 냄새, 피부로 느끼는 촉감 같은 모든 감각기관을 동원해서 대상을 파악하여야 할 것이다.

그리고 어차피 감각의 한계를 벗어나야 한다. 그러기 위해 제재를 자꾸 확충해 나가는 것도 한 방법이다. 풀잎, 이슬……, 이런 움직이지 않는 자연물의 묘사에서 물고기나 새나 소낙비 같은 움직이는 것의 묘사로, 다시 뛰노는 아이들의 모양이나 일하는 사람들의 묘사로 점점 시야를 옮겨 감으로써 감각 언어의 정체 상태에서 빠져나올 수 있을 것이고, 단순한 사생시에서 생활시, 생활서사시, 서정시로 발전할 수 있을 것이다.

(4) 과거형으로 사실을 쓰는 형태

아버지의 병환   김규필 경북 안동 대곡분교 3학년

우리 아버지가

어제 풀 지로 갔다.

풀을 묶을 때 벌벌 떨렸다고 한다.

풀을 다 묶고 나서

지고 오다가

성춘네 집 언덕 위에 쉬다가

일어서는데

뒤에 있는 독맹이에 받혀서

그 높은 곳에서 떨어질 때

풀하고 구불어 내려와서 도랑 바닥에 떨어졌다.

짐도 등따리에 지고 있었다.

웬 사람이 뛰어와서

아버지를 일받았다.

앉아서 헐떡헐떡하며

숨도 오래 있다 쉬고 했다 한다.

내가 거기 가서

그 높은 곳을 쳐다보고 울었다. (1969. 6. 10.)

* 지로: 지러. * 독맹이: 돌맹이. 돌. * 구불어: 굴러.

* 등따리: 등떠리. 등때기. 등어리. 등. * 일받았다: 일으켰다.

과거형 '었다(았다)'는 사태의 종결과 이행을 선명하게 나타
내는 것으로 서사의 기본 형태라 할 수 있다. 만일 진행형(현재
형)으로 하면 종결된 뜻보다도 진행 중의 상태 묘사를 강조하

는 표현이 되는 것이다. 어쨌든 서사 형태의 시는 아이들의 생
활시가 풍성히 꽃필 수 있는 가장 비옥한 들판이 되어야 할 것
으로 믿는다.

(5) 현재형으로 사실을 쓰는 형태

소   송원호 경북 상주 청리초 5학년

아버지가 밭갈이를 하신다.

아버지 목소리는 쇠간이 떨린다.

소는 무서워 어쩔 줄을 모른다.

아버지는 고삐로 이라 탁 때린다.

소는 놀라서 뛰어간다.

소가 뛰는 바람에 아버지 머리에 신경이 와 올랐다.

아버지는 소를 몰고 나와 막 때린다.

소는 들로 뛰어다닌다.

아버지는 소 뒤를 따라가다가 소고삐를 밟는다.

소는 확 돌아서 눈물을 흘린다. (1964. 4.)

'는다(ㄴ다)' '~고 있다'의 현재진행형은 사건이 진행되고 있
는 모양을 그려 보이는 형태인데, 지나가 버린 것을 떠올려서
다시 눈앞에 사건을 전개시키고, 지금 막 보고 있는 듯 체험하
고 있는 듯 쓰는 것이다. 현재형으로 쓰면 사건이 생생하게 살

아나 보인다.

서사시는 이 작품과 같이 순전한 서사만 할 수 있지만 흔히 중간이나 끝에 가서 자기의 감상을 쓰는 일이 있다. 물론 사건만 그려 보여도 이 작품같이 아이의 마음이 진하게 나타날 수 있는 것이다.

(4), (5)와 같이 사실을 쓰는 형태를 현재진행형과 과거형으로 나누었지만 이 두 가지 형이 한 작품에 섞여 나타나는 수가 더 많다. '소'도 전체가 '는다(ㄴ다)'의 현재진행형인데, 한 곳에만 '았다'라는 과거형이 있다. "신경이 왁 올랐다"고 한 곳이다. 현재진행으로 사건을 그려 보이다가도 어떤 동작의 급격한 변화나 종결된 뜻을 표현할 때는 이렇게 과거 완결 형태를 쓰게 된다.

다음 작품을 보면 더욱 자세히 알 수 있다.

나무 정명옥 경북 상주 청리초 6학년

어머니께서 한번도 안 해 보던 나무를
깊은 산속에 가서 해 올라 하신다.
나는 가슴이 덜컹했다.
언니도 나도 동생도 다 같이
엄마는 집에 있어!
우리가 가서 나무해 가지고 올께 엄마.

하니까 엄마는 막 꾸중하신다.

학교는 안 가고 나무하러 가나?

아예 그런 소리 말라 하신다.

눈물이 나왔다.

아버지가 살아 계셨더라면

엄마가 저런 고생 안 하실 텐데,

세상이 원망스러웠다. (1963. 12.)

이 작품을 보면 전체가 현재진행 '는다(ㄴ다)'형인데, 세 곳에만 과거형이 쓰였다. "가슴이 덜컹했다." "눈물이 나왔다." "원망스러웠다." 이러고 보면 어떤 사건의 겉모양을 그려 나가다가 자신의 감상 감회를 표명하든지, 작중 인물의 심리 변화를 표현할 때는 흔히 과거형을 쓴다는 것을 알 수 있다. 물론 아이들에게 실제 시 쓰기를 지도할 때는 시제에 대한 이런 자세한 해설이란 필요 없고, 단지 서사형으로 시를 쓸 때 아이들은 과거형으로만 쓰기 쉬우니 현재형으로 쓰는 법을 익히게 하여 사실감 있는 묘사의 생활시가 되도록 해야 하겠다.

(6) 서정의 형태

구름　이순희 경북 상주 청리초 4학년

구름이 하나 떨어져 간다, 새털같이. 큰 구름은 아빠 엄마 구름,

저녁놀 주황색 엄마 치마 물색. 엄마가 좋아하는 주황색, 보라색. 할머니는 밖에서 마루 닦으며 고모 생각한다. 푸른 하늘 보며, 고모 생각하며 뽕을 따신다. 할머니 마음은 외롭다. (1964. 6. 3.)

4학년쯤 되면, 더구나 여자아이들 가운데 이런 서정을 담은 작품을 쓰는 아이가 나오는데, 개성 있는 서정의 세계를 마음껏 넓혀 가도록 하여 주고 싶다. 아이들의 서정은 흔히 이렇게 산문시의 형태를 띠는 것 같다.

슬픔 채희순 경북 문경 김룡초 6학년

그리워
그리워
남!
그리워
어쩌면
나도
저런
하늘같이
높아
행복을
찾을까? (1972.)

이 작품은 "저런/ 하늘같이/ 높아"에서 아이의 소리가 느껴진다. 그러나 전반은 아무래도 도식화한 감정의 모방이다. 여자아이들이 흔히 빠지기 쉬운 소녀 취향의 감상 유형에서 벗어나려면, 제 마음속에만 파고들어 주저앉아 버리는 안이성을 지양하여 일상의 생활 속에서 시를 찾고 생활의 때가 묻고 땀이 밴 감정을 노래하도록 해야 한다.

저녁때 이숙희 초6학년

따뜻한
밥 내음
벼 터는 기계 소리가
멀리서 들린다.
덤불 하나 저쪽 길을
누가 지나간다.
모밀꽃이 희게 핀
들길을
인제 어머니가 오신다.
＊모밀꽃: 메밀꽃.
– 노봉우,《생활 작문 교실》

밥을 지어 놓고 동생을 업고 들에서 돌아오는 어머니를 기다리는 이 아이의 눈앞에 전개된 "모밀꽃이 희게 핀/ 들길"

의 풍경은 방에 앉아서나 잔디밭에 누워 머릿속에서 그려 내는 그런 것이 아니다. 거기는 "벼 터는 기계 소리가/ 멀리서 들"려오고 생활의 내음 같은 "따뜻한/ 밥 내음"이 나고, 그리고 하루의 노동을 마치고 어서 아가에게 젖을 먹여야지, 하고 지친 몸을 재촉하여 종종걸음으로 걸어오고 있는 어머니의 그 거뭇거뭇한 그림자—얼굴은 안 보이지만 틀림없이 어머니인 것을 알 수 있는 그 모습이 차츰차츰 다가오고 있는 들길이다.

이리하여 서정시는 단순한 마음의 색상을 뒤적거리는 모방과 유형에서 벗어나 생활을 노래하고 생활을 이야기하는 그 속에서 더욱 건강한 세계를 전개해 나갈 수 있을 것이다.

(7) 머릿속에 있는 생각(심정, 사고)을 현재형으로 쓰는 형태

이것은 평소 머릿속에 정리되어 있는 제 나름의 생각을 쓰는 것인데, 현재형으로 나타난다. 사건을 서술할 때는 그 사건의 경과를 따라, 시간의 흐름을 따라 쓰면 되지만, 마음속의 생각을 쓸 때는 그것을 쓰는 차례를 미리 잘 생각해서 써야 한다.

길 이승영 경북 안동 대곡분교 3학년

길은 아무리 걸어도 끝이 없다.
맨 수수 백 리 걸어도 끝이 없다.
돈이 많으면 고향으로 갔으면 좋겠다.

아무리 벌어도 돈은 벌지 못한다. (1970. 7. 11.)

이 아이는 본디 강원도의 어느 탄광에서 일을 하다가 폐병으로 일을 못 하게 된 아버지를 따라와서 산다. 그런데 지금 있는 곳은 40리 산길을 걸어 나가야 겨우 버스를 탈 수 있고, 생활도 그 깊은 산골에서 제 땅 한 평 없이 남의 산비탈 밭을 얻어서 담배 농사로 고생하고 있다. 고향에 가고 싶지만 차비가 없다. 일 년 내 강냉이요, 감자밥인데 돈이 벌릴 수가 없다. 그래서 이런 시가 이 아이의 언제나 사무친 생각의 표현으로 쓰인 것이다.

내 얼굴 김선모 경북 안동 대곡분교 2학년

내 얼굴은
만날로 그렇다.
하루도 다를 때가 없다.
내 얼굴은 인물도 없고
이도 다 빠질라 한다.
인물이 없어도
공부만 잘하면 되지. (1969. 11. 12.)
＊만날로: 언제나. 늘. ＊인물: 사람의 생김새.

제 얼굴에 대한 관심은 아이들도 누구나 가지고 있다. 그 누구나 가지고 있는 '생각'을 한 번쯤은 이렇게 쓰게 할 수도 있다. 여기서 아이들의 성격을 살필 수 있고, 자신을 돌이켜 살펴볼 기회를 줄 수 있기 때문이다.

사람 홍명자 경북 안동 대곡분교 3학년

맨 처음에
사람은 어째서 생겼노?
각중에
사람 여자 하나가 나타나서
아이를 자꾸 낳아서
또 그 아이가 커서
아이를 놓고 했는 게나?
무연 사람이
나타나지는 않았을 겐데
처음에 뭐가 사람이 되었노?
참 이상하다. (1969. 11. 17.)
＊각중에: 갑자기.   ＊놓고: 낳고.
＊했는 게나?: 했는 걸가? 했을까?
＊무연: 무연하게. 무연히. 인연 없이. 까닭 없이.

이 아이는 사람의 발생 문제에 대해 아이답게 의문을 전개해 나가고 있다. 이러한 자연과 사람에 대한 의문이나 견해, 주

장, 감상 같은 것을, 처음에는 자기중심의 신변 문제에서 시작
하여 점점 남들과 공통된 문제로, 사회 전반에 걸친 문제로 확
대하여 키워 가야 하리라고 생각한다.

쓰기 지도

●

    구상이 다 되어 시를 막상 쓰게 될 때, 가장 긴요한 태도는 마음껏 쓰는 일이다. 마음속에 있는 것을 죄다 털어놓는 기분으로, 자기의 모든 것을 다 내놓는 마음으로 실컷 쓰는 일이다. 좀 길어도 좋으니 할 말을 다 하도록, 열정을 기울여 한꺼번에 내달아 쓰도록 할 것이다. 글씨 모양 같은 것에 얽매이지 않고, 그저 마구 죽죽 써 나가도록 할 것이다. 그러니 교실에서 쓸 때는 남의 것을 기웃거리거나 히히대며 장난치는 일은 금물이다. 바깥에 나가 사생을 할 때도 남의 방해가 안 되도록 할 것이다.

    다음에는 자기의 말로 써야 한다. 사투리도 자기의 말이니 마음대로 쓸 수 있다. 그리고 새로운 것을 발견하려는 기분으로, 새로운 말을 찾아내려는 기분으로 써야 자기의 말을 얻을 수 있다. 자기의 말이라는 것은 자기 느낌의 생각이 담뿍 담겨 있는 말이다.

이때 자칫하면, 이른바 우등생들은 교과서 같은 규격화된 감정과 말로 쓰기 쉽다. 이 아이들은 새로 익힌 표준어와 근사한 용어를 쓰는 듯하지만, 자기의 손때가 묻지 않고 호흡이 느껴지지 않는 형식만 다듬은 말로 껍데기만 장식해 놓기를 잘하는 모방의 선수가 되기 쉽다. 또한 웬만한 주의를 하지 않고서는 신문 잡지에서 주워 익힌 동시 특유의 발상으로 쓰는 아이가 많이 나올 것이다. 저도 몰래 그런 발상이 되어 버리고, 또는 의식해서 교묘한 모조품을 만들어 낸다.

첫째, 보기 좋고 깨끗한 것을 만들어 내려고 하지 마라. 남에게 근사한 것을 보이려고 하지 마라. 동시란 것을 아주 잊어버려야 한다.

둘째, 남의 작품을 흉내 내지 마라.

셋째, 늘 쓰던 기분으로 쓰지 마라.

넷째, 생전 처음 쓰는 기분으로, 뒤에 다시 또 이 제목으로 쓴다고 생각하지 말고, 자기 마음을 그대로 쏟아 놓는다는 심정으로, 자기의 심정이 잘 나타날 수 있도록, 마음껏, 온몸으로, 열정을 기울여 쓰라.

다섯째, 남이야 무엇을 쓰든지, 무슨 말로 쓰든지 상관하지 말고, 자기의 말로, 새로 찾아낸 자기의 말로 쓰라.

시의 창조, 그것은 어린이의 경우 결코 꾀나 재주로 되는 것이 아니다. 손끝으로 만들어지는 것이 아니다. 온몸과 마음으로 이루어지는 행위인 것이다.

퇴고 지도

•
•

　어린이시는 기교를 위주로 만들어지는 어른 시와 달리 생활 감정을 토해 내는 태도로 쓰는 것인 만큼 퇴고 단계의 지도는 중요하지 않다고 보아야 한다. 더구나 현재의 동시라는 것이 형식 언어의 선택, 첨삭, 조합 같은 기교로 조작되는 상태에서는 어린이시의 퇴고 방법 같은 것을 예를 들어 말해 본다 하더라도 별로 효과가 없을 것 같고, 오히려 그런 것을 잘못 받아들일 염려조차 있는 것이다. 그래서 나는 여기, 먼저 무엇보다도 어린이시는 동시와는 그 근본이 다르니 동시를 보는 눈으로 함부로 고치지 말라고 강조하고 싶다.

　교사의 취향에 따라 한쪽으로 치우친 제재를 강요하지 말 것과 줄만 짧게 끊어서 시의 형식만 모방하지 않도록 해야 한다는 것은 취재와 구상의 단계에서 다룬 바 있지만, 말을 첨삭하거나 함부로 고쳐 아이의 시를 무참히 죽이는 경우도 참 많지 않은가 생각된다.

순진한 가슴에서 터져 나온 아이의 개성에 찬 소리가 단지 교사의 상식으로 본 시 관점에 벗어난다는 이유로 묵살당하거나 삭제, 또는 도리어 나쁘게 고쳐지는 경우를 생각해 본다. 그로부터 이 아이는 제 소리가 남의 것과 같지 않음을 부끄러워하고, 애써 남의 것을 따르고 흉내 내게 되어, 언제까지나 창조하는 태도를 잃어버린 채 살아가게 되는지 모른다. 개성의 싹을 아주 유린당한 이 아이는 평생을 남의 것을 모방만 하는 노예 같은 태도로 살아가게 되는지 모른다고 생각할 때, 참으로 전율하지 않을 수 없다.

말의 선택 지도

송아지 최병문 경북 경주 경주초 2학년

송아지가 엄매, 엄매, 운다.
큰 소는 엄모, 엄모, 운다.
소가 야단하고 있다.
송아지가 야단하고 있다.
소죽을 주니 야단 안 하고 있다.

여기 나오는 "엄매, 엄매" "엄모, 엄모"라는 의성어는 이른바 기교를 부리려고 선택한 것이 결코 아니다. 이 아이의 입에서 절로 나온, 이 아이의 귀가 들은 그대로의 말이다. 그리고

"야단하고 있다" "야단 안 하고 있다"는 말도 이 아이 자신의 말이다. 이런 말이 서툴다는 이유로 수정을 지시하는 교사가 있다면 그는 어린이시를 모른다고 해야 할 것이다.

농촌의 저학년 아이들은 동시의 오염 지대에서 대체로 격리된 위치에서 살아가고 있어서 순수한 생활 언어로 시를 쓰고 있는 듯하다. 더구나 일반 학업 성적이 낮은 아이들일수록 그들 천연의 소리를 낼 바탕이 흐려지지 않고 있는 듯하다.

까치 정민수 경북 상주 청리초 4학년

까치가
날아가면서
날개를 치는 것을 보니
참 훌륭한 것 같다. (1964. 4. 20.)

여기 이 "훌륭한 것 같다"라는 말은 정말 훌륭하게 쓰이고 있다. 추상성을 띤 말이 이처럼 구체성 있는 말로 살아나고 있는 것은 이 아이의 감동으로 터져 나왔기 때문이다.

버드나무 김태복 경북 안동 대곡분교 3학년

버드나무야,
어서 물이 올라라.

나는 피리 불고 싶다.

학교 공부 마치고

집으로 돌아갈 때

나는 심심하면

피리 하나 분다. (1970. 2.)

여기 두 번이나 나오는 "나는"은 결코 간단히 삭제될 수 없는 말이다. 그리고 "나는 심심하면/ 피리 하나 분다"에서 "하나"라는 말은 이 시에서 절대 위치를 차지하고 있다. 이런 말도 시인들의 시 쓰기 과정에나 있는 언어 선택의 기교로 얻어진 것이 아님은 말할 것도 없다. 성적이 나빠 자주 '나머지 공부'를 하고 늦게 돌아가야 하는, 깊은 산골 외딴집에 살고 있는 이 아이의 마음속 깊은 밑바닥에서 토해져 나온 말인 것이다.

그러나 이런 말들과는 전혀 그 생성된 질이 다른 작품을 우리는 볼 수 있다.

모자 손성명 초 4학년

우리 아기 모자는

방울 모자

아마

방울이 갖고 싶어서

그런가 봐.

남동생 모자는
찐빵 모자.
아마
찐빵이 먹고 싶어서
그런가 봐.

우리 언니 모자는
동그란 등산 모자.
아마 등산이 가고 싶어서
그런가 봐.

이것은 아이 내부에서 터져 나온 말이 아니다. 머리로 쓰고 손끝으로 다듬어진 말의 선택을 중요하게 여기는 사람들은 이런 동시 제조의 기술을 팔고 있는 사람들이다. 아이의 진심에서 터져 나온 부르짖음이 없는 공허한 말의 선택 기술이란 아무 의미도 없는 것이요, 그런 작품이 시가 되지 못할 것은 말할 것도 없다.

첨삭 지도

어른의 주장과 의견으로 그럴싸한 시적인 것을 덧붙이게 하는 것도 참 곤란하지만 멋대로 말을 깎고 생략하는 경우가 더 많을 듯하다. 앞에서도 조금 말했지만 시가 간결해야 한다는 좁은 소견에서 말을 깎아 없애는 데 관심을 지나치게 기울이는 것은 그 해독이 크다. 주어나 술어의 생략은 물론이고, 토의 생략 같은 것도 저학년에서는 함부로 하지 않는 것이 좋다.

나비   김태복 경북 안동 대곡분교 3학년

나비 두 마리가
미술 한 장 꿔 달라고 하고
안 준다 하고
둘이 막 싸우며
하늘로 날아간다. (1969. 5. 23.)
＊미술: 그림 그리는 종이.

여기 나오는 "가"와 "고"는 생략할 것인가? 아니다. 이런 말을 생략한다는 것은 무의미할뿐더러, 아이들의 표현 의욕만 죽이는 결과가 된다.

아이들이 마음속에서 터져 나오는 감흥을 그대로 쓸 때는 거기 벌써 생략될 것은 대개 생략되어 버린 것이니, 섣불리 겉모양만 보고 아이들의 살아 있는 말을 가위질하지 말 것이다. 아이들에게 시를 쓰게 하는 교사의 일이 나뭇가지를 자르고 비틀고 하는 정원사가 하는 일과 비슷하다고 생각한다면, 자라나는 어린 생명들에게 이보다 더 큰 재화가 없을 것이다. 접속사 '그러나, 그래도, 그래서, 그리고' 같은 표현도 상급 학년에서 아주 뚜렷하게 나타나는 경우만 생략할 것을 지도해 주고 싶다. 어떤 문장을 삭제하는 경우는 '구상 지도'에서 예를 보인 것같이 감동의 초점 밖의 것을 써 놓았을 때만 할 수 있을 것이다.

높임말씨와 예사말씨 지도

특수한 예외가 있기는 하지만 2학년까지는 거의 모두 높임말씨로 쓴다. 3학년부터 점점 예사말씨로 옮겨 가는데 이것은 교과서의 문장이 그렇게 되어 있기 때문인지 모른다.

시는 간결한 예사말씨가 적합하다고 해서 저학년의 작품을 일일이 예사말씨로 고쳐 지도한다는 것은 그야말로 소뿔 고치는 격이다. 그것은 잘 되지도 않을뿐더러 해독만 가져온다. 처음으로 시를 쓰는 아이들에게 자기가 익혀 알고 있는 말씨로 쓰게 함으로써 자기표현의 기쁨을 맛보게 해 주지 않고, 익숙하지 못한 말씨를 강요하는 것은 시 교육의 방법이 될 수 없다.

하늘　정상문 경북 경주 경주초 2학년

하늘은 높다.
하늘은 저리 노푸단하다고
하늘은 지가 대통령이다고

생각하였습니다. (1967. 7. 24.)

＊노푸단하다고: 높단하다고. 높다랗다고.

＊지가: 저가. 제가. 자기가.

이제 막 2학년이 되어서 처음으로 시를 쓴 이 아이에게 "생각하였습니다"보다 '생각하였다'가 낫다고 고치게 하는 것은 이 아이의 언어 표현을 올바른 과정에서 지도하는 것이 아니다. 그것은 성급하고 한쪽으로 치우친 편협한 짓이요, 작품 생산 위주의 그릇된 지도다. 어디까지나 시를 쓰는 마음을 기르고 소질을 닦아 나감으로써 시를 쓰도록 할 것이지, 시 작품 하나를 완성하는 것이 목적이 되어서는 안 된다.

상급생의 퇴고 지도

마지막으로, 주로 상급생의 지도에서 작품 퇴고의 필요를 꼭 느끼면, 다음 몇 가지 점을 이야기해서 아이 스스로 고치도록 해야 할 것이다.

첫째, 쓰고 싶었던 것이 다 나타났는가? 제 마음이 잘 나타나 있는가? 덜 나타났다고 느껴지면 그것을 더 보태어 써넣자. (말하고 싶었던 것을 못 다 한 것.)

둘째, 꼭 쓰고 싶었던 것이 아닌 다른 것이 나타나 있지는 않은가? 그런 것이 있으면 지워 버리자. (감동의 중심을 잡아서 쓰는 일.)

셋째, 자기의 느낌이나 마음이 잘 나타난 말인가? 자기의 기분에 맞는 말인가? 남의 흉내로 쓴 말은 없는가? (말에 대한 반성.)

넷째, 동시를 쓰는 기분으로 쓰지는 않았는가? 그렇다면 아주 새것으로 다시 쓰자.

다섯째, 없어도 좋다고 생각되는 말이 있으면 지워 보자.

평가

평가 단계는 발표와 처리, 또는 감상과 비평 단계라고도 할 수 있다. 평가라면 주로 교사가 하게 되는 것이나 감상은 아이들이 참여하게 된다.

평가는 평가로서 끝나는 것이 아니라 거기서 새로운 의욕을 얻고 새로운 자세로 나아가도록 하여야 한다. 감상 또한 새로운 발견과 자각과 인식을 얻어 더욱 높은 단계의 시를 갈구하는 자세를 갖게 하는 것이다.

평가 기준

어린이시의 평가를 어떻게 할 것인가? 시가 되었는가, 못 되었는가를 어떤 기준에서 판단할 것인가?

첫째, 자연이나 인간 생활을 생생하게 그렸는가?

둘째, 남들이 발견하지 못한 새로운 것을 붙잡았는가?

셋째, 자연이나 사회의 진실을 잡았는가?

넷째, 섬세한 마음의 움직임을 잡고 있는가?

다섯째, 순진한 동심의 약동, 또는 소년 소녀다운 마음이나 행동의 생동한 표현이 있는가?

여섯째, 생활하는 아이의 감정이 스며 있는 말인가?

일곱째, 비판 정신이 들어 있는가?

대강 이런 점들을 들 수 있겠다. 그러니 여기 든 일곱 가지 가운데 그 어느 것에도 해당이 안 된다면 그것은 시라 할 수 없다고 보아야 한다.

표현 면에서 몇 가지 더 자세하게 고려할 것을 들면, 대강 이런 점들이 실제 작품 평가에서 고려될 것이다.

첫째, 감동의 초점이 흐려져 있지는 않는가?

둘째, 느낌이나 생각이 어떤 유형으로 빠져 있지는 않는가?

셋째, 동시 특유의 발상은 아닌가?

다섯째, 남의 말을 꾸어 온 듯한 말은 없는가?

여섯째, 산문같이 되어 버리지는 않았는가?

유형에 따른 평가 방법

시를 쓰게 하면, 더구나 처음에는 산문을 쓴 아이, 남의 것을 모방한 아이, 시 같은 것을 쓰려고 하기는 하였는데 추상어로 설명한 아이, 이렇게 저마다 다르다. 이것을 대강 몇 가지로 나눌 수 있다.

(1) 무엇을 쓴 것인지 알 수 없는 것

무엇을 썼는지 알 수 없는 것은 한글을 잘 깨치지 못하고 표기 능력이 전혀 없어서 거의 백지 그대로 내거나, 쇠발개발 적어 낸 것인데, 이런 아이들에게는 하고 싶은 말을 하게 하여 교사가 적어 보여 주는 방법도 있지만, 무엇보다도 문자를 깨치게 하는 일이 먼저다. 어디를 가나 교사들의 골칫거리가 되어 있는 이런 아이들은 급우들한테 멸시의 대상이 되어 침울한 학교생활을 하지만, 그럴수록 교사의 따뜻한 손길이 뻗쳐 문맹의 눈이 열리는 날의 기쁨은 크다. 학업 성적이 낮은 아이들이 쓴 시는 기교도 작위도 전혀 없이 그야말로 소박하게 타고난 소리임을 발견하게 될 것이다.

(2) 남의 것을 모방한 것

남의 것을 모방한 것은, 고의로 한 모작은 아주 좋지 못하나, 저도 몰래 닮아 버린 것은 반드시 나쁘다고 할 수 없다. 어쨌든 모방은 그 정도와 정황으로 봐서 적절히 평가되어야 한다.

그런데 이 모방의 대상이 또 문제 되어야 할 것 같다. 같은 반 동무의 작품을 모방하는 경우가 있고, 쓰기 직전에 암시 작품으로 감상한 작품의 영향을 받는 수도 있지만, 가장 나쁜 것은 교과서나 신문 잡지에 나온 것을 흉내 내는 일이다. 왜냐하면 같은 반 동무의 작품 모방은 한때 그러는 것이고, 쓰기 직전에 감상한 작품도 교사의 의도를 잘못 받아들인 것이지만, 책이나 신문에서 받은 동시의 영향은 좀처럼 청산하기 어려운 것이기 때문이다. 이 동시 특유의 발상은 그것이 일부러 의식

해서 그런 것이든 의식하지 않은 상태에서 그런 것이든 그 표면의 모조에만 그쳐 있는 것이 아니라, 아이의 정신 상태가 깊이 그 진흙탕 속에 빠져 있기 때문이다. 그래서 이런 동시가 나오면 조금도 동정 없이 평가할 것이고, 간단한 평가 부호로 표시한다면 3단계 평가든 5단계 평가든 최하위에 두어 가위표로써 안 좋게 대할 것이다.

⑶ 산문이 되어 버린 것

산문이 되어 버린 것도 한결같지 않다. 전혀 감동을 잡지 못하고 싱거운 이야기가 된 것도 있고, 감동을 쏟아 놓는 것이 아니라 설명만 해 버린 것도 있다. 이런 것은 평가보다 시를 파악하는 지도, 표현하는 지도가 뒤따라야 한다.

⑷ 시에 가깝게 된 것

조금만 지도하면 시가 될 것에는 충분히 할 말을 다 하지 못한 것, 혹은 묘사가 부족한 것이 있다. 또 감동이 얕은 것도 있다. 모두 적절한 지도와 평가가 있어야 한다.

시가 된 것 가운데서도 감동의 깊이, 표현의 알맞음과 알맞지 않음에 따라 그 우열이 있을 것이나, 개별 지도는 별문제이고 평가 등위의 표시만은 일률로 시가 되었다고 인정하는 의미로 동그라미표를 할 수 있다.

현장에서 고려할 점

그런데 또 실제 교육 현장에서는 이와 같은 작품만 보는 것이 아니라, 아이들 하나하나의 능력과 진도도 고려해야 한다. 전혀 글자를 쓰지 못하던 아이가 처음으로 짧은 한마디 사투리의 감탄사를 써 왔을 때, 그것은 능숙하게 표준어를 잘 써서 쓰는 우등생의 작품보다 더 높이 칭찬할 수 있다. 또 가령 어느 아이의 작품이 어떤 경지에서 정체되어 있다고 하면, 설령 그 아이의 그런 작품이 다른 일반 아이의 수준을 능가해 있다고 하더라도 좀 가혹한 평을 할 수 있다. 어쨌든 우리는 백일장이나 현상 모집 작품을 보는 태도로 아이들의 작품을 평가해서는 안 된다는 것을 명심할 필요가 있다. 아이의 현실을 묻어 버리고 작품 그것만을 가지고 평가한다는 것은 교육이 될 수 없기 때문이다.

평가의 등위 표시 문제를 말하였는데, 이 등위는 100점 만점의 점수 표시는 곤란할 것이고, 실제로는 5단계나 3단계가 괜찮을 것 같다. 색연필로 표시할 수도 있지만, 빨강, 파랑, 노랑 같은 몇 가지 색종이를 조그마하게 오린 것을 많이 준비해 두었다가 시가 된 것에는 노란 종이를 붙여 주고, 감동이 충분히 나타나지 못한 것에는 파랑을, 산문에는 빨강을, 모방작에는 회색을 적당하게 정하여 붙여 주는 것도 한 방법이라고 본다. 그러나 이런 등위 표시보다 작품 하나하나를 자세하게 비평하여 적절한 지도를 하는 것이 더욱 중요하다는 것은 말할 것도 없다.

교사만 평가할 것이 아니라, 아이들도 이따금 평가를 해 보도록 하는 것이 좋다는 것을 말해 두고 싶다. 작품을 여러 점 (한 번에 대여섯 점 안팎) 보여 주거나 낭독해 준 뒤에 아이들에게 평가하게 한다. 이것은 시에 대한 아이들의 이해도와 취향을 알아보는 방편도 되고, 시를 이해시키는 수단도 될 수 있다.

4장

작품 감상과
시 이야기

감상 지도

작품을 감상하는 수업은 크게 두 가지로 나눌 수 있다. 하나는 그 작품의 내용이나 표현을 음미하게 하여, 생활의 눈과 마음을 넓혀 주고 깊게 하며 시를 좋아하는 태도를 길러 주는 것, 다시 말해 생활의 시적인 심화 확충을 목적으로 하는 것이고, 다른 하나는 시를 쓰는 데 영향을 주기 위한 것이다. 앞의 것은 국어 일반 수업에 가깝다 할 것이나, 뒤의 것은 시를 쓰게 하기 위한 도입 지도라고 할 수 있다. 그래서 자연 감상에 쓰이는 작품도 앞의 것은 시인들의 시를 이용할 수도 있고, 외국 아이의 시라든지, 학년이 다른 아이의 더욱 높은 수준의 시를 이용할 수도 있지만, 시 쓰기의 도입으로 보여 주는 시는 될 수 있는 대로 학년이 같거나, 쓰는 정도가 비슷한(조금은 높은 것이라도 좋다) 아이의 것이 좋고, 환경이 비슷한 아이의 것이 효과가 있다. 이런 작품은, 첫째, 시에 대한 이해를 돕고, 둘째, 시를 쓰고 싶어 하는 의욕을 북돋우어 주며, 셋째, 시―생활 감동을 잡는 데 암시를 줄 수 있기 때문이다.

여기 보이는 작품들은, 어린이시를 아직 널리 쓰고 있지 못하여 참고할 작품이 아주 희귀한 형편에서 내가 빈약하게 지도하여 나온 것들이지만, 그런대로 이용이 되리라고 본다. 이 자료를 이용한 지도 실천으로 더욱 나은 작품을 얻을 수 있을 것이고, 그리하여 그다음에는 자기 교실에서 생산된 작품을 감상 교재로 이용하여 다시 더 높은 단계로 발전시킬 수 있을 것으로 믿어 의심치 않는다.

지도하는 시간 문제는 역시 국어 시간이나 특활 시간을 한 시간 잡아서 감상시킨 뒤에 시를 쓰게 해야 할 것 같다. 아침 자습 시간을 이용하는 것도 좋으리라. 내 경험으로 30분이나 40분 정도 걸릴 것 같은데, 작품 감상을 10분쯤 하고, 그다음 저마다 취재, 구상해서 쓰는 시간을 30분 잡으면 넉넉하겠다. (감상 작품을 보이지 않고 바로 시를 쓰게 할 경우라면 쉬는 시간이나 점심시간 같은 때를 이용하여 잠깐 쓰게 할 수 있다)

이번 장에서 예로 보여 주는 작품과 시 이야기에 대해 참고될 것을 밝혀 둔다.

첫째, 감상 작품으로 보여 주는 것은 학년에 반드시 얽매일 필요가 없고(더구나 시를 거의 모두 처음 쓰는 아이들에게 보여 주는 것이라면), 또 반드시 여기 엮은 차례를 따라 보여 줄 필요 없이 때와 곳과 환경에 맞게 어느 것이나 수시로 선정해서 지도할 수 있다.

둘째, '눈여겨볼 점'은 지도의 목표라고도 할 것이나, 지도자에 따라서는 대상 아이들의 실태를 감안해서 좀 다른 시점에서 목표를 정할 수 있다.

셋째, 시에 대한 이야기는 아이들에게 이야기해 주는 형식으로 써 놓았다. 지루하지 않게, 요령 있게 말할 것이다.

넷째, '참고'는 지도상 참고가 될까 하여 붙여 놓은 것이다.

작품 감상과
시 이야기

보는 것의 즐거움을 쓴 시

물   김순자 경북 안동 대곡분교 2학년

바람이 부니 물이 힝 올라간다.

바람이 내리 부니 물이 올라가고,

바람이 올리 부니 물이 내려온다.

물이 서로 올라갔다 내려갔다 이 야단을 친다.

꼬불랑꼬불랑하고 올라가는 것 보면 참 우습다. (1969. 12. 27.)

(1) 눈여겨볼 점

섬세한 관찰, 개성 넘치는 말.

(2) 시 이야기

아침에 학교에 오는 길에 웅덩이에 고인 물을 가만히 들여다보다가 참 아름답구나, 재미있구나, 하고 느낀 것을 쓴 시입니다. 물을 가만히 바라보고 있으니 물이 올라갔다 내려갔다 합니다. 바람이 내리 부니 물은 올라가고, 바람이 올려 부니 물은 내려갑니다. 참 이상하지요. 물 모양을 가만히 바라보고 즐거워하는 마음이 잘 나타나 있습니다. "이 야단을 친다"라는 말은 이 아이의 입에서 절로 터져 나온 말입니다. "우습다"라는 말은 물결이 움직이는 모양을 가만히 보고 있으니 마음이 즐거워 저절로 웃음이 나온다는 말입니다. 여러분도 못물이나 냇물을 잘 들여다보세요. 그러면 이 아이와는 또 달리 보이고 느껴지는 것이 있을 것입니다. 물결뿐 아니지요. 하늘도, 구름도, 풀잎도, 벌레도, 산도…….

(3) 참고

첫째, 감상 작품에 나타난 말을 흉내 내려 하지 말고, 대상을 자세하고 깊이 보는 가운데 자기만의 느낌을 가지도록 해야 한다.

둘째, 이 시를 쓴 아이는 집이 아주 가난하여 결석을 자주 하더니, 결국 의무교육도 중단하고 강원도 어느 두메로 이주해 가 버렸다.

자기만의 생각을 쓴 시

돌   김선모 경북 안동 대곡분교 3학년

학교에 오다가 큰 돌을 딛지 않고 오려니까 큰 돌을 하나 밟았
다. 오늘 학교에 가면 재수가 없을 것이다, 하고 마음먹고 와서
공부를 하니 두 개가 틀렸다. (1970. 5. 30.)

(1) 눈여겨볼 점
마음의 세계, 산문시.

(2) 시 이야기
이 아이는 돌이 많은 산골에 삽니다. 골목에도 돌, 냇바닥에
도 돌, 산에도 돌입니다. 그래, 학교 갈 때만은 돌을 안 밟고 가
야 재수가 있지, 공부를 잘 하게 되지……, 어느덧 이렇게 저
혼자 생각하게 되었습니다. 이날 아침에도 그렇게 생각하고
학교에 오는데, 그만 큰 돌 하나를 밟아 버렸습니다. 이거 재수
없겠다, 하고 학교에 와서 공부를 하니 정말 산수 시간에 두
개가 틀렸습니다.
누구든지 이렇게 저 혼자만 생각하고 있는 마음의 세계가
있지요. 그것을 잘 살펴서 쓰면 좋은 시가 될 수 있습니다. 그
리고 시는 반드시 줄을 짧게 끊어 써야 하는 것이 아니고, 이
렇게 길게 달아서 산문같이 써도 좋습니다.

(3) 참고

물론 돌을 밟은 것이 원인이 되어 산수 문제가 틀린 것은 아니지만, 이 아이는 정말 그렇게 생각했던 것이고, 또 우리들 마음속에는 누구나 이와 비슷한, 이치에 맞지 않는 생각을 하는 수가 많다. 이치에 안 맞다 해서 시가 된 것이 아니라, 이 아이만이 가진 거짓 없는 마음 세계가 시로 된 것이다.

생각과 행동을 쓴 시

청개구리 백석현 경북 안동 대곡분교 3학년

청개구리가 나무에 앉아서 운다.
내가 큰 돌로 나무를 때리니
뒷다리 두 개를 펴고 발발 떨었다.
얼마나 아파서 저럴까?
나는 죄 될까 봐 하늘 보고 절을 하였다. (1970. 5. 23.)

(1) 눈여겨볼 점
순진한 행동 속에 나타난 소년의 착한 마음.

(2) 시 이야기
청개구리가 나무에 앉아 있는 것을 보고 좀 짓궂은 생각이 나서 큰 돌로 나무를 때렸더니 청개구리는 뒷다리를 뻗치고 발발 떨었다. 얼마나 아파서 저럴까, 내가 잘못했구나, 죄를 지었구나, 하는 생각이 들자 하느님께 용서해 달라고 절을 하였다는 것입니다.

아이들이 이렇게 짐승이나 벌레를 괴롭히는 것은 나쁜 일이지만 예사로 있는 일이고, 또 그 괴롭힘을 당한 짐승이나 벌레를 보고 가엾게 생각하는 것도 누구에게나 있을 듯한 마음입니다. 그런데 자기가 그런 짓을 해 놓고, 저 때문에 아파서 떨고 있는 청개구리를 보자 잘못했구나, 하는 생각에 참을 수 없어 "하늘 보고 절을 하였다"는 것은 참으로 티 없이 맑은 마음입니다. 이것은 남들에게 보이기 위한 마음이나 행동이 아니라, 양심에서 우러난 어쩔 수 없는 것이기 때문에 더욱 아름답게 보이는 것입니다. 아니, 그 누가 옆에서 보고 있었다면 이 아이는 하늘 보고 절을 하는 짓을 주저했을지 모릅니다. 시는 이렇게, 자기의 절실한 마음이 나타난 어쩔 수 없는 행동을 그대로 쓰면 되는 것입니다.

(3) 참고

첫째, "하늘 보고 절을 하였다"는 기이한 행동의 겉모양을 모방하기 쉽다. 행동의 내면에 깔린 아이의 순진하고 선량한 마음을 생각하도록 해야 한다.

둘째, 이 아이는 분교장에서도 6킬로미터나 더 들어가야 하는 깊은 산골짜기 외딴집에서 살며, 3학년에 편입학한 아이다.

자기 말로 쓴 시

구기자　이현숙 경북 상주 이안서부초 2학년

구기자 밑에
비가 와 갖고
빗방울이
매달려 있다.
참 예쁜 게
매달렸다.
어쩌면 조렇게
매달렸을까?
조금 있으니
땅에 널쩌고 한다.
참 재미있구나.
동생이
내가 구기자 밑에 빗방울을
한번 만치 보아야지, 한다.
가만히 나도.
지대로 떨어져.
가만히 나도. (1966. 11. 13.)

　*널쩌고: 널쩌고. 떨어지고.　*만치: 만져.
　*나도: 놔둬.　*지대로: 저대로. 저절로.

(1) 눈여겨볼 점

빗방울의 아름다움, 저절로 나온 말, 사투리의 효용.

(2) 시 이야기

이 아이는 구기자의 열매와 잎에 매달려 있는 빗방울을 바라보고 아름답구나, 하고 생각했습니다. 그 아름답구나, 하는 생각이 동생과 나누는 이야기 속에, 사투리로 된 말 속에 나타나고 있습니다. 사투리로 느낌이나 생각을 쓰면 그 생각이나 느낌이 싱싱하게 살아나고, 또 동생이나 그 누구와 이야기한 것을 쓰면 그 말이 바로 귀로 듣는 듯하고, 말할 때 행동하는 모습마저 눈앞에 보이는 듯합니다.

(3) 참고

사투리를 꺼리거나 싫다고 피하면 아이들의 시 세계는 아주 좁아지고, 평면으로 되며, 모방에 그치고 만다. 더구나 저학년은 거의 시를 쓸 수 없게 될 것이다.

산문시

소나무 권상출 경북 안동 대곡분교 3학년

딴 나뭇잎은 단풍이 들어서 늙어 가지고 다 떨어졌는데, 소나무 잎은 안 떨어지고 있다. 바람은 소나무 잎을 떨어 줄라고 흔드니 소나무는 끄떡도 안 하고 서 있다. 눈도 소나무 잎을 떨어 준다고 어떤 때는 무겁게 올라앉아 있다. (1969. 12. 8.)

 * 떨어 줄라고: 떨어뜨릴라고. 떨어뜨리려고. 떨어지게 하려고.

 * 떨어 준다고: 떨어뜨린다고. 떨어지게 한다고.

(1) 눈여겨볼 점

소나무에 대한 발견, 산문으로 쓴 시.

(2) 시 이야기

 겨울이 가까워 오니 다른 나뭇잎은 다 떨어지는데 소나무는 안 떨어집니다. 소나무 잎이 안 떨어지고 있으니 바람이 자꾸 불어와서 떨어뜨리려고 합니다. 눈도 무겁게 가지에 올라앉았습니다. 그래도 소나무 잎은 끄떡도 안 합니다.

 소나무 잎이 겨울에도 안 떨어진다는 것은 누구나 아는 일입니다. 그러나 그 소나무 잎을 떨어뜨리려고 바람이 불고 눈이 가지와 잎에 무겁게 내려앉는다고 본 것은 이 아이의 새로운 생각입니다. 이 새로운 생각, 남다른 느낌이 있기에 시가 된 것입니다.

 시는 반드시 줄을 짧게 끊어서 쓰는 것이 아니고, 산문같이 길게 달아 쓸 수도 있습니다. 마음속에 찬찬히 일어난 생각은 이렇게 달아서 써야지, 이것을 노래라도 부르듯이, '딴 나뭇잎은/ 단풍이 들어서/ 늙어 가지고/……' 이렇게 쓴다면 도리어 우습게 보입니다.

(3) 참고

짧게 줄을 끊어 쓰기만 하면 시가 된다고 생각하는 아이들이 많을 것이다. 동시를 쓰는 버릇을 고치고 참된 시를 잡기 위해서 산문시를 많이 쓰도록 지도해야겠다.

시와 동시

포풀러 이승영 경북 안동 대곡분교 3학년

포풀러 꼭대기에는 몸만 움직이네.
바람이 불어오면 잎사귀는 팔랑개비같이
파르르 돈다.
정말 오늘이 소풍이라면
얼마나 좋을나?
냇물이 졸졸 노래하며 내려간다.
내가 포풀러 나무에 올라가서
노래를 한번 불러 볼까? (1970. 5. 8.)
*포풀러: 포플러. 미루나무.
*팔랑개비: '바람개비'라고도 하지만, '팔랑개비'라는 말이 더 좋다. *좋을나?: 좋겠나? 좋을까?

(1) 눈여겨볼 점

시와 동시는 다르다. 동시는 어른들이 쓰는 것이다. 아이들이 쓰면 동시가 안 된다.

 (2) 시 이야기

  바람이 불 때 보면 정말 포플러 잎사귀들이 바람개비 돌아
가듯이 움직입니다. 그 팔랑거리는 잎들을 가만히 바라보고
있으면 어쩐지 즐거운 마음이 샘물처럼 가슴에서 솟아오르고,
소풍이라도 가고 싶어지고, 포플러 나무에 올라가서 노래라도
부르고 싶어집니다. 이것은 실제로 이 아이가 5월의 어느 날
포플러 나무를 쳐다보고 가슴에 느낀 것을 그대로 써 놓은 시
입니다. 그런데 다음 작품을 봅시다.

포플러   노영희 초 5학년

하늘로 하늘로
높이 뻗은 포플러
서울이랑 부산이랑
다 볼 수 있겠지?

포플러야, 목을 높여
남쪽 바다 보아라.
월남으로 떠나는
우리 오빠 잘 가는지?

이것은 실제 포플러를 바라보고 마음속에 우러난 생각을 쓴 것이 아닙니다. 아무리 높은 포플러라고 해도 5학년이나 된 아이가 그것을 쳐다보고 "서울이랑 부산이랑 다 볼 수 있겠지?" 한다는 것은 있을 수 없기 때문입니다. 실제로 보고 생각하지도 않고 그렇게 보고 생각한 것처럼 일부러 어린애 흉내를 내어 보이는 것이 '동시'라는 것입니다. 이런 거짓스러운 '동시'를 짓는 것은 부끄러운 일이라 생각해야 합니다. 그리고 이런 '동시'는 어른들이 쓰는 동시나 책에 흔히 나오는 작품을 흉내내기 때문에 이렇게 쓰는 것입니다.

이 '동시'를 앞에 든 시와 견주어서 그 근본이 다른 점을 잘 알아 둡시다. 시는 실제로 느낀 감동을 온몸과 마음으로 쓰는 것이고, '동시'는 머릿속에서 억지로 만들어 낸 거짓스러운 흉내입니다.

사생시

이슬 김용자 경북 안동 대곡분교 3학년

이슬이
옥수수 잎에
동그랗게
달팽이집같이 팽달을 치고
앉아 있네. (1970. 6. 18.)

*팽달을 치고: 팽다리치고. 평다리치고.

(1) 눈여겨볼 점

사생시의 첫걸음, 의인화 표현, 새로운 말의 발견.

(2) 시 이야기

이 아이는 이슬방울이 옥수수 잎에 앉아 있는 모양에 마음
이 끌렸습니다. 아, 곱구나, 예쁘구나, 하고 들여다보니 그 이
슬방울은 살아서 숨을 쉬는 것 같고, 어쩌면 동그랗게 달팽이
집같이 팽달을 치고 앉아 있는 것 같습니다. "달팽이집같이 팽
달을 치고" 앉아 있다고 본 것은 이 아이만의 느낌이요, 말입
니다. 이런 자기만의 느낌이나 말은 새로운 것을 찾아내려는
마음으로 무엇을 깊이 보는 데서 얻을 수 있습니다.

(3) 참고

흔히 시의 길잡이로서 이런 작품을 감상하고, 교실 밖에 나
가서 사생시를 쓰게 하는데, 이것은 시 지도의 길로 들어서는
유일한 방법은 아니지만 해 볼 만하다. 어린이시에서도 묘사
라는 것이 기초가 될 수 있기 때문이다.

마음의 눈으로 보고 쓴 시

꿈 권정애 경북 안동 대곡분교 2학년

학교에 오다가
꽁을 보았다.
꽁은
털털그며
높이 떠오른다.
오를 때
온 세상 위에
떠오른다. (1970. 4. 21.)
＊꽁: 꿩.   ＊털털그며: 털털하며. 털털거리며.

(1) 눈여겨볼 점
마음의 눈으로 본다는 것, 본 것을 그대로 쓴 가운데 정서를
나타냄, 개성 넘치는 말.

(2) 시 이야기
이 아이는 학교에 오는 길에 갑자기 푸르득, 하면서 꿩 한
마리가 날아 올라가는 것을 보았습니다. 이때 이 아이가 느낀
것은 '아, 꿩이 날아가는구나!'가 아닙니다. '꿩이 하늘 높이
날아가는구나!'도 아닙니다. 이 아이는 날아가는 꿩을 그냥 바
라본 것이 아니라, 저도 함께 날아오르는 마음으로 보았습니
다. 그래서 "온 세상 위에/ 떠오른다"고 느낀 것입니다.
"털털그며"는 '털털거리며'라는 말입니다. 꿩이 날아가는 소
리는 교과서나 책에는 모두 "푸르득"으로 되어 있지만, 이 아

이는 그런 말을 흉내 내지 않고 자기의 말로 썼습니다.

본 것을 그대로 쓴 것뿐인데 글쓴이의 마음이 잘 나타나 있습니다. 어째서 그런가 생각해 봅시다.

(3) 참고

마음의 눈으로 본다는 것은 대상 속에 들어가 그 대상과 하나가 된다는 것이다. 자기와 아무 관계가 없는 남의 것을 바라보듯이 보아서는 깊은 느낌이 우러날 수 없다. 시에서 관찰이 냉정하게 대상을 해부하고 분석하는 과학의 관찰과 다르다는 것이 이런 점에서다.

사랑의 눈으로 보고 쓴 시

종   이재흠 경북 안동 대곡분교 3학년

복도 기둥 위에
종 그림자가 보이네.
종은 나를 보고
이리 와, 하하하
웃는 얼굴로 내려다보네.
참 종은 너무도 좋아서
두 볼을 가지고 자꾸 웃는다. (1969. 12. 23.)

(1) 눈여겨볼 점

사랑의 눈으로 본다는 것, 개성 있는 눈.

(2) 시 이야기

종을 그저 무심코 바라볼 때는 종 이외의 아무것도 아니지요. 그러나 이 아이는 종을 자기와 같은 마음을 가진 것으로 보았습니다. 다시 말하면 사랑의 눈으로, 환한 웃음으로 본 것입니다. 그래서 종은 이렇게 아름답게 나타났습니다. "두 볼을 가지고 자꾸 웃는다." 얼마나 아름다운 종입니까? 우리도 이와 같은 사랑의 마음으로 세상을 바라본다면 길바닥에 밟히는 돌 하나, 풀 한 포기도 한없는 이야기를 우리들에게 속삭여 줄 것입니다. 자, 교문의 돌기둥이 무슨 이야기를 하는가, 길가에 피어 있는 이름 없는 조그만 꽃송이가 무슨 눈짓을 하는가, 마음의 귀와 눈을 열어 보고 들읍시다.

(3) 참고

첫째, 의인화 표현은 저학년부터 아주 즐겨 쓴다. 여기서 직유니 은유니 하는 이른바 시의 기교도, 기교로서가 아니라 자연스러운 속마음의 표현으로서 절로 익히게 되는 것이다.

둘째, 관찰은 자세하게, 깊이, 자기가 그 대상이 되어서, 생각을 하면서, 상상을 하면서, 새로운 그 무엇을 찾아내려는 마음으로…… 바라보도록 지도해야 할 것이다.

나의 어머니   임이분 경북 문경 김룡초 6학년

여름이면 변함없이 찾아와

시름없이 우는 매미.

날 버리고 멀리 간 어머니,

헤어져 살아온 나,

꿈결마다 어머니

매미처럼 와 주세요,

어머니! (1972. 7. 20.)

(1) 눈여겨볼 점

무엇을 보고 있을 때, 마음속에 들어온 다른 그 무엇을 생각한다. 절실한 자기의 세계.

(2) 시 이야기

첫여름 어느 날, 이 아이는 교실에 앉아, 바로 앞에 있는 플라타너스 나무에서 울고 있는 매미 소리를 가만히 듣고 있다가 이 시를 썼습니다. '저 매미는 여름이 되니 저렇게 다시 찾아와 즐겁게 울어 주는구나. 매미고 제비고 제때가 되면 다시 찾아오는데, 한번 가신 어머니는 다시 돌아오지 않는구나. 저 매미처럼 꿈에나마 즐겁게 찾아와 주었으면!' 하는 시입니다.

이 시는 처음에 매미에 대해서 말하고, 다음 자기 형편을 쓰고, 마지막에 소원을 부르짖었습니다. 매미 소리를 들었는데 어머니 이야기가 주로 된 것은 매미 소리와 관련이 있기 때문이고, 또 어머니에 대한 생각이 매미의 울음소리보다 더 절실하기 때문입니다.

무엇을 보더라도 본 것만 쓰려고 하지 말고, 그것과 관계있는 것, 가장 쓰고 싶은 것을 써야 좋은 시가 됩니다.

(3) 참고

무엇이든지 자기의 생활과 관련지어 보고 듣고 생각한다는 것은 그 대상을 더욱 생동하게 표현하는 방법이 된다.

마음 깊이 박힌 생각을 쓴 시

촌   김종철 경북 안동 대곡분교 2학년

우리는 촌에서 마로 사노?
도시에 가서 살지.
라디오에서 노래하는 것 들으면 참 슬프다.
그런 사람들은 도시에 가서
돈도 많이 벌일 게다.
우리는 이런 데 마로 사노? (1969. 10. 6.)
* 마로: '머하로'를 줄인 말. 머(뭐, 무엇)하러. 뭐할라꼬. 무엇 때

문에.

(1) 눈여겨볼 점
생활에 대한 비판, 도시와 농촌의 생활.

(2) 시 이야기
이 아이는 깊은 산골에서 고된 밭농사를 거들면서 살아갑니다. 학교도 20리나 되는 길을 다니고 있습니다. 아무리 애써도 중학교에 갈 희망도 없이, 언제나 땅을 파고 무거운 짐을 져 날라야만 보리밥이라도 굶지 않고 먹을 수 있습니다. 이 아이에게는 라디오의 즐거운 노랫소리조차 슬프게만 들립니다. 그런 즐거운 노랫소리는 먼 남의 나라에서 들려오는 것, 도저히 저들로서는 가까이할 수 없는 것, 들으면 들을수록 자기들의 처지가 더욱더 비참하게 느껴지는 것입니다. 왜 우리는 이런 데서 살까? 도시에 가서 살지. 그러나 도시에 가서 산들 어찌하겠어요. 가진 것이 없는 사람들은 거기서도 고생스레 살아야 합니다. 그러나 이 아이로서는 그런 것까지는 모릅니다. 그저 군색하고 고생 많은 산골에서 즐거운 노랫소리가 들려오는 도시로 가고 싶어만 합니다.
이 작품은 여러 가지 문제를 생각하게 합니다만, 제일 잘된 것은, 남들이 즐겁게만 듣고 있는 라디오의 노래를 "슬프다"고 한 것입니다. 자기만이 강하게 느끼고 생각한 것을 서슴없이 잘 썼습니다.

(3) 참고

아이들에게도 대체로 오랫동안 그 마음속에 박혀 있는 생각이라는 것이 있다. 아이들의 마음을 차지한 이런 생각이 그들의 태도와 성격을 형성해 가고 있는 것이다. 시 교육에서 이런 '생각'을 확인하고 비판하고 키워 간다는 것은 인식을 키워 가는 일로서 중요한 방법과 목표가 되어야 한다.

지나간 것을 되살려 쓴 시

연날리기 김경수 경북 상주 청리초 3학년

나는 밤새에서 연을 날리고 있다.
연실을 가지고 있는 손이 언 것 같다.
연은 높이높이 떠서 소리 없이 있다.
연은 바람하고 이야기하고 놀고 있다.
손은 연실을 감느라고 재미있게 있다.
연은 인제 실을 감으니 많이 안 올랐다.
연은 인제 내 키로 낮기 올라가 있다.
연은 인제 땅에 떨어져 가만히 앉았다. (1964. 1. 20.)
* 낮기: 낮게.

(1) 눈여겨볼 점

지나간 것을 지금 막 하고 있는 것처럼 쓴다. 현재형으로 쓰기.

(2) 시 이야기

이 아이는 어제 밤새라는 곳에서 연을 날리고 논 것을 시로 쓰는데, 어제 연을 날리고 있던 그때의 연 모습과 느낌을 눈앞에 되살려, 지금 바로 연 놀이를 하고 있는 것처럼, 연이 하늘 높이 떠올랐다가 내려오기까지를 차례로 써 놓았습니다. 이렇게 지나가 버린 것을 쓸 때는 그것을 다시 생각해 내어, 그때 본 것과 느낀 것을 생생하게 되살려야 합니다.

그리고 쓸 때도 '나는 밤새에서 연을 날리고 있었다'로 쓰는 것보다 '나는 밤새에서 연을 날리고 있다'로 쓰는 것이 읽는 이에게 지금 막 눈앞에 그 모습을 보여 주게 되어 좋습니다. 물론 지나가 버린 것을 쓸 때 그대로 '있었다'로 쓰는 경우가 있기도 합니다.

(3) 참고

될 수 있으면 조그만 수첩 같은 것을 준비해서 그때그때의 감흥을 적어 두도록 하는 것이 좋겠다.

지껄이는 시

산에서 놀기   박귀봉 경북 안동 대곡분교 3학년

산에 놀러 가자.

아이들 많이 데리고 오너라.

숙자야, 너도 가자.

옥자야, 너도 가자.

귀숙아, 귀네야,

모두 가자.

산으로 가자.

산에 가면

어라, 나무딸이 있네.

서로 먹을라고

하지 마라.

나무딸 실컷 따 먹고

나뭇가지에 올라가서 놀자.

노래를 부르자.

숙자야, 해랑아, 노래해라.

옥자야, 저 건너 불이야 해라.

애들아, 모두

산에 가서 놀자. (1970. 6. 30.)

＊나무딸: 나무딸기. 산딸기.

(1) 눈여겨볼 점

동무에게 지껄이는 말. 마음과 행동이 눈앞에 나타나는 말.

(2) 시 이야기

이 아이는 산으로 놀러 가자, 하고 동무들에게 지껄이고 있습니다. 산에 가서 딸기를 따 먹고 나무에 올라가 노래를 부르고…… 이렇게 하고 싶은 것을 차례로 동무들의 이름을 불러 가며 하자고 지껄여 꾀고 있습니다. 그 지껄이는 말 속에 아이들이 노는 모양을 나타내고 있습니다. 이렇게 하고 싶은 것을 동무들에게 이야기하는 모양으로 써서 자기의 마음을 나타내거나 경치, 또는 어떤 일을 나타내면 그 말들이 바로 입에서 나오는 말이기 때문에 아주 싱싱한 느낌을 줍니다.

(3) 참고

첫째, 가령 '놀이'라고 하면, 그 하고 싶은 놀이에 대해 여러 가지로 상상해서 재미있게 눈앞에 그려 보고, 정말 하고 싶어 못 견디는 마음으로 지껄여야 할 것이고 써야 할 것이다.

둘째, 이 시를 쓴 아이는 분교장에서 6킬로미터 더 들어가는 산골짜기 외딴집에 살고 있으며, 학업 성적은 하위에 속한다.

호소하는 시

눈   김석님 경북 상주 공검초 2학년

눈아, 눈아, 오지 마라.
코가 따굽고 입이 새파랗고

발이 얼어서 개룹고

손이 시려서 호호 시려서

장갑이 있어야 한다.

눈아, 눈아, 오지 마라. (1958. 12. 27.)

 * 따굽고: 따갑고.   * 개룹고: 가렵고.

(1) 눈여겨볼 점

자연물에 호소하는 시. 자기의 말로 쓴다.

(2) 시 이야기

눈이 옵니다. 눈이라면 으레 '눈아, 눈아, 오너라'든지, '지붕 위에도 쌓이고, 장독에도 쌓이고' 하는 것이 예사인데, 이 아이는 "눈아, 눈아, 오지 마라"고 했습니다. 양말도 장갑도 제대로 없는 이 아이에게는 손발이 시려서 견딜 수 없기 때문입니다. 마음속에는 눈이 반갑지 않으면서 남들 따라 "눈아, 눈아, 오너라"고 한다면 정신이 없는 사람이지요. 그러나 이 아이는 제 마음을 그대로 제 말로 써 놓았습니다. 우리도 이와 같이 진정으로 하고 싶은 말을 눈에게, 바람에게, 구름에게, 나무에게, 새와 벌레에게 해 봅시다.

(3) 참고

자연물에게 제 사정을 이야기하는 것이 아니고, 아버지나 어머니, 선생님께 자기의 소원을 말하는 시를 쓸 수도 있다.

무지개   이위직 경북 안동 대곡분교 3학년

길가
조그만 물웅덩이에
파랗고 빨갛고 노랗고
색색의 무지개
나무 작대기를 가지고
무지개에 대면
작대기에 무지개가 묻는다. (1968. 6. 13.)

(1) 눈여겨볼 점
아름다움을 느끼는 마음. 현재형으로 쓴 시.

(2) 시 이야기
　소낙비가 그친 뒤, 길바닥에는 여기저기 조그만 물웅덩이들이 생겼습니다. 무심코 지나가면 그것은 모두 누런 흙탕물에 지나지 않습니다만, 마음을 모아 보면 거기 하늘이 비치고 풀잎이 비치고 구름이 지나갑니다. 그것뿐 아닙니다. 이 아이는 그 흙탕물 속에서 무지개를 보았습니다. 아, 무지개! 파랗고 빨갛고 노랗고…… 그 고운 색깔을 들여다보고 있으니, 그 무지개를 잡아 보고 싶었습니다. 그래 손가락을 살짝 갖다 대어 보려고 가까이 가니 무지개가 사라졌습니다. 그늘이 져서 보이지 않게 된 것입니다. 그래 이 아이는 나무 작대기를 주워와서 갖다 대어 보았습니다. 그랬더니 그 작대기에 무지개가 묻었습니다. 무지개는 저 높은 하늘에만 있는 것이 아니지요. 마음의 눈, 사랑의 눈으로 바라본다면 발에 밟히는 땅바닥에도 무지개가 있다는 것, 우리는 무지개를 밟고 다닌다는 것을 깨닫게 됩니다.

(3) 참고

꽃이나 무지개를 보고 아름답다고 말하는 것은 누구나 할 수 있는 말이다. 그러나 흙탕물 속에서 무지개를 찾아낸 것은 시가 되어야 한다. 더구나 거기 작대기를 갖다 대어 보는 천진한 동심이 귀엽다고 안 할 수 없다.

놀이 시

그네   백석현 경북 안동 대곡분교 3학년

그네를 뛰니
나는 것 같다.
한참 오를 때
줄을 놓으면
멀리 날아가겠지.

그래도 줄을 놓을까 봐

겁이 난다.

어라 춤추여!

큰 소리를 지른다.

나뭇가지도 좋아서 춤을 춘다. (1970. 6. 10.)

(1) 눈여겨볼 점

섬세한 느낌의 파악. 지나가 버린 것을 현재형으로 쓰기.

(2) 시 이야기

그네를 뛰는 모양과 그때의 기분을 썼습니다. 처음에 "그네를 뛰니/ 나는 것 같다"고 하고, "한참 오를 때/ 줄을 놓으면/ 멀리 날아가겠지"라고 해서 나는 것 같은 기분을 나타내고 있습니다. 정말 그네를 타 본 사람이라야 느낄 수 있는 이런 마음은 "그래도 줄을 놓을까 봐/ 겁이 난다"고 한 말에도 실감으로 나타나고 있습니다. 마지막에 "어라 춤추여!/ 큰 소리를 지른다./ 나뭇가지도 좋아서 춤을 춘다"고 한 것도 그네를 타는 즐거움을 저절로 터져 나오는 말로 잘 나타내었습니다.

이 시는 지나가 버린 일을 다시 생생하게 머릿속에 그려서, 지금 바로 그네를 타고 있는 것처럼 써 놓았습니다. 놀이를 한 것이 시가 되자면 이렇게 그 모양과 마음이 생생하게 느껴지도록 써야 합니다.

(3) 참고

이런 놀이 시는 될 수 있는 대로 놀이를 하고 난 뒤 곧바로 쓰도록 할 것이다. 시간이 지나면 감동이 식고 잊어버린다.

슬픈 일을 쓴 시

아버지　경북 문경 김룡초 6학년

아버지는 술만 잡수시고
일을 하지 않는다.
어제는 쌀 한 되 가지고 가서
그 쌀로 술을 사 먹었다.
나는 울었다.
아버지는 술을 먹고 와서
나를 때렸다. (1972. 7. 20.)

(1) 눈여겨볼 점

집일에 대한 걱정. 사실을 그대로 써서 감정을 나타냄.

(2) 시 이야기

이 작품을 읽으면 누구나 이 아이의 처지를 동정하게 됩니다. 그리고 이런 일이 없었으면 좋겠다는 생각을 하게 됩니다. 그러면 이런 슬픈 일, 답답한 일, 불행한 일이 없도록 하려면 어떻게 해야 될까? 그것은 대단히 어려운 일입니다만, 온 학급의 동무들이 아이들다운 생각으로 의논해 보는 것도 아주 좋은 일입니다.

마음에 가득한 슬픔이나 아픔이 있는데도 그것은 덮어놓고 꽃밭에 나비가 날아가는 것이나 동생들의 장난 같은 것을 억지로 머리로 생각해 내어 쓰려고 하는 사람이 있는데, 이런 사람은 더욱 불쌍합니다.

이 시는 사실을 그대로 쓴 것뿐인데 글쓴이의 마음이 잘 나타나 있습니다. 사실 그 자체가 우리의 마음을 움직이기 때문입니다.

(3) 참고

재미스럽고 귀엽고 우스운 것만을 찾아다니며 거짓스러운 흉내를 내는 것이 동시였다. 어린이시는 장난감의 동시 세계에서 벗어나, 더욱 인간스럽고 자유롭고 진실하게 아이들을 키워 나가기 위해서 아이들 생활의 전 영역으로 제재를 확충시켜야 할 것이다.

자기의 생활과 생각을 쓴 시

방학　김점순 경북 문경 김룡초 6학년

아침을 먹고 집을 나선다.

할아버지는 논에 갔다 오시다가

오늘 학교 못 간다, 일을 해야 밥을 먹지,

놀고 어찌 먹나, 하신다.

나는 화가 나서

이제 3일만 가면 방학인데

안 가면 어떻게 해요,

했더니 할아버지는 집으로 돌아가신다.

나는 동무들과 학교에 오면서

방학을 안 하면 일을 안 할 것인데

방학이란 소리도 듣기 싫다

일을 어쩌할까, 했다. (1972. 7. 20.)

(1) 눈여겨볼 점

방학을 싫어하는 아이들. 자기 생활과 심정의 표현.

(2) 시 이야기

이 아이는 방학을 싫어하고 있습니다. 모두 다 좋아할 듯한 방학을 왜 싫어할까요? 일을 해야 하기 때문입니다. 그 무더운 한여름에 밭에 가서 김을 매고 산에 가서 풀을 베야 할 것을 생각하니 방학이 지긋지긋하게 여겨지는 것입니다. 차라리 학교에 가서 공부하는 것이 얼마나 쉽겠는가, 생각합니다.

이 작품을 읽어 보면 글쓴이가 방학을 싫어하는 감정을 잘 알 수 있습니다. 더구나 농촌에 사는 아이들은 이 시를 쓴 아이의 마음을 잘 알 수 있을 것 같습니다. 그러나 역시, 방학을 싫어하는 마음이 좀 더 또렷하게, 도시에서 살아가는 아이들도 느낄 수 있도록 썼으면 더욱 좋겠습니다.

(3) 참고

이 시는 학교에 오다가 일어난 일을 지금 막 일어난 것처럼 현재형으로 쓰고, 마지막에 생각을 써 놓은 형태다.

감정의 진실이 나타난 시

치마 김인향 경북 문경 김룡초 5학년

아침에 언니가
옷을 내어 주었다.
꽃이 놓인 치마를
주었다.
치마는 하늘 높이
솟아오른다.
나는 막 울었다.
"그만 거지 같은 치마
입고 가라 왜"
하면서 입고 다니는
노랑 치마를 주었다. (1972. 6. 8.)

(1) 눈여겨볼 점

때가 묻고 몸에 밴 생활에 대한 애착. 개성의 표현.

(2) 시 이야기

아침에 언니가 꽃이 수놓인 고운 새 치마를 입고 가라고 내주는데, 입어 보니 짤막한 것이 막 하늘로 올라가는 것이 아닙니까? 언제나 몸에 착 들어맞는 치마를 입다가 이런 것을 입으니 마음이 편치 못하고 견딜 수 없습니다. 안 입는다고 하니 언니는 막 야단을 칩니다. 이 아이는 그만 울어 버립니다. 언니는 할 수 없이, 늘 입고 다니던 때 묻은 노랑 치마를 도로 내주었습니다. 물론 이 아이는 잃었던 것을 다시 찾은 기쁨으로 그노랑 치마를 입고 마음 놓고 학교에 왔겠지요.

남들이 아무리 좋다고 하는 고운 옷이라도 제 몸에 맞지 않고 제 마음에 싫은 것은 한사코 입지 않으려는 이 아이의 성격이 잘 나타나 있습니다. 시도 이와 같이 남들이 좋다고 하는 것을 흉내 내는 것이 아니라, 때가 묻고 몸에 착 들어맞는 자기의 생활과 말로 써야 하는 것입니다.

(3) 참고

유행과 모방이라는 것은 어른들의 세계뿐 아니라 아이들의 세계까지도 병들게 하고 있다. 시 정신은 이런 유행과 모방을 가장 큰 적으로 삼아야 한다고 볼 때, 이 작품에는 이런 시 정신에 쉽게 접근할 수 있는 순박한 고집 같은 것이 표현되어 있

는 것이 아닌가? 그렇다면 이런 마음을 귀한 것으로 여겨 아끼
고 가꾸고 싶은 것이다.

일한 것을 쓴 시 1

담배 심기 김순교 경북 안동 대곡분교 3학년

섯녘에서
담배를 심는다.
비는 철철 오는데
비닐을 덮어도 옷이 젖는다.
소내기가 자꾸 짜든다.
빗물이
머리에서 낯으로
내려온다.
밭에서
흙이 올라서
서 있으니
아버지가
순교 잘한다
하신다. (1970. 6. 30.)
* 소내기: 소나기. 소낙비. * 짜든다: 쏟아진다.

(1) 눈여겨볼 점

일한 것을 쓴 시. 현재형으로 쓴 시.

(2) 시 이야기

담배 농사는 참으로 괴로운 노동입니다. 심을 때는 흔히 비를 맞으며 심어야 합니다. 때를 놓치면 물을 주어 가며 심어도 살리기가 힘들기 때문입니다.

비가 마구 쏟아질 때는 비닐을 덮어써도 옷이 젖습니다. 빗물이 머리에서 얼굴로 내려오고, 발에는 흙이 질적질적 달라붙어 참을 수 없습니다. 그대로 정신없이 서 있으니 아버지는 이 아이의 마음을 알아차리고 "순교 잘한다" 하고 칭찬하십니다. 차라리 "왜 정신없이 서 있어!" 하고 꾸중을 하신다면 "난 못 해요!" 하고 집으로 뛰어가 버릴 것인데, 아버지의 칭찬을 듣고는 또 허리를 구부려 일하지 않을 수 없는 괴로운 노동, 이런 노동을 여러분도 해 본 경험이 있을 것입니다.

이 시는 학교에서 썼지만, 전날 집에서 비를 맞으며 담배를 심던 일을 다시 눈앞에 생생하게 되살려서, 지금 바로 담배를 심고 있는 기분으로 썼습니다.

(3) 참고

아이들 운문 교육이 동시에서 시로 전환하자면, 그 한 가지 방편으로 '재미있는 놀이에서 괴로운 노동으로!'라는 구호가 있음직하다. 더구나 괴로운 노동에 시달리는 산촌 아이들은 노동의 시를 많이 써야 한다고 본다.

일한 것을 쓴 시 2

조밭 매기 백석현 경북 안동 대곡분교 3학년

나와 누나와 대연이와
조밭을 맸다.
두 골째 매다니
땀이 머리가 젖도록 흐른다.
땀이 흘러 눈을 막는다.
이럴 때 목욕했으면 좀 좋을까?
풍덩! 물속에 들어갔으면!
햇볕에 시드는 풀 냄새가 섞인
쌔도록한 냄새의 바람이 분다.
그러다가 시원한 바람이 불어온다.
아아, 시원하다.
누나가
대연이 색시 바람 불어오는구나, 한다. (1970. 7. 24.)
＊ 매다니: 매다 보니. 매니까.

(1) 눈여겨볼 점
일하는 시, 일하는 아이의 감각.

(2) 시 이야기

한여름에 조밭을 매는 일은 농사일 가운데서도 가장 괴로운 일 가운데 한 가지일 것입니다. 땀이 흘러 등이고 가슴이고 얼굴이고 할 것 없이 비에 젖은 듯한데, 그래도 참고 뜨거운 땅바닥에 엎드려 김을 매야 합니다. 어쩌다가 시원한 바람이 불어올 때는 살아날 것 같지만, 그것도 순간이고 이내 무덥덥한 바람이 불어옵니다. 그 무덥덥한 바람을 이 아이는 "햇볕에 시드는 풀 냄새가 섞인/ 쌔도록한 냄새의 바람"이라 했습니다. 정말 이것은 한여름 조밭에 엎드려 김을 매 본 사람이라야 알 수 있는 느낌이요, 말입니다. "대연이 색시 바람 불어오는구나" 이것은 누나다운 말이요, 이런 우스운 말이라도 하여 가면서 괴로운 노동을 참아 가고 있는 것이 농촌 아이들의 눈물겨운 생활인가 합니다.

(3) 참고

일한 것을 쓴 시가 단지 일을 한다는 그것으로 시가 되는 것이 아니라, 일할 때의 모습이나 마음이 현실감 있게 나타나야만 되는 것이다. 이런 현실감 있는 묘사는 일할 때의 모습을 다시 생생하게 떠올려서, 일하는 아이만이 느낄 수 있고 생각할 수 있는 내용과 말로 표현되어야 할 것이다.

마음의 움직임을 붙잡은 시

유리창 남경자 경북 안동 대곡분교 3학년

유리창에 입김을 불어서
곱하기를 꼭두배기로 올라가니
명자가 심이 놀아서
"경자야, 야야, 그래지 마라"
한다.
난 자꾸 하기만 했다. (1969. 11. 8.)

(1) 눈여겨볼 점
미묘한 마음의 움직임.

(2) 시 이야기

글쓴이는 아침에 학교에 와서 심심하자 교실 유리창에 입김을 불어서 손가락으로 그리기 시작했습니다. 곱하기표를 해서 위로 자꾸 올라가는데, 보고 있던 명자가 괜히 샘이 나서 "경자야, 야야, 그래지 마라" 합니다. 글쓴이는 이런 명자의 빤히 들여다보이는 마음을 일부러 모른 척하고는 자꾸 그대로 곱하기표를 그리고 있었다는 것입니다.

이 시에는 두 여자아이의 묘한 마음의 움직임이 잘 나타나 있습니다. "심이 놀아서"라는 말은 '샘이 나서'라는 뜻입니다.

시는 반드시 커다란 사건이나 커다란 슬픔이나 기쁨을 나타내야만 하는 것이 아니지요. 이렇게 우리가 하루에도 몇 번

씩이나 겪을 수 있는 조그만 일, 지나가 버리면 곧 잊어버리고
말 조그만 마음의 움직임도 시가 될 수 있습니다. 이런 것이
시가 되자면 그때 그 순간의 마음의 움직임을 놓치지 말고 잘
붙잡아야 합니다.

(3) 참고
　마음의 움직임은 그것이 어떠어떠하다고 설명하는 것이 아
니라, 말과 행동에 절로 나타나도록 그려야 하는 것이다.

마음이 나타난 시

살구　홍성호 경북 안동 대곡분교 3학년

승영이와 살구나무에 올라가
살구를 따 먹으니 쓰다.
승영아, 니는 안 쓰나? 하니
승영이가 니는 안 쓰나? 해서
나는 웃었다. (1970. 7. 11.)

(1) 눈여겨볼 점
마음의 나타남. 놀이 시.

(2) 시 이야기

살구가 이제는 어지간히 맛이 들었지, 하고 올라가 따 먹으니 뜻밖에 씁쓸합니다. 그래서 이 아이는 같이 나무에 올라가 따 먹고 있는 승영이에게 "니는 안 쓰나?" 하고 물어보았습니다. 그런데 승영이는 대답 대신에 똑같은 질문을 해 왔습니다. 승영이도 씁쓸한 맛이라 이 아이에게 물어보고 싶었던 것입니다. 이 아이는 그런 승영이의 마음을 알고 웃었다는 것입니다.

이 시를 읽어 보면, 간단한 문답 속에 숨어 있는 두 아이의 마음을 누구나 읽을 수 있고, 그래서 글쓴이처럼 절로 웃음이 나오는 것입니다.

(3) 참고

이 작품의 묘미는, 간단한 대화와 단순한 행동 속에 나타난 아이들다운 마음의 움직임이다. 놀이 시는 이와 같이 재미있게 놀면서 동무끼리 지껄인 말을 잘 생각해 내서 쓰게 할 것이다.

마음의 성장이 나타난 시

나뭇잎을 끌어내며 유태하 경북 상주 청리초 6학년

연못에 들어 있는
나뭇잎을 쓸어 내다가
나도 모르게

일하기 싫어졌다.

비를 들고 서서
동화 이야기를 생각하다가
문득
바보 이반을
생각하였다.

아무리 아파도
일을 한다는
바보 이반,
바보 이반을 생각하면서
다시 나뭇잎을
깨끗이 끌어내었다. (1966. 11. 6.)

(1) 눈여겨볼 점

비를 들고 동화를 생각함. 시의 아름다움은 마음 성장의 아름다움이다.

(2) 시 이야기

이 아이는 가을날 물이 다 말라 없어진 연못에 모여 있는 나뭇잎을 쓸어 내다가 그것이 싫어졌습니다. 아마 같은 청소 당번 아이들이 다 놀고 있는데 나만 할 것이 뭐 있는가, 하는 기분이 들었겠지요. 그래 비를 든 채 서서, 동화 이야기를 생각하다가 문득 톨스토이의 동화 〈바보 이반〉(1886)을 생각하게 되었습니다. 아무리 아파도 일만 바보같이 하는 이반, 이반은 임금이 되어도 일만 하고 있었지, 그래서 마귀들도 이반에게는 어쩔 수가 없어 달아나 버렸지……, 이런 생각을 하면서 다시 나뭇잎을 깨끗이 끌어내었다는 것입니다.

나뭇잎을 다 끌어낸 이 아이는 어떤 기분이었을까? 내가 괜히 바보 같은 짓을 했구나, 이렇게 생각했을까? 아닙니다. 그런 생각을 했다면 나뭇잎을 끌어내지도 않았을 것이고, 〈바보 이반〉 동화를 즐겨 읽지도 않았을 것입니다. 좋은 일을 했구나, 잘했구나, 하고 흐뭇한 생각이 들어, 이날은 잠잘 때까지 즐겁게, 웃음으로 지냈으리라 생각됩니다. 자기의 마음이 자라난 것을 느낀다는 것은 참으로 즐거운 일이기 때문입니다.

(3) 참고

이런 작품은 아주 드물게 볼 수 있는 귀한 작품이다. 감상시킬 경우에는 글쓴이의 행동 형식을 모방하려고 하는 경향을 경계하고, 마음의 성장을 공감하도록 하여, 저마다 생활과 마음을 반성하도록 지도해야 할 것 같다.

상상의 세계를 쓴 시

까만 새 정부교 경북 안동 대곡분교 3학년

까만 새가

낮에는

돌다물에 들어가 있다가

밤이 되면

아무도 모르게

남의 집 양식을

후배 먹고

배가 둥둥 하면

저 먼 산에 올라가

하늘을 구경한다.

그러다가

하늘로 올라가서

달과 별과 춤을 춘다. (1968. 12. 11.)

＊돌다물: 돌담불. 산이나 들에 모여 쌓인 돌무더기.

＊후배 먹고: 훔쳐 먹고.

(1) 눈여겨볼 점

상상 세계의 개척.

(2) 시 이야기

까만 새라고 하면 까마귀가 곧 생각나는 사람도 있겠지만, 까마귀가 아니라도 좋습니다. 파란 새라든지 빨간 새와는 아주 다른 느낌을 주는 것이 까만 새인 것 같습니다. 이 아이는 까만 새를 어떻게 상상했을까요? 낮에는 돌담 속에 숨어 있다가 밤이 되면 몰래 나와 남의 집 양식을 훔쳐 내어 먹고 배가 둥둥 부르면 먼 산에 올라가 하늘을 구경하다가 하늘로 올라가서 달과 별과 함께 춤을 춘다고 생각했습니다. 이러한 새는 이 아이의 마음속에 살고 있는 새입니다. 여러분의 마음속에도 저마다 까만 새들이 있겠지만, 그들은 다 조금씩 다른 새일 것입니다. 모두 제 마음속에 있는 까만 새의 노래를 시로 써 봅시다. 만일 까만 새가 잘 나타나지 않으면 파란 새나 빨간 새라도 좋습니다. 제 마음속에 살고 있는 새는 참새나 제비같이 실제로 눈으로 볼 수 있는 것이 아니고, 마음의 눈으로 보는 것이기에 얼마든지 날려 보내고 싶은 곳에 날려 보내고, 숨겨 두고 싶은 곳에 숨겨 두고, 마음대로 할 수 있습니다. 아니, 까만 새니 파란 새니 하는 것은 실지로는 여러분 자신입니다. 한 마리 새가 되어 마음껏 자기의 세상을 날아 봅시다.

(3) 참고

첫째, 어린이 그림 교육에서는 색깔의 선택을 어떻게 하였는가를 보고 그 아이의 정신과 몸의 상태와 환경 따위를 진단하는 수가 있는데, 시에서도 까만 새, 파란 새, 빨간 새, 초록 새, 보라 새처럼 마음대로 가려서 상상한 것을 쓰게 한다면 아이들의 환경과 성격과 마음의 세계가 잘 표현될 수 있을 것 같다.

둘째, 이 시를 쓴 아이는 깊은 산골짜기에서 어머니와 고된 밭농사를 지으면서 가난하게 살았는데, 학교도 결국 초등학교 3학년을 마치는 것으로 끝났다. 이 작품에는 가난 속에 살고 있는 글쓴이의 마음의 세계가 그려져 있다. 낮에는 돌다물 속에 들어가 숨었다가 밤이 되면 아무도 모르게 남의 집 양식을 훔쳐 먹고 산다고 하는 까만 새의 모습은 산골에서 언제나 먹을 것을 걱정하면서 살아가는 글쓴이 자신의 모습이고, 하늘로 날아 올라가 달과 별과 춤을 춘다는 것도 글쓴이의 마음 바닥에 깔려 있는 슬프고 아름다운 세계다.

노래하듯 쓴 시

바람   박경자 경북 상주 이안서부초 5학년

따뜻한 봄 날씨에 바람이 살랑

우리 애기 홍역 하는데 바람이 살랑

나뭇잎이 새파랗게 돋아나는데 바람이 살랑

시냇물이 졸졸 흐르는데 살랑

길가의 민들레꽃 살랑

언덕의 보리를 마구 디디고

바람이 바람이 살랑거려요. (1966. 5. 5.)

⑴ 눈여겨볼 점
노래하듯 쓴 시. 절로 질서가 잡힌 정서의 세계.

(2) 시 이야기

줄마다 그 끝에 "바람이 살랑" 하는 것이, 읽으면 노래 부르듯 기분이 좋습니다. 이 "살랑"은 동요·동시를 쓰는 아이들이 일부러 어떤 기분을 내기 위해 만들어 붙이듯 쓴 것이 아닙니다. 봄날에 바람이 살랑거리는 그 마음을 보고 상상하고 저도 그 마음이 되어 함께 살랑거리다 보니 절로 나온 말입니다. 우리 애기 홍역 하는 방 앞을 바람이 살랑거리며 지나가고, 나뭇잎이 돋아나는 가지 끝에 바람이 살랑거리고, 시냇물 졸졸 소리 나는 곳에 바람이 살랑거리고, 길가의 민들레꽃에 바람이 살랑거리고, 언덕 위의 보리를 마구 디디고 살랑거리며 지나가고……, 이렇게 봄의 세계를 이 아이는 보고 상상하고, 마음에 비친 바람의 모습을 노래하듯이 술술 써 놓은 것입니다. 조금도 남의 흉내를 내지 않고, 억지 말을 꾸미지 않고 제 마음에 비친 그대로를 노래한 것이 좋습니다.

(3) 참고

첫째, 기술 면에서 교사의 지도를 전혀 받지 않고 쓴 작품이다.

둘째, 어린이시에 기교 지도란 크게 필요가 없다고 보면 될 것이다. 아이들은 천성의 시인이요, 우리는 단지 그들의 그 소질을 계발해 줄 따름이다.

셋째, 이 작품을 감상하고 나서 시를 쓰게 하면 작품의 형식을 모방하게 될 것이 염려스럽다. 이 점을 충분히 예상해서 아이들이 상상의 세계를 저마다 자유스럽게 마음껏 펴 보도록, 노래하도록 해야 할 것이다.

서정시

하늘과 구름 이정남 경북 상주 청리초 5학년

아침 하늘에 초생달 하나, 잔잔한 하늘 위에 외롭고 쓸쓸히 바람 따라 간다. 내 눈썹 같고 예쁜 초생달, 해가 뜨고 낮이 되면 구름에 덮여 버리고…… 학교에 가자면 물 밑에 하늘과 구름이 있다. 하늘이 물 밑 깊숙이 들어 있다. 구름은 둥실둥실 목단꽃과 같이 북시럽고 예쁘다.
집으로 돌아오는 길에 가로수를 붙잡고 한번 보았다. 구름은 사라지고 물소리만 찰랑찰랑. 물소리에 물속으로 나도 모르게 고개를 돌렸다. 한참 가다가 되돌아보니 논에 흐르는 물이 햇빛에 비쳐 내 눈에 은구슬같이 눈부시게 비쳤다. (1963. 12. 11.)
* 목단꽃: 모란꽃.
* 북시럽고: 북스럽고. 북실북실하고. 북슬북슬하고. 복시럽고. 복실복실하고. 복슬복슬하고, 따위로 쓴다.

(1) 눈여겨볼 점

마음속에 깔린 아름다움의 세계. 노래하듯 흘러나온 서정. 산문시.

(2) 시 이야기

무슨 슬픈 사건이나 기쁜 사건이 있는 것도 아닙니다. 재미
스러운 사건도 아닙니다. 아무것도 아닌 일, 아침에 일어나 하
늘을 쳐다보고, 학교에 가며 오며 구름을 바라보고, 웅덩이 물
을 들여다보고…… 한 것, 그런 것뿐입니다. 그러나 가만히 생
각해 보면 우리의 감정이란 무슨 커다란 사건을 당했을 때만
움직이는 것이 아닙니다. 아무렇지도 않은 일을 겪으면서도
우리의 마음은 늘 잔잔한 파도같이 찰랑거리며 움직이고 빛나
고 있는 것입니다. 이러한 마음속에 깔려 있는 감정의 세계를
이 아이는 고요한 마음으로 살펴서 찾아내어 이렇게 쓴 것입
니다.

감정의 실을 풀어놓듯이 술술 노래해 놓은 이 시에는 글쓴
이의 감정이 가득히 흘러넘치고 있습니다. "잔잔한 하늘 위에
외롭고 쓸쓸히 바람 따라 간다"든지, "하늘이 물 밑 깊숙이 들
어 있다"라든지, "구름은 둥실둥실 목단꽃과 같이 북시럽고"
라든지, "집으로 돌아오는 길에 가로수를 붙잡고 한번 보았
다"든지, 이런 말 속에 여자아이다운 느낌이 넘치고 있는 것
같습니다.

이것은 산문같이 썼습니다. 잔잔한 물결같이 흘러가는 마음
을 쓰자니 절로 이런 산문시가 된 것입니다.

(3) 참고

여자아이들은 3학년이나 4학년이 되면서부터 이런 서정을

담은 작품을 쓰는 아이가 나오는데, 이런 아이들에게 저마다 가진 독특한 서정의 세계를 펴 나가도록 해 주어야 할 것이다.

남을 생각하는 마음이 나타난 시

강질이 박영분 경북 상주 공검초 2학년

남의 집에서
밥을 해 먹고 있는데
손도 터지고 발도 터지고
얼마나 춥겠나?
서리가 오고 얼음이 얼고
눈도 오고 얼마나 춥겠나?
강질아, 잘 있거라.
다리가 아프고 손도 꽁꽁꽁 얼고
뒤기 춥겠다. (1958. 12. 2.)
* 뒤기: 되게. 되기. 돼기. 되우. 아주 몹시.

(1) 눈여겨볼 점
남을 생각하는 마음.

(2) 시 이야기
서리가 와서 차가운 아침, 이 아이는 조금 전에 멀리 식모로

간, 이웃집에 살던 동무를 생각했습니다. 이제 곧 얼음이 얼고 눈이 오고, 모진 겨울이 오겠지. 그 추운 겨울에 밥을 짓고 그릇을 씻고 빨래도 해야 하는데, 얼마나 춥겠나? …… 고생하는 동무를 이렇게 생각한다는 것은 아주 귀하고 훌륭한 마음입니다. 자기 몸만 생각하는 사람은 아무리 재주가 뛰어나더라도 남의 마음을 움직일 수 있는 가치 있는 시를 쓸 수 없습니다.

(3) 참고

아이들은 이기주의자다. 그래서 이런 작품을 아끼고 싶다. 우리는 시로서 '다 같이 불행하지 않게 살아가는 길'을 생각해야 할 것이고, 그러기 위해 자기의 마음속에만 파고들지 말고, 남을 보고 남을 생각하는 태도를 길러야겠다. 그래서 저학년에서도 이런 우정의 시를 쓰는 것은 아주 좋은 시 교육 방법일 것 같고, 또 그것은 반드시 어려운 시도가 아니라고 본다.

동무를 생각하는 마음이 나타난 시

점심시간 이종희 경북 상주 청리초 5학년

점심을 먹는데
어머니 생각이 났다.
내가 어머니께
쌀밥 싸 달라고

졸랐던 것이 후회된다.

청상 내 동무는

보리밥도 못 먹고

이 긴 날을 그대로 견디는데,

생각하니 부끄러웠다. (1963. 5.)

* 청상: 마을 이름.

(1) 눈여겨볼 점

남의 생활을 생각함.

(2) 시 이야기

이 아이는 점심시간에 보리밥을 먹다가 보리밥도 못 가져 와서 굶고 있는 제 동무가 생각나서, 아침에 쌀밥을 싸 달라고 어머니께 졸랐던 일을 후회하고 있습니다. 이 아이가 생각한 동무란, 다음의 시를 쓴 아이입니다.

눈물   이달수 경북 상주 청리초 5학년

학교에서 점심시간만 다가오면

나는 눈물이 난다.

그래도 동무들이 보는 데는 울지 않아도

나 혼자 울 때가 있다.

우리 집에는 양식이 없어

밥을 먹지 않을 때가 많다.

집에 돌아와 보면 동생들이

배고파서 울상을 하고 있다.

점심도 나물죽을 끓여 먹기 때문에

그런 것이다.

산수 예습을 하면서 나는

공부만 잘하면 제일이라고 생각했지만

지금 일기를 쓰고 있는 나의 눈에는

또 눈물이 비 오듯 하는 것이다. (1963. 4. 29.)

이렇게 끼니를 굶고 눈물로 살아가는 아이가 있다는 것은 정말 마음 아픈 일이고, 이런 동무를 생각해서 자기를 반성하는 것은 참으로 사람다운 마음이라고 할 것입니다. 이런 사람다운 마음이 훌륭한 시를 쓰게 한다는 것을 잊지 말아야 하겠습니다.

(3) 참고

첫째, 시를 처음으로 써낸 아이의 작품이다.

둘째, 생활이 슬프다는 것이 사실이고 보면 시가 어두워지는 것도 당연하다. 인간의 불행을 모른 척하는 태도는 시 교육이라 할 수 없다.

사회 비판의 눈이 나타난 시

미루나무 이성윤 경북 안동 대곡분교 3학년

미루나무 큰 놈이
대장질한다.
큰 미루나무가 일렁일렁하며
자기 몸을 흔드니
작은 미루나무들도 몸을 흔든다.
큰 미루나무가 안 흔드니
작은 것도 안 흔든다.
참 터구배끼 안 되나. (1969. 5. 3.)
＊터구배끼: 터구밖에. 바보밖에.

(1) 눈여겨볼 점
날카로운 사회 비판의 눈. 의인화 표현.

(2) 시 이야기
미루나무가 나란히 서 있습니다. 큰 것, 작은 것……. 바람이
부니 그것들이 몸을 막 흔듭니다. 큰 것이 제일 먼저 흔들고,
다음에 따라서 작은 것들이 흔듭니다. 몸을 흔들다가 큰 것이
가만히 있으니 작은 것들도 가만히 있습니다. 저런, 바보 같은
것들! 따라서 할 줄밖에 모르는구나!

나무나 풀이나 벌레나 돌이나, 그것을 사람과 같은 마음을
가진 것으로 보고 생각할 때 재미있는 느낌을 얻을 수 있습니

다. 이 시에는 제 생각대로 행동할 줄 모르고 남의 흉내만 내고 있는 사람들에 대한 글쓴이의 날카로운 비판이 나타나 있습니다.

(3) 참고

비판의 눈을 기른다는 것은 어린이 시 교육에서 중요한 목표의 하나가 되어야 한다. 어린이시가 시인 이상, 지성을 토대로 이루어져야 하기 때문이다.

5장

．
．
．

어린이시
지도 기록 1

1학년의
시 지도

대상: 경북 상주 공검초등학교 1학년(76명)

기초 지도

(1) 때: 1957년 7~8월

(2) 글쓰기 준비를 위한 국어교육

오늘이 1958년 3월 27일, 내일은 수료식이다. 돌아보면 내가 지난해 7월에 부임하여 1학년 여학생 76명의 담임이 된 뒤 아홉 달이 지났다. 내가 오기 전에는 1학년 남녀 모두 163명을 한 교실에 넣어 한 분 선생님이 가르치고 있었고, 담임도 겨우 몇 달 사이에 여러 번 바뀌었다고 한다.

글쓰기를 중심으로 교육을 전개해 나가고 싶은 마음이었기 때문에 3학년이나 4학년을 맡고 싶었으나 당시 1학년 담임이 비어 있으므로 할 수 없었다. 76명 가운데 몇 달 전부터 나오지 않는 아이가 대여섯이고, 그 밖의 아이들도 집을 보고 어린 애를 보고 한다고 결석을 자주 했다. 부모들이 그만 학교에 가지 말라는데 겨우 집을 빠져나와 학교에 다니는 아이도 넷이나 있었다. 교과서를 못 가진 아이가 3분의 1이 되고, 공책이나 연필을 못 사서 맨손으로 다니는 아이가 일고여덟이나 되었다. 모두 고무신을 신고 다니기는 하지만 밑바닥이 뚫어져 발가락이 나오는 아이가 태반이라, 교실 마룻바닥을 아무리 쓸고 닦아도 언제나 먼지와 흙투성이었다. 가정환경을 조사해 보니 거의 모두 농업인데 논밭이 한 평도 없이 아버지가 남의 집 머슴살이로 살아가는 아이가 다섯이나 되고, 이 아이들은 언제나 기가 죽어 있었다. 물론 교실은 책상도 걸상도 없이 마룻바닥에 앉아 글을 읽고 엎드려 글을 쓰고 하는데, 이런 교실도 모자라서 2부 수업을 했다. 그러나 이런 비참한 가운데서도 나는 기쁨을 느꼈다. 일제강점기에는 아이들에게 솔가지를 가져오라 하고 해방 후에는 교단에서 날마다 세무 관리처럼 돈 이야기를 해서 아이들을 울리고 나도 울어 온 터라, 이젠 내가 진정 훌륭한 교육자 노릇을 할 수 없다 하더라도, 그래도 어느 정도 교육하는 기쁨을 가질 수 있지 않을까, 이런 비참한 환경 속에서 가엾은 아이들과 호흡을 같이하면서 그들에게 아름다운 것을 보여 주고 참된 것을 깨닫게 해 주는 것은 참으로 보람 있는 일이 아닌가, 싶었던 것이다. 그래서 나는 생전 처음으로 교단에 나선 사람처럼 용기와 정열을 가지고 아이들을 대했다.

지난해 7월부터 1학기 남은 두 달 동안에 글쓰기, 시 쓰기 이전의 준비로서 국어교육을 다음과 같이 하였다.

① 듣기 교육

기회만 있으면 동화를 들려주었는데, 무엇보다도 아름다운 심정을 기를 필요가 있다고 생각했기 때문이다. 동화책을 그냥 읽어 줄 경우, 1학년 정도의 어린이들이 이해할 수 있게 쓴 국내 작가들의 작품이나, 낱말에 주석을 달지 않고 그대로 이해할 수 있도록 쉽게 쓴 번역물이 썩 드물어서, 차라리 내가 오랫동안 모아 둔 아이들의 글쓰기 작품을 읽어 주었을 때 더욱 재미있게 듣고 있었다.

② 말하기 교육

교과서의 그림이나 괘도 같은 것을 보고 이야기하도록 하고, 자주 내가 질문을 해서 대답하도록 하고, 그림극 같은 것을 해 보았는데, 이 말하기 지도가 제일 어려웠다.

③ 읽기 교육

국어 교과서를 이상한 어조로 읽는 것을 아무리 고쳐도 안 된다. 이것은 1학년 1학기 국어 교재가 대부분 운문으로 되어 있고 여럿이 함께 읽도록 해 놓은 때문이라 생각한다. 교과서에 없는 글을 자주 칠판에 써서 읽도록 했는데, 지방 아이들의 생활을 문장으로 표현하여 칠판에 써 놓고 읽는 것을 아이들은 퍽 좋아했다.

④ 쓰기 교육

교과서에서 이미 배운 말을 하나씩 내가 불러 주면 아이들이 책에서 찾아내어 쓰기를 하는데 될 수 있는 대로 빨리 찾아내어 쓰도록 여러 가지 방법을 바꾸어서 경쟁도 시키고 하면 처음에는 모두 교과서를 찾아 쓰더니 얼마 안 가서 반수 이상의 아이들이 안 보고도 쓸 수 있게 되었다. 경쟁에 이기려고 너무 빨리 써서 글씨가 난잡해지는 것을 고치기 위해서 때때로 글씨 잘 쓰기 내기를 시킬 필요가 있었다. 이렇게 해서 교과서에 나오는 낱말을 대개 다 쓸 수 있으면, 그다음에는 교과서에 나오는 문장을 이곳저곳에서 빼어 모아 새로운 문장을 만들어 불러 준다. 이것이 잘되면 그다음에는 쓰이는 모양이 교과서와는 다른 풀이씨(용언), 가령 '먹었습니다' 하는 낱말이 교과서에 있으면 '먹었나' '먹어도'와 같이 불러서 쓰게 하고, 다음에는 그때그때의 계절과 아이들의 생활을 표현한 간단한 문장을 불러 주어 쓰게 했다.

글쓰기 지도: 제 마음대로 쓰기

(1) 첫 번째 글쓰기: 1957년 10월 15일

위의 준비 지도가 있은 다음 글쓰기를 실제로 해 본 것은 2학기에 들어서였다. 10월 15일이었다.

"자, 이제부터 여러분들도 선생님이 쓴 것처럼 그런 글을 제 마음대로 한번 써 봐요. 무엇이라도 좋으니, 오늘 아침에 일어나서 학교에 올 때까지 보고 듣고 생각한 것을 꼭 그대로 말이 되게 적어 봐요. 아주 짤막해도 좋으니, 모르는 글자는 선생님께 물으면 가르쳐 주겠어요."

그런데 아이들이 거의 모두 손을 들어 글자를 묻는다. 이것을 하나하나 칠판에 써 보여 주자니 한 시간 안에 바쁘다. 사투리도 묻는 그대로 적어 준다. 1학년 교과서에 없는 말을 많이 묻는다. '설거지, 불, 땝니다, 업어 주어야, 저녁, 됩니다, 바쁩니다', 사투리로는 '못 가고로(못 가게), 가당께(가니까), 놀러를' 같은 말들을 자주 묻는다. 교과서에 없는 말을 이렇게 자주 물어서 쓰려고 하는 것을 보면, 오늘날 쓰고 있는 국어 교과서가 아이들의 생활, 더구나 일하는 농촌 아이들의 생활과는 거리가 먼 것을 느끼게 된다.

이날 맨 처음의 글쓰기에서 쓴 작품은 대개 다음 같은 것들이다.

나는 아침에 공부를 했습니다. 선생님은 공부를 잘합니다.
(㉮ 어린이)
나는 집에 가면 아기를 업어 주다가 옥자네 집에 놀러를 갑니다.
(㉯ 어린이)
우리 집에 가면 동생을 봐야 합니다. (㉰ 어린이)
나는 아침에 공부를 합니다. 청소를 합니다. 학교에 옵니다. 선생님은 공부를 잘합니다. 나는 동생을 귀해 줍니다. (㉱ 어린이)

한 부분에 국한된 글이지만 아이들의 생활이 나타나 있다. 모두 주어와 술어(또는 목적어나 보어, 수식어들을 하나쯤 넣은)만 있는 단순한 문장으로 나열해 놓은 저학년 특유의 글인데, 이 가운데 ㉯ 어린이의 글만이 예외로 동사 접속법 중지형 '……다가'를 써서 겹월(연합문)을 구성해 놓았다. 전체로 봐서 무엇을 썼는지 전혀 알 수 없는 아이가 넷쯤 되는데, 무엇보다도 글자를 많이 익혀서 마음대로 쓸 수 있도록 하는 것이 급했다.

(2) 두 번째 글쓰기: 1957년 10월 23일

나는 집에 가면 내 동생을 봐야 합니다. 나는 집에 가면 공부를 해야 합니다. 나는 집에 가면 저녁 하는데 불을 때어 주어야 합니다. 우리 집 식구는 여섯입니다. 내 동생은 여섯 살입니다. 내 형이 둘입니다. (권두임)

나는 일을 합니다. 집에 가면 바쁩니다. 아기를 봅니다. 아침에 세수를 했습니다. 식구가 아홉입니다. (손선녀)

우리 집에는 우리 큰오빠가 점촌에서 어제 아침에 왔습니다. 내 동생이 과자를 사 가지고 왔는가 싶어서 돌라 했습니다. 큰오빠는 훗번에 사가지고 올라 했습니다. (임도순)
* 돌라: 달라고.　* 훗번에: 다음에.

우리 집 아버지는 바쁩니다. 학교를 못 가고로 합니다. 어머니가 타작을 합니다. 아침에 아기도 업었습니다. (김순분)
* 가고로: 가게.

시 지도 1회: 본 것 그대로 쓰기

(1) 때: 1958년 2월 22일

(2) 작품 감상과 시 이야기

겨울이 다 지나가고, 그러나 아직 봄은 오지 않고 산 너머 어느 곳에서 머뭇거리고 있는 2월 22일, 처음으로 아이들에게 시를 칠판에 써 주고 지도한 경과는 대략 다음과 같다.

참새

요리 보고

조리 보고

짹 짹

울었다.

요리 보고

조리 보고

호로롱

날았다.

－《생활 작문 교실》

"자, 이 글을 읽어 봅시다" 하고 칠판에 써 놓은 시를 읽어 본다. 내가 읽어 주지 않아도 읽는 아이가 많다. 두어 번 읽어 보고 나서 안 보고 외워 본다. 그제야 아이들은 "하하" "호호"

하고 재미있어한다.

"뭘 써 놓았어요?"

"참새."

"참새가 어디 앉았어요?"

"나무 위에요."

"나무 위에 앉아 뭘 했어요?"

"짹짹 울었습니다."

"처음부터 울었어요?"

"요리 보고 조리 보고 짹짹 울었습니다."

"왜 참새가 요리 보고 조리 보고 했을까요?"

"애들이 돌을 던질까 봐요."

"그래요, 심술궂은 애들이 돌멩이를 던질까 봐 요리 보고 조리 보고 했습니다. 그래 아무도 없으니까 안심하고서 울었습니다. 배가 고파서 울었는지도 모릅니다. 이제 따뜻한 봄이 되면 벌레들이 생겨나 먹을 것이 많을 텐데, 봄은 오지 않고 배가 고프고 춥고 해서, 버드나무 가지에 앉아 짹짹 울었겠지요. 그럼 철수(글쓴이의 대명사)는 이때 어디 있었어요?"

"나무 밑에……."

"아니라요, 멀리 안 보이는 데 있었어요."

"그렇지, 참새가 잘 안 보이는 곳에, 아마 담 밑에서나 장독 옆에 숨어서 봤겠지요. 그런데 참새가 요리 보고 조리 보고 짹짹 울고 나서 다음에는 어떻게 했어요?"

"또 요리 보고 조리 보고 날아가 버렸어요."

"왜 날아가 버렸어요?"

"철수를 봤습니다."

"그래, 철수를 봤거나 다른 사람을 보고 겁이 나서 날아갔습니다. 어떻게 날아갔어요?"

"호로롱! 날아갔어요."

"그렇지요. 호로롱 호로롱 날아갔어요. 호로롱, 호로롱…….
그런데 황새나 기러기는 날개가 커서 이렇게 훨훨 날아가지만, 참새는 날개가 짧고 작아서 호로롱 날아갑니다. 여러분도 참새가 나뭇가지에 앉았다가 요리 보고 조리 보고 호로롱 날아가는 것을 봤습니까?"

"예, 봤습니다."

"그러면 그렇게 본 것을 그대로 써 놓으면 좋은 '시'가 됩니다. 지금까지 글쓰기 때 써 오던 긴 이야기 글과는 달라서 아주 짧고 재미있습니다. 어때요? 요만한 '시', 여러분도 쓸 수 있잖아요? 한번 써 볼까요?"

아이들은 "써 봅시다" 하는 애들도 있고 "못 써요" 하는 애들도 있다. 이때 마침 밖에서 비행기 소리가 나서 잠깐 모두 조용히 듣고 있다가, 다음과 같이 내가 칠판에 써 보았다.

비행기

야아,
비행기

날아간다.

슈우욱

미끄러진다.

"자, 지금 선생님이 비행기를 보고 '시' 하나를 썼으니 읽어 봅시다" 하고 모두 같이 읽고 나서, "무엇이든지 그때그때 '야 아!' '참!' 하고 마음속에 크게 느낀 것을 잊지 말고 붙잡아 그 대로 써 놓으면 이렇게 시가 되는 거래요. 가지 끝에 매달려 팔랑거리는 나뭇잎, 하늘에서 반짝반짝 눈짓하는 별, 땅속에서 살짝 돋아나는 싹…… 무엇이든지 좋아요."

잘 보고 듣고, 솔직하게 그대로, 꼭 쓰고 싶은 말만 쓸 것을 주의해서 써 보자고 했다.

(3) 아이들 작품

닭 김점옥

나는 아침에 일어나 보니깨
닭이 떨고 있습니다.

난초 이귀남

난초가

속이

올랐습니다.

해　김순이

야아,

해가 인제 떴다.

바둑이가 멍멍

짖었습니다.

　써낸 작품들은 반수 이상이 구체성 없는 이야기글이고, 책의 것을 모방한 것도 많고, 표기 능력이 없어 무엇을 썼는지 알 수 없는 것이 몇 있고, 그래서 시다운 감동이 들어 있거나 시로 발전할 가능성이 있는 것은 겨우 몇 편밖에 안 되었다.

　1회 때 지도 결과를 기록해 둔 것을 보면 이렇다.

　첫째, 제재를 넓힐 필요가 있다.

　둘째, 시가 될 수 있는 것과 시 아닌 것을 견주어 보는 지도가 필요하다.

　셋째, 관찰 지도.

　넷째, 낱말을 넓히는 학습이 아주 중요하다.

　다섯째, 시의 말에서 그 형식을 순수한 표현을 위한 독자 형식(새가 울고 있다. 비행기가 날아간다)으로 하지 말고, 회화 형식(누구에게나 이야기하는 형식)으로 출발할 것이다.

작품의 처리는 이렇게 하기로 했다. 시가 될 만한 것에는 별 모양을 새긴 푸른 고무도장을 한 개 또는 두 개를 찍어 주고, 시가 되지 못한 것에는 문장의 표현 능력에 따라 동그라미를 한 개 또는 두 개, 세 개를 그려 주었다. 개인별 성적을 장부에 기록하고 특별한 경향도 기록해 두기로 했다.

시 지도 2회: 보고 느낀 것 쓰기

(1) 때: 1958년 2월 26일

(2) 작품 감상과 시 이야기

2회 때는 첫 번째 시 지도에서 나온 작품 '난초'와 '닭'을 칠판에 써 놓고 관찰을 자세하게 하도록 했다.

"'닭'은 아침에 일어나서 닭이 떨고 있는 것을 잘 보았습니다. 얼마나 추웠기에 닭이 떨었겠어요? 그런데 닭이 담 밑에서 떨고 있었는지, 마루 위에 올라와서 떨고 있었는지 모르겠고, 아마 추워서 모가지 요렇게 웅크리고 발이 시려서 한쪽 다리를 들고 있었는지도 모르겠는데, 그런 것이 자세히 나타나지 않았습니다. '난초'도 속잎이 귀엽게 올라오는 것을 잘 보았지만 담 밑이나 장독 옆에서, 고 노란 예쁜 싹이 봄이 온 것을 남 먼저 알고 무거운 흙덩이를 떠받쳐 이고 올라오는 모양을 눈앞에 보는 것처럼 좀 더 또렷하게 썼으면 좋겠습니다.

무엇보다도 첫째, 자세하게 잘 본 것을, 둘째, 남들이 안 쓴 것을 씁시다. 참새나 닭뿐 아니고 흐르는 구름이나, 담 밑에서

올라오는 풀이나 무엇이든지 잘 보고 '아아, 참!' 하고 느낀 것
을 잊지 말고 그대로 써 봅니다. 아버지나 어머니가 생각나면
아버지, 어머니에 대해 써도 좋아요."

(3) 아이들 작품

비행기 임도순

저녁밥 먹고 정순이하고
어머니 심부름 가당깨
비행기가
빨강 불, 노랑 불, 새파랑 불 키고
저쪽으로 갔습니다.

아버지 권두임

우리 어머니는
일을 하시는데
우리 아버지는
양식을 하나도 없이 해 놓고
놀러만 가십니다.

오늘 아침 박상희

오늘 아침에

암탉이 울었습니다.

꼭꼭 하였습니다.

오늘 아침에

오빠 생각하였습니다.

역시 대부분 아이들이 이야기체로 쓰는 것 같은데, 그러나 지금 생각하면 시의 형식을 너무 강요한 것 같다. 1학년은 산문과 시가 분화되기 어려운 때니까 자연 시도 서사성을 띠는 경향이 많은 것을 깨닫지 못하였다. 그리고 짧게 쓰기를 강조하는 것도 생각할 문제다.

2회 이후로는 글자를 많이 익히는 데 힘을 기울이고, 산문을 지도하면서 시 같은 표현이 있는 곳을 지적하여 지도하기도 하고 관찰 지도도 했다.

그 이후의 시 지도

(1) 시 지도 3~5회

3회 때(1958년 3월 7일)는 관찰이 잘된 것과 그렇지 못한 것을 견주어 보였고, 4회 때(3월 14일)는 새싹이 돋아나는 화단을 찾아가서 썼고, 5회 때(3월 20일)는 냇가에 가 보았다. 1학년의 시 지도는 5회로 끝났는데, 이렇게 사생시 지도를 하면서도 한편 늘 아이들의 가정이나 학교생활을 이야기해서, 자연스레 생겨난 생활시를 쓸 수 있도록 암시를 주었다.

3회 이후의 작품 몇 편을 들어 본다.

어머니   정영자

어머니가 아파서
학교에 못 가게 하는데
내가 왔습니다.

아버지   이순자

오늘 아침에 아침을 먹당깨
부산 가신 아버지가
보고 싶었습니다.

파우   김정순

아침 일찍이 일어나
한데 나가니
파우가 새파랗게
돋아났습니다.

미루나무   이선자

산에 올라가니
양지쪽에
미루나무 잎
파란 게 돋아 오릅니다.

새파란 참새 박영분

참새가
새파란 참새가
버드나무로
쏙 빠져나갑니다.

밭 임도순

아무것도 안 심것는데
노랑 마늘이 솟아납니다.
그래 그것을 보고 참 기뻤다.

개나리 임군자

개나리가
노랗게 피었네.
학교 시간 마치고

장에 갔습니다.

이 글은 여러 해 전 〈새교실〉에 실었던 지도 기록을 약간 줄인 것인데, 지금 읽어 보면 잘못 지도한 것도 더러 있고, 작품을 쓰게 하기에 너무 조급했던 점도 반성이 되나, 조금 참고가 될까 싶어 여기 다시 실었다.

(2) 2학년이 되어 쓴 시

이 아이들은 2학년이 되어 다시 그대로 내가 담임하게 되었는데, 2학년 때 쓴 작품은 이 책에 더러 인용했지만 그 밖에 여기 몇 편을 더 들어 놓는다.

살구나무　임도순

살구나무에
까치 한 마리
날아와 앉으니까
잎서리가 우수수 떨어집니다. (1958. 11. 29.)

우리 아저씨　권이남

우리 아저씨 군대에 가서
대포를 쏘다가

저녁이 되면

누워 잘 때도 목을 쳐 간다지.

그래 집에 와서

군대에 가기 싫어서

울며 갑니다.

나도 눈물이 났습니다. (1958. 12. 2.)

감나무 잎 이정숙

포르르 날아가다가

뱅뱅 돌다가

똑 떨어졌다. (1958. 12. 9.)

바람 고윤자

바람아, 바람아,

불지 마라.

우리 오빠

산꼭대기에서

산 지키는데 춥다.

바람아,

불지 마라. (1958. 12. 9.)

밤에 부는 바람 권순남

바람이
웽웽 하고
살살 하고
또 솔솔 한다.
조금 조용하다가
또 부니까
나뭇잎이 우수수
떨어졌습니다. (1958. 12. 12.)

별 안남숙

공부하다가 밖에 나가니
별이 두 형제
마주 보고
소곤소곤 이야기합니다.
하늘에는 춥겠다. (1958. 12. 18.)

밤나무 잎 김정순

벌레가
잎사귀를 뜯어 먹어서

곧 떨어진다고
가지끼리
나뭇잎을
서로 붙잡는다. (1958. 12. 20.)

햇빛   박춘임

어머니가
국시를 하는데
햇빛이
동골동골한 기
어머니 치마에 앉았다.
동생이 자꾸 붙잡는다. (1958. 12. 21.)

물소리   김점옥

저녁에 앞 천방에 나가니
물고에 흐르는 물소리가
여름과 같이 들려와서
여름에
시냇물에서 재미있게 놀던
생각이 났다. (1958. 12. 24.)

눈 고순이

눈이
소캐같이 내려오다가
뱅뱅 돌다가
바람에 날리가고
눈은 자꾸 온다. (1958. 12.)

눈 김진순

눈이 많이 오니
서로 니쩔라고 해서
또 어떤 거는 너 먼저 니쩌
어떤 거는 안 죽을라고
땅에 떨어지면 죽는다고 너 먼저 니쩌
하고 다른 거를 막 떠다밉니다.
그래 다른 거는 뚝 떨어지니까
소르르 녹으면서 아이구 나 죽네
합니다. (1958. 12. 27.)

눈 박영분

눈이

하늘에서 픽석 허개진다.

앉으면서 녹아 버린다. (1958.)

눈   권순남

눈은 다 같이 와서도

먼저 녹고 내중에도 녹고

할 수 없지만

눈은 녹고 생진 모이진 않고

내박 소로록 녹아 버린다.

또 유리창에 왔다가

방울방울 붙어 있다. (1958. 12. 27.)

＊내중: 나중.   ＊생진: 생전.

눈   정점렬

눈아, 오지 마라

우리 언니 시집갈 때 된깨

눈이 오나? (1958.)

＊된깨: 되니.

해님   김점옥

해님이 없으면

보리도 안 되고 농사도 전부 안 되고

해님이 있으면

병아리들이 양지쪽에서

새파란 풀을 뜯어 먹으며 다닙니다. (1959. 2. 12.)

할미꽃 권두임

산에

할미꽃 잎이 말랐기에

파 보니 맹아리가

노랗게 올라온다.

풀로 덮어 주었다. (1959. 2. 25.)

 * 맹아리: 망아리. 망울. 새싹.

버들강아지 이동자

버들강아지는

따뜻한 봄에 눈을 뜨고

따뜻한 햇살을 받는다.

버들강아지는

하얀 털을 내밀고 나왔다.

버들강아지는 곱게 나왔다. (1959. 2. 25.)

버들강아지   권남순

버들강아지는
얌전하고 복실복실한 버들강아지는
안에는 빨갛고 빨가여
인제 금시 선자가 가지고 온 걸 보고
나 하나 조여 하고 말했습니다. (1959. 2. 25.)
  * 빨가여: 빨개요.   * 금시: 금세.   * 조여: 줘요.

버들강아지   박영교

들에는 모두 천방에
버들강아지가 있습니다.
버들강아지야, 버들강아지야
너 따뜻한 양지쪽에서 잠들었느냐?
버들강아지는 말이 없습니다. (1959. 2. 25.)

할미꽃   우윤순

산에 올라가
할미꽃을 꺾어 아기를 주니
좋아서 펄펄 뜁니다.
나도 좋아서

펄펄 뛰었습니다. (1959. 2. 25.)

버들강아지　이순자

학교에 오는 물가에 버들강아지
버들강아지 옆에 가서 바라보다가
귀여워 쓰다듬어 주고
올라 하니 또 생각이 나서
쓰다듬어 주고
그래도 학교에 올 때
자꾸 생각났습니다. (1959. 2. 25.)

마늘　김석님

마늘은 겨울을 싫어하지요.
봄이 오면 좋아서 방긋방긋 웃으며
마늘에서 싹들이 나요.
그렇지만 겨울이 되면 울라 해요.
봄은 참 즐겁고 따뜻해서
마늘에서 싹이 나왔어요. (1959. 2. 26.)

수양버들과 바람　김점옥

수양버들은 매일 바람이 불어 주어서

수양버들은 그래도 할 수 없이 흔들립니다.

수양버들은 그러다가 그만 하루를 지냅니다. (1959. 3. 17.)

복숭나무 권두임

봄이 되니

복숭나무 맹아리가

햇빛을 보고

모두 다 똑같이

맺았다. (1959. 3. 20.)

찔레나무 이동자

찔레나무 잎사귀가

새파랗게 돋아나서

만져 보니 까시가 손에 박힌다.

찔레나무는

잎사귀가 몰래 나서

있다. (1959. 3.)

땅 김진순

땅을 파니
새싹이 돋아나느라고
노랗게 올라옵니다.
따뜻한 니가
올라옵니다. (1959. 3. 25.)

제비 나물   고정분

제비 나물이 다실다실
제비 나물이 야들야들하다.
밟으면 다 죽고
대공이만 남아서
고쟁에 남아서
제비 나물이 있습니다. (1959. 3.)

2학년의
시 지도

●

·

대상: 경북 상주 청리초등학교 2학년

(1) 때: 1962년 5월 14일

(2) 작품 감상과 쓰기 전 지도

  새로 2학년을 담임하여 한 달쯤 되던 어느 날, 그림일기를 그리는데, 이렇게 써 온 아이가 있었다.

  학교에 오당깨 추자나무가 하늘로 올라갑니다.

  가지가 죽죽 뻗어 오른 추자나무 그림이다.

  그래, 시 지도를 해 보고 싶었다. 국어책에 '이슬비'가 나왔다.

나는 나는 갈 테야,

연못으로 갈 테야.

동그라미 그리러

연못으로 갈 테야.

작가들이 쓴 동시가 초등학교 국어 교과서에 많이 들어 있는데, 그 가운데 이 동요는 감상 교재로서는 적당한 것이 아닌가 생각된다. 교재 지도가 다 끝날 무렵은 마침 이슬비가 오듯마듯 하는 날씨가 계속되었다.

5월 14일, 시험지를 다시 8절한 조그만 종이를 한 장씩 나누어 주고, 아마 이런 정도로 말했을 것이다.

"이슬비 오는 걸 잘 보고, 마음에 떠오르는 생각이나, 하고 싶은 말이 있으면 짧게 써 봅시다. 이슬비가 어떤 곳에 내리나요? 풀잎에 떨어져 있는 이슬방울도 자세히 들여다봅시다. 아무도 못 보는 것을 잘 찾아봅시다."

주의도 줬다.

"바깥에 나가도 좋고, 교실에 앉아 있어도 좋고, 창문을 내다봐도 좋은데, 동무들과 장난해서는 안 됩니다. 할 말이 있으면 작은 소리로 해요. 그리고 이슬비가 아니라도 좋아요. 구름이나 아카시아꽃이나 닭을 보고 써도 좋아요. 모르는 글자는 선생님께 물어서."

써낸 것을 보니 "이슬방울을 보았습니다" "버드나무를 보았습니다" 하는 것이 많고, 시가 되겠다 싶은 것은 겨우 10여 편

뿐이었다.

첫 번째 지도는 좀 더 좋은 작품이 더러 나오리라고 생각했는데, 조금 실망했다.

(3) 아이들 작품

이슬비 김진복

이슬비야, 이슬비야, 오지 말아라.
내 옷 다 젖는다.

이슬비 위원복

이슬비야, 어디로 가나? 나하고 가자.

두 시는 어린이들이 일상생활에서 쓰는 너무 평범한 말이나, 경우에 따라서는 절실한 말이 될 수도 있으리라. 처음이니까, 이런 마음속의 부르짖음을 나타내는 것이 시라는 점을 이야기할 필요가 있겠다.

이슬비 조병년

이슬비가 감나무에 물이 한 방울

떨어졌습니다.

'이슬비가 감나무에 물을 한 방울 떨어뜨렸습니다'고 할 것을, 고심해서 나타낸다는 것이 이렇다. '떨어뜨렸습니다' 하는 말을 몰랐기 때문이다. '물을' 할 것을 "물이"라고 한 것도 이 글의 구조가 2학년으로서는 쓰기에 복잡하기 때문이다.

"가만히 들여다보다가 생각나는 것이 있거든 써라"고 했으니까, 감나무 잎을 가만히 들여다보는데, 하늘에서 떨어진 조그만 물방울이 잎에 떨어지는 것을 보고 '옳지!' 하고 썼는가, 한다. 또는 하늘에서 바로 내려온 빗방울이 아니라, 윗가지에 달린 잎에서 떨어진 물방울이었던가?

이슬비 박선용

이슬비야, 이슬비야,
많이 내리라. 보리 잘 크마
집 안에 아버지, 어머니 좋아한다.

이 시를 쓴 아이는 공부도 잘하지만 너무 얌전한 아이다. 이렇게 학교에 와서도 아버지, 어머니의 마음을 생각한다.

이슬비 김성환

이슬비가 보슬보슬 내릴 때
가 보니까 버드나무 잎에 물방울이
조롱조롱, 새파란 물방울이 잘도 돕니다.

잘 보았다. 더구나 "새파란 물방울이 잘도 돕니다"한 것은
조그마한 것의 모양이나 움직임을 잘 붙잡았다.

이 시의 첫머리 "이슬비가 보슬보슬 내릴 때"는 필요가 없
는데, 저학년 작품은 흔히 이렇게 필요 없는 설명을 붙인다. 처
음 지도에 이런 것을 걱정할 필요는 없고, 그냥 내버려 두는
것이 좋겠다. 시를 잘 이해하고 붙잡는 일이 중요하고, 이렇게
만 되면 필요 없는 말이나 토씨 생략 같은 것은 뒤에 가서 힘
안 들이고 되는 것이다. 줄을 끊어 쓰는 것도 마찬가지다. 산문
같이 쓰는 그대로 두는 것이 현명하다. 말끝 "~ㅂ니다"도, 저
학년은 교과서의 문장이 모두 그렇게 되어 있어서 처음 쓰라
면 모두 이렇게 쓰는데, 오히려 그것을 자연스럽게 보아야 할
것이다.

아가시꽃   남경삼

아가시꽃이 나를 불렀습니다.

"아가시꽃"은 사투리. 바람이 부니 아카시아꽃이 향기를 풍
기며 마구 흔들어 손짓을 했던 것이다.

토끼   ○○○

토끼가 구석에 처백혔어요.
뜯어 먹습니다.

이 시를 쓴 아이에게 물어보니 비가 와서 나오지도 않고 구석에 처박힌 토끼한테 풀을 뜯어 주었다는 것. 이 아이는 일반 교과 성적이 가장 뒤떨어진 아이다.

이슬비   박갑분

쑥 잎에 물방울이 앉아 있어요.

쑥 잎에 물방울이 앉아 있는 것을 이 아이로서는 처음 발견했을 것이다. 어떻게 앉아 있었는가? 그 자리, 모양, 빛깔 따위를 좀 더 자세히 붙잡게 하는 것이 이런 작품의 첫길을 열어놓는, 사생시 지도에서 흔히 쓰는 방법이겠다.

구름   정흥수

구름이 울어요. 나는 구름이 울어서
나도 울구 수어요.

어린이들 특유의 의인화 표현. "울구 수어요"는 '울고 싶어요'의 사투리. 사투리는 그대로 쓰도록 했다. 저학년 글쓰기에서 사투리를 못 쓰게 하는 것은 곧 생활 용어를 못 쓰게 하는 것이요, 생활 용어를 빼앗는 것은 언어로 하는 모든 표현 수단을 빼앗는 것이다. 더구나 저학년 시 지도에서 사투리의 효과는 절대한 것이다.

이슬비   박훈상

이슬비가 보슬보슬 내리는데,
아가시나무가 좋다고 춤을 추어요.

바람이 불 때의 아까시나무를 잘 보았다.
사생시의 관찰 지도는 자세하게 그 세부로 파고들기만 하여 단순한 묘사 나열만 하기 쉬운데, 그보다 사물을 전체로, 그 통일된 생명의 모습 그대로를 파악하는 태도가 더욱 필요하지 않을까 싶다.

시 지도 2회: 자세히 보고 쓰기 2
(1) 때: 1962년 5월 18일

(2) 쓰기 전 지도
자연과 비눗방울 놀이를 할 때였다. 놀이가 끝나면 그림일기 시를 쓸 터이니 비눗방울 놀이를 할 때 방울의 모양, 빛깔, 올라가는 모양들을 자세하게 보아 두라고 예고했다. 비눗방울 놀이는 재미있었다. 나는 큰 기대를 가졌는데, 써낸 것을 보니 그림은 잘 그렸는데 시는 실패한 것을 깨달았다. 저학년 쓰기 지도의 가장 큰 장벽에 대해서 생각을 소홀히 했고, 그 장벽을 제거해 주지 못한 잘못을 깨닫게 되었다.

(3) 아이들 작품
이날 낸 작품의 일부를 다음에 들어 본다.

비눗방울   위원복

비눗방울이 하늘에 올라가서
땅에 내려왔습니다. 나는 비눗방울을 올렸습니다.

비눗방울   김석범

비눗방울이 색가리가 보입니다.

비눗방울   김경수

비눗방울이 아주 고왔습니다.
비눗방울은 하늘로 올라가다가

뒤돌아 니러옵니다.

비눗방울 전윤희

오늘은 비눗방울을 부니깨
하늘로 올라갑니다.
또 하늘로 올라가다가
꺼졌습니다.

비눗방울 정순복

나는 비눗방울을
암만 불어도 안 됩니다.

비눗방울 이순희

비눗방울에
뿌릉한 것을 보았습니다.

비눗방울 원도일

비눗방울이 하늘로
올라갑니다.

새파랗게 하늘로 올라갑니다.

비눗방울 정종수

비눗방울이 금같이 보입니다.

비눗방울 박선용

비눗방울 불지게 보면
비눗방울 안에 보면
보슬보슬 이슬비같이 보슬보슬
뱅뱅 돕니다.

비눗방울 조병년

방울에 자시 본깨
방울이 보슬보슬합니다.
＊ 자시 본깨: 자세히 보니까.

비눗방울 김진국

비눗방울이 학교 지붕에 올라가니
아이들이 손뼉을 칩니다.

비눗방울 박훈상

비눗방울을 부니까
무지개가 섰습니다.

비눗방울 김윤원

비눗방울 날아라
비눗방울은 곱게 보입니다.

비눗방울 김성환

비눗방울이 동실동실 돌아갑니다.
비눗방울을 부니 새파란 물방울이 조롱조롱 돕니다.

　시 쓰기 두 번째 수업에서 쓴 이 비눗방울의 작품들을 보고
곧 느낀 것은 비눗방울의 그 영롱한 아름다움을 본 대로 나타
내고 싶지만 말을 몰라서 나타내지 못하고 그만 "색가리(색깔
이)가 보입니다"라든지, "아주 고왔습니다"라든지 하고 써 버
린 것이 가장 많았다는 점이다. 더구나 여기 나타난 아이들의
낱말 가운데 비눗방울의 모양을 표현한 형용사나 부사나 부사
절을 보면, "아주 고왔습니다" "뿌릉한" "새파랗게" "금같이"
"보슬보슬" "뱅뱅" "동실동실" "조롱조롱" 이것이 전부다. "뿌

릉한"을 제한 모든 낱말은 국어 교과서에 여러 번 나온 것이다. 겨우 이 정도의 낱말로 어떻게 비눗방울을 저마다 본 대로 나타낼 수 있을 것인가? 낱말 부족, 말을 모른다는 것, 이것이 저학년 쓰기 지도의 가장 큰 장벽이다. 이 장벽을 없애 주는 지도가 가장 중요했던 것이다. 책에도 없었던 "뿌릉한"이라는 생활 용어를 쓴 것은 칭찬해 줄 만하다.

그런데 박선용이 쓴 작품을 보자.

비눗방울을 불지게 보면
비눗방울 안에 보면
보슬보슬 이슬비같이 보슬보슬
뱅뱅 돕니다.

여기 나오는 "보슬보슬"이나 "이슬비"는 바로 며칠 전에 국어책에서 배운 것이다. 그래서 비눗방울이 "보슬보슬 이슬비같이 보슬보슬/ 뱅뱅 돕니다"고 했으니, 아이들은 이렇게 자기가 알고 있는 몇 개의 낱말을 어른들은 상상도 못할 만큼 최대한도로 활용하기에 천재와 같은 소질을 나타내고 있는 것 같다.

비눗방울이 동실동실 돌아갑니다.
비눗방울을 부니 새파란 물방울이 조롱조롱 돕니다.

김성환이 쓴 위의 시에서 "새파란 물방울이 조롱조롱 돕니다"도 마찬가지로 며칠 전에 배운 '조롱조롱'이라는 말을 이와 같이 살렸다. 비단 시뿐만 아니라 일반 글쓰기에서도 어린이들은 그 배운 낱말을 최대한도로 활용하고 있는 것이다.

그래서 여기 한 가지 절실히 깨달은 것은, 만일 비눗방울 놀이를 하기 전에 비눗방울의 모양이나 빛깔을 나타낼 만한 여러 가지 말을 미리 학습해 놓았더라면 얼마나 다채로운 비눗방울의 시가 되었겠는가 하는 점이다. 이렇게 되면 엄밀한 뜻에서는 교사와 아이의 공동 작품이라 할 수 있겠는데, 저학년의 관찰 지도, 사생시 지도는 때로 이런 방법으로 해 봄도 좋으리라 생각한다.

가령, 빛깔을 나타내는 말을 학습하는 데 빨강, 주황, 노랑, 초록…… 일곱 빛깔을 비롯해서 빨갛다, 발갛다, 발그레하다, 불그레하다, 파랗다, 퍼렇다, 파르스름하다, 포르스름하다, 노랗다, 누렇다, 노르스름하다, 누르스름하다, 알롱달롱, 알숭당숭, 알락달락…… 부옇다, 뿌옇다, 보얗다, 말갛다, 말그레하다, 허옇다, 하얗다…… 이런 말들을 칠판에 써서 한 번 읽고, 실제 물건의 빛깔을 보며 한번 이야기하는 것만이라도 얼마나 효과가 있었겠는가? (글자를 못 외우는 것은 상관없다. 쓸 때는 교사에게 물어 쓰는 것이니.)

돌아간다는 것도 뱅뱅, 빙빙, 핑핑, 뱅그르르, 빙그르르, 핑그르르…… 방울의 모양도 동실동실, 둥실둥실, 동동, 동글동글, 둥글둥글, 동그랗다, 둥그렇다, 동그마니, 둥그머니…….

이와 같이 여러 가지 모양이나 빛깔에 대한 말을 미리 익혀

두는 것은 곧 비눗방울을 본 그대로 가장 근사하게 나타낼 수
있는 말을 알아 두는 것이 된다.

　나는 비눗방울을
　암만 불어도 안 됩니다.

　흔히 정순복이 쓴 이런 작품은 시가 아니라고 그대로 버려
진다. 그런데 나는 이런 작품이야말로 비록 시가 아니더라도
중요시해야 할 것이라고 본다. '비눗방울이 동실동실' 하는 따
위는 노래에도 많이 불리는 것이나, 이런 작품은 진정 어린이
의 절실한 마음을 나타낸 것이다. 이런 절실한 마음의 소리를
키워 가는 것이 시의 마음을 키워 가는 것이 아닐까?
　여기서 생각나는 것은, 어느 외국의 한 교육자가 모은 어린
이 작품인데, "어제 나는 우리 집 뒤의 우리 집 밭의 우리 집
복숭아를 따 먹었습니다" 하는 글이다.
　이 글에는 "우리 집"이라는 말이 세 번이나 들어 있어, 필요
가 없다고 우리 집이라는 말에 붉은 줄을 그어서 지워 버리는
것이 보통이 아닐까? 그리고 이런 글은 공부도 못하는 열등생
의 글로 낙인을 찍을 것이 아닌가? 그러나 이 아이가 따 먹은
복숭아는 남의 집 밭의, 남의 집의 복숭아가 아니었던 것이고,
언젠가 남의 것을 훔치는 습성이 있다는 혐의를 받고 있는 이
아이의 마음을 알고 있는 세심한 지도교사만이, 이 글의 깊은
뜻을 알고 있었던 것이다. 그래서 어느 평론가는 이 아이의 글

은 훌륭한 시인의 눈과 마음을 가졌다고까지 평한 것이다.

여기서 우리는 다시금 '시는 절박한 감정의 자연스러운 발로'라는 지극히 평범하고 예로부터 내려오는 시의 정의를 생각하게 되고, 또한 어린이시가 지녀야 할 그 소박한 본연의 자태를 깨닫게 되는 것이다.

시 지도 3회: 참 재미있구나, 아름답구나, 하고 느낀 것 쓰기

⑴ 때: 1962년 10월 20일

⑵ 작품 감상과 시 이야기

시 지도는 '비눗방울' 이후 잠시 중단했다. 여러 가지 바쁜 일도 있었지만, 글자 익히기와 산문 지도에 중점을 두었기 때문이다.

여름이 지나고, 가을에 들어서 10월 20일에 다시 시를 쓰게 되었다. "참, 오랫동안 시를 안 썼는데, 오늘은 한번 써 볼까요?" 하니 아이들은 와아 좋아하는데, 감상 교재로 '벌'을 읽어 주었다. 이것은 감상 작품이 없어서 갑자기 내가 만들어 쓴 것인데, 아무 맛도 없는 것이라도 관찰 지도에 암시만 주면 그만이라고 생각했기 때문이다. 사실 서툴러도 교사가 이렇게 작품을 써 보인다는 것은 아주 효과가 있지 않을까 싶다.

벌

코스모스

노란 꽃술에

벌 한 마리

딱 붙어

꿀을 빨고 있다.

가느다란 다리에

노란 꽃가루가 묻고,

배에도 묻고, 날개에도 묻고,

머리에도, 눈에도, 코에도, 입에도

노란 꽃가루가 묻었다.

그래도 모르고

입 대공이를 꽂아 가지고

꿀을 빨고 있다.

참 맛있겠다.

코스모스 하얀 꽃송이에

이슬이 반짝반짝한다.

　벌이 꽃술에 입 대공이를 여기저기 꽂아 넣으면서 온몸에 꽃가루를 묻히고 꿀을 빨고 있는, 그 발이며 몸을 움직이고 있는 모습을 쉬는 시간에 보고 와서 쓰려고 하니 잘, 빨리 안 돼서 그만 이렇게 죽은 시가 되었다. 그래도 이 엉터리 시를 읽어 주고는 할 수 없이 해설만은 좀 멋지게 시적으로 한 것 같다. 꽃술, 꽃잎 같은 낱말도 익혀 주었다.

"자, 지금부터 밖에 나가 동무끼리 이야기를 하지 말고 한 사람씩 떨어져 벌이나 코스모스나 참새나 뭣이라도 잘 보고 참 재미있구나, 아름답구나, 하고 느낀 것을 놓치지 말고 잘 붙잡아 봐요. 남들이 안 보는 것, 자세하게, 보이지 않는 것을 잘 보고 생각해서 써 봐요. '참!' 하는 느낌이 나지 않으면 오랫동안 한 가지를 잘 보고 있어 봐요. 가만히 있는 것, 움직이는 것도, 냄새도, 소리도 뭣이든지 잘 보고 듣고 맡고 하면 '참!' 하는 시의 마음이 떠오르는 것이에요."

이렇게 말하고 종이를 나누어 주었는데 너무 수다스럽게 이야기한 것 같았다.

이날 쓴 작품을 보니, 뜻밖에도 시가 된 것이 많아 반가웠는데, 첫째로 시를 감상할 때 내가 들려준 이야기가 아이들의 흥미를 일으킨 것 같고, 다음은 아이들이 시를 찾는 태도를 충분히 지도한 것이 효과가 있었던 것 같다.

(3) 아이들 작품

이날 아이들이 쓴 작품 일부를 다음에 들어 저학년 관찰시 지도에 참고삼고자 한다.

코스모스 이성자

꽃밭에 가 보니
꽃이 팔팔 삽니다.

꽃 전윤희

노랗고 빨간 꽃이 해만 봅니다.
그래서 내가 보니까
그 꽃도 내 봅니다.

코스모스 이영희

코스모스 안에도
시가 있습니다.
꽃봉오리가
해를 봅니다.

참새와 벌 박근님

내가 감나무에 강깨네 참새가
손을 호 봅니다. 벌에 강깨
코스모스에 앉았다가 훅 날아갔습니다.
* 강깨네: 가니까.

홍초꽃 박훈상

홍초꽃이

해하고 이야기하는 그태서

나는 홍초하고 해하고

을참 바라보았습니다.

*을참: 글쓴이에게 물으니 '한참'이라는 말이라 한다.

꽃밭의 벌　김성환

나는 꽃밭에 나와서 벌을 보고 있습니다.

그래 벌이 주둥이를 꽃 속에 꽃수염 속에 넣고 꿀을 빨고 있는
데,

내가 불어 보니까 꽃가루가 주룩주룩 내립니다.

나는 벌한테 꽃가루를 덮어썼습니다.

참새　박선용

참새가

나무 잎사구 속에 가만히 들어앉아서

쌔조골 쌔조골 하고 있고

또 나무가 좋아서

바람이 흔들어 주고 그랑깨

참새가 좋아합니다.

*그랑깨: 그러니까.

벌 남경삼

코스모스에 벌이 있습니다.
하얀 꽃에 꿀을 빨아 먹습니다.
또 빨간 꽃에 날아가서 들어가서
입에서 침이 나옵니다. 나는 보니
참 좋습니다.
발이 꼼짝꼼짝합니다.

3학년의
시 지도

●

대상: 경북 상주 청리초등학교 3학년 1반(68명)

(1) 때: 1963년 5월 18일

(2) 쓰기 전 지도

3학년은 2학년 때 맡았던 아이들을 그대로 맡게 되었다. 모아 둔 작품을 보면 5월 18일의 것이 처음이다. 이날은 산에 올라갔다. 학교 옆이 바로 산인데 몇째 시간인가 잊었지만 미리 교실에서 종이를 나눠 주고 다음과 같은 이야기를 했던가, 한다.

"아침에 예정한 대로 이제부터 산에 올라가서 시를 쓰기로 합니다. (아이들은 '와아!' 하고 환성을 올렸다.) 산에는 지금 아카시아 꽃이 향기를 풍기고 있고, 참나무도 잎이 피어나서 그 고운 연

두색이 눈부실 거예요. 잔디밭에는 조그만 이름 모를 꽃들이 피어나 있을 게고, 뻐꾸기꽃도 피었을 거예요. 산마루에 올라가면 잔디밭에 앉아 모두 시를 씁시다. 잔디밭에 앉아 먼 산을 가만히 바라보아도 좋고 들판을 바라보아도 좋으니 가슴에 떠오르는 시를 붙잡도록 합시다. 옆에 앉아 있는 사람을 보고 말을 걸면 안 됩니다. '산'이라는 시라면 아까 도덕책에 나온 시를 흉내 내지 말고, 가만히 바라보고 또 무엇을 생각하다가 문득 '아!' 하고 자기만이 느끼는 그 느낌을 놓치지 말도록 해요. 그리고 또 한 가지, 언젠가 말한 것과 같이 산에 올라가는 동안에 동무들이 하는 말, 자기가 지껄인 말 가운데 시가 될 만한 것, '참 좋구나!' 하고 느낀 것이 있으면 그걸 그대로 써도 좋아요."

그런데 이에 며칠 앞서 나는 교실 뒤 벽에다 감상 시 걸개 그림을 걸어 두었는데, 그 가운데는 소월의 '엄마야 누나야', 칼 붓세의 '산 너머 저쪽', 김용호 '돌팔매', 윤동주 '창', 가와이 스메이 '산의 환희' 같은 작품들이 있었다. 이런 시인들의 작품은 창작에 암시를 준다기보다 시를 좋아하고 시의 마음을 길러 가려는 뜻에서 보여 주고 감상시키는 것인데, 그 가운데는 5, 6학년 문예부 학생들에게 보이기 위해 3학년 정도로는 감상이 어려운 것도 더러 있었다. 이날 산에 올라가기 전에 '산의 환희'를 읽어 주었지만 써낸 작품들을 보니 첫 시간에 읽은 도덕책의 작품이 가장 크게 영향을 미치고 있었다. 물론 많은 아이들이 '산'이라는 제목으로 썼다.

(3) 아이들 작품

산   박선용

먼 하늘 밑에는
삐쭉삐쭉한 할아버지 산들이 있고
할아버지 산 밑에는
아버지와 어머니 산들이
할아버지 산들을 따라가고
그 밑에는
누나와 오빠 산들이
막 뛰놀고 있다.

산   김윤원

산은 높다.
새파란 산이다.
고운 산이다.

산   임순천

먼 산에 올라가마
사람 머리가 하늘에 대일 것 같다.

* 올라가마: 올라가면.

산   전옥이

산 위에 나무가 서 있습니다.
보라고 합니다.
산은 언제나
혼자 나와 섰습니다.

우리 동네 산   정향숙

우리 동네는
나무도 많고
집도 많다.
그 옆에는 산이 있다.
산은 높다.
산은
저마 제일인 줄 알고
3자를 그리고 있다.
* 저마: 저만.

아가시아꽃   김정길

야아,

아가시꽃 냄새가 좋아.

야아,

아가시꽃 끌어 가지고

먹어 보까.

야아,

많이 있구나.

　겨우 이런 정도다. 아무리 시인들의 좋은 작품을 보여 주더라도 원체 산에 올라가서 가만히 앉아 산을 보고 시를 잡는 짓은 어른들이나 할 노릇이지 아이들에게는 무리하다. 아이들은 산이라는 것을 관념으로서가 아니라 생활 속에, 생활 행동 속에 들어가 있는 것으로 느끼고 파악하고 있기 때문이다.

　박선용이 쓴 ‘산’은 도덕책의 영향을 받았으나 그것을 의식해서 모방한 것은 아니고 저대로의 느낌이 살아 있다. “아버지와 어머니 산들이/ 할아버지 산들을 따라가고”는 어쩐지 봉건제의 인습이 남아 있는 가정에서 자라난 아이의 마음이 나타난 것 같다.

　김윤원의 ‘산’은 인상을 그대로 표현한 게 좋고 임순천, 전옥이의 ‘산’과 정향숙이 쓴 ‘우리 동네 산’도 저마다 느낀 대로 표현했다. 그런데 김정길이 쓴 ‘아가시아꽃’은 내가 지도한 작품으로서는 좀 드물게 보는 것인데, 저도 모르게 지껄인 말이 시가 될 수 있다는 것을 보여 주는 적당한 예가 될 것이다. 이곳 아이들은 아카시아꽃을 잘 먹는다.

시 지도 2회: 들은 대로 쓰기

(1) 때: 1963년 5월 31일

(2) 쓰기 전 지도

비가 오다가 말다가 하는 날씨였다고 기억된다. 개구리 소리를 써 보기로 했다. 보고 느끼는 시, 보고 생각하는 시, 이야기하는 시, 밖에 소리를 듣고 쓰는 시가 있다는 것을 알리기 위해, 먼저 바깥에 나가 개구리 소리를 저마다 들은 대로 써 보기로 했다.

"개구리가 개굴개굴 운다고 노래책에 있지만 잘 들어 보면 그 소리는 사람에 따라서 달리 들려옵니다. 잘 듣고서 자기만이 들은 소리를 적어 봅시다. 시가 되면 더 좋지만 안 되어도 좋으니 들은 대로 적어 봐요."

이날 써낸 것을 보니 과연 개구리 소리를 나타내는 데에 쓰인 부사가 다채로웠다. 이곳에서는 여름철 들판에서 우는 개구리를 '앙마구리'라 한다.

(3) 아이들 작품

앙마구리 윤원숙

앙마구리가
한 마리가 왕 하니
양쪽에서 왕 합니다.

앙마구리 전윤희

왕 왕 왕 왕 하고 우는데
엉웅 엉웅 엉웅 하고 운다.

개구리 강준환

개구리가
박 박 박 하다가
왕 왕 운다.
아이들이 때릴라 하니까
아무 말도 안 한다.

앙마구리 김태순

앙마구리가
연못에서

용용 하고
울고 있다.
가만히 들어 보니
또 한 마리가
앙앙 울고 있다.

앙마개구리 이순희

앙마개구리가
오앵 오앵 한다.
조그만 소리로
오앵 오앵 한다.

앙마구리 김순옥

왕마구리가
엉에 엉에 하길래
내가
왜 우나 하니
좋아서 운다, 엉에 엉에
합니다.

앙마구리 김정길

앙 앙 하며 울다가
돌 속에 들어가 끄럭 끄럭 합니다.

앙마구리   이영희

앙마구리가
개골개골 운다.
나뭇잎에
물방울이
떨어진다.

왕마구리   임순천

오줌을 누당께
왕마구리 소리가 들린다.
나도 왕 왕 하여 보았다.

시 지도 3회: 마음속의 생각 쓰기

(1) 때: 1963년 6월 1일

(2) 쓰기 전 지도

"생각하는 시를 써 봅시다. 지금 이 자리에 앉아 어머니가 어디서 무얼 하시는가, 눈앞에 그려 봅시다. 아버지를 생각해

도 좋고, 누나 오빠 동생을 생각해도 좋고, 이웃 사람을 생각해
도 좋고, 생각하다가 마음속에서 '아, 참!' 하고 느껴지는 것이
있으면 써 봐요" 했다.

(3) 아이들 작품

누나 윤영도

우리 집
누나는 지금
손국수 하는 것 같다.
그래 손국수 냄새가
바람에 묻져 온다.

어머니 윤원숙

우리 어머니는
아기를 업고 가서
밭을 매요.
내가 아기를
봐주마 좋겠어요.

내 동생 김용구

내 동생은 지금 무엇을 하고 있을까?
아기를 업고
감꽃 주워 갖고
풀을 뽑아 가지고
감꽃을 끼 가지고 있을까?

어머니 김진국

어머니는 논에 가서
지금
피를 뽑고 있다.
모를 흐저그리고 있다.
피를 뽑아 가지고
던지고 다닌다.

형님 이경희

우리 형님이 부산 갔는데
우리 형님은 양은 장사를 하는데
오늘도 양은을 팔았는지 모른다.

어머니와 아버지 이득훈

어머니는 지금 반질을 하고 있는 거 같다.

아버지는 들에 나가서 논에 물을 뺐다고 싸우고 있을 것 같다.

＊반질: 바느질.

그 이후의 시 지도

(1) 틈틈이 쓴 시

7, 8월은 강습회로 출장했기 때문에 지도를 못 했다. 9월 이후 겨울방학 전후까지 틈틈이 숙제도 내고 점심시간이나 아침 시간에 쓴 것 가운데 몇 가지를 참고로 든다.

오늘 아침　정봉자

도랑으로 갔다.
가서 오강을 보하게 가시 가지고
집으로 오니
아침을 먹는다.
나도 아침을 먹었다. (9. 28.)

강냉이죽　김성환

강냉이죽 끼리는 데 가 보니
맛있는 내금이 졸졸 난다.
죽 끼리는 아이가 숟가락으로

또독 또독 긁어 먹는다.
난도 먹고 싶다.
그걸 보니 춤이 그냥 꿀떡
넘어간다.
참 먹고 싶었다. (9. 26.)

감   박운택

감을 따 먹다 들켰다.
아, 이놈 자식
거기 서 봐라
카미 막 따라온다.
감을 두 개주 따가
막 내뺐다.
그래 내빼서
감을 내보니
노랗게 익은 게 참 좋다.
햇빛에 발갛다. (9. 28.)

코스모스   황순분

코스모스 아름답다.
길 옆에 가는 사람 예쁘다.

코스모스는 길 가는 사람이
반가워서 어쩔 줄을 모른다. (9. 28.)

아가시아와 하늘 김순옥

하늘이
아가시아 나무 가지 사이에도
하늘이
있고,
아가시야도 잎이
하늘 위에
있다. (11. 2.)

유리창 박선용

창문 사이에
노란 아가시아
나무가 있고
아가시아 나무가
파란 하늘을
꼭 잡고
한들한들
춤추고 있다. (11. 2.)

버드나무   김윤원

버드나무 떨어지네.
바람이 불면 상을 찡그리네.
바람이 불면은 고개를 숙이네.
바람이 불면 소리는 못 내지만
속으로 우네. (11. 2.)

유리창   전윤희

유리창은 언제나
햇빛을 바라고 있는가?
햇빛은 우리 공부하는 것
언제나 다 보고 있는가?
우리 유리창도 세월이 강깨
인제 추워서 발발 떱니다.
인제 밤에도 추워서
어떻게 견딜까? (11. 8.)

햇빛   박희복

햇빛이
파리를 따라다니며

햇빛이 파리를 들고
공중에 날아다닌다.
날아다니다가
땀이 나고 하면
아이들 공부하는 책상에 쉰다. (11. 16.)

달밤 주형철

밖에 나와 보니
밤은 달이 떠서 환하고
빛나는 달밤
아이들이
그림자밟기
달빛 속에는 아이들이
놀고 있다.
아이 좋아라 하며
밖을 달려 나왔다.
또 어머니가 아이 좋아라,
하며 신을 끌고 나오신다. (11. 23.)

연날리기 김경수

나는 밤새서 연을 날리고 있다.

연실을 가지고 있는 손이 언 것 같다.

연은 높이높이 떠서 소리 없이 있다.

연은 바람하고 이야기하고 놀고 있다.

손은 연실을 감느라고 재미있게 있다.

연은 인제 실을 감으니 많이 안 올랐다.

연은 인제 내 키로 낮기 올라가 있다.

연은 인제 땅에 떨어져 가만히 앉았다. (1964. 1. 20.)

저녁놀　김인원

방에서 공부를 하고 있는데 누나가

"인원아, 물 들로 가자"한다.

책을 치우고 삽작걸로 가면

저녁놀이 붉게 비친다.

물을 길어 오면 저녁놀이

내 얼굴을 비춰 준다. (1964. 1. 23.)

떡가래　주형철

우리는

쌀이 없어서

떡을 안 뺐다.

나는

영도네 떡이

김이 솔솔 나는 기

울고 싶다.

우리가 부자가 되었으면

하는 생각이 난다.

내 마음엔 내가

떡가래를 막 먹는 같다. (1964. 2. 12.)

옷   이성자

나는 옷이 불다.

내치 옷도 안 사 준다.

다른 아들은 옷을 조금 사 주는데

나는 다른 아들이 옷을 입으마

눈물이 난다. (1964. 2. 12.)

공부를 못해서   정익수

나는 공부를 못해서 걱정이다.

집에 가마 맞기마 한다.

내 속에는 죽는 생각만 난다. (1964. 2. 15.)

(2) 봄을 기다리는 마음 쓰기

다음해(1964) 2월에는 주로 봄을 기다리는 마음을 쓰도록 했다. 뜻밖에 추운 날씨가 계속되는 가운데 난로도 못 피우는 교실에서 해진 옷으로 떨면서 봄을 기다리는 아이들의 마음은 어쩔 수 없이 절실한 시가 되어 나왔다.

봄 박선용

봄이 오면
나는 지게 지고
시미기 하러 가서
새파란 풀을 뜯어서
지게에 질머서
지고 올 때
진달래꽃을
시미기 위에
꽂아 오면
나비가 날아들겠지. (2. 10.)

봄 남경삼

봄아, 오너라
겨울 동안 땅속에 숨은 할미꽃아,
잔디풀 속에서 봄 생각하며

봄노래만 부르고 있느냐?

땅속에 할미꽃 봄 생각하며

봄아, 오너라, 노래만 부르느냐?

하늘에는 해님이 할미꽃 생각하며

방긋이 웃는다. (2. 10.)

봄 정정술

봄이 오면

감자 심고 앤도마콩도 심고

달팽이도 나오고

그래 얼마 안 가면 감자꽃도 피고

앤도마콩도 이파리에 달팽이가 붙어서

촉이 나옵니다. (2. 10.)

　＊앤도마콩: 완두콩.　＊촉: 촉각. 더듬이.

봄이 오면 이영희

봄이 오면

아기 업고 가서

아기를 니라놓고 놀면

어머니가 아기 젖을

미기로 온다.

봄아 어서 오너라. (2. 10.)

아지랑이 생각 김윤원

봄이 오면
아지랑이 끼고
아지랑이 속에는
저 멀리
푸른 숲속에
뻐꾸기가 뻐꾹뻐꾹 하고
제비가 온다.
아지랑이가 더 많이 낀다. (2. 10.)

빼기 최인순

나는 봄이 오면
우리 집 뒤에 있는
빼기를 캐로
호미 가지고 간다.
나는 봄이 되면
산에 빼기 캐로 간다. (2. 10.)

땅속의 새싹들 김용구

땅속에서 기다리는 할미꽃
할머니 머리 위에서 방그레 웃던
봄을 내가 놓쳤다.
할미꽃에 나비가 방그레 웃으며
나비가 할미꽃보고 봄을 땅속에서
기다리느라고 얼마나 깝깝했나, 하고 웃던
봄을 내가 놓쳤다. (2. 12.)

4학년이 되면   김순옥

4학년이 되면 1, 2, 3학년들이
언니라고 부르고
우리들도 동생이라고 귀여하면
봄이 오는 것처럼 반갑고
노란 싹처럼 예쁘다. (2. 17.)

봄이 오면   박희복

참새는 겨울이 지나간다고
지저거리며 얼마나 좋아할까?
나도 봄이 오면 일요일 날은
보리밭 매로 간다.
들로 호미를 들고 가면

참새도 보리밭에 앉아서

땅을 쫓으며 벌레를 잡는다. (2. 23.)

학급 시집 〈봄이 오면〉

학년 말이 되자 나는 학급 어린이들과 의논하여 시집을 만들었다. 〈봄이 오면〉이라고 이름 붙인 이 시집에는 3학년 1반 68명의 작품이 모두 들었다. 어른들을 위해서 쓴 이 시집의 머리말에는 다음과 같은 말이 있다.

"내가 경험한 바로는 어린이들은 누구나 다 시를 쓸 수 있는 좋은 시의 마음을 가졌다. 더구나 일반 학과 성적이 뒤떨어진 어린이들이 그러하였다. 그래서 시 교육은 진실한 생활을 키워 가는 데서, 현재의 시험 준비 살인 교육에서 어린이의 생명(개성)을 구할 수 있는 최선의 인간 교육 방법임을 믿는다. 다만 문제는 어떻게 해서 어린이들이 콩나물시루 속에서 인형이나 기계가 되어 가고 있는 열 겹, 스무 겹의 통제와 강압 속에서 기어코 개성을 지켜 나가도록 하게 하느냐, 개성을 키워 주느냐, 하는 데 있다."

"창조란 결국 끊임없이 현재를 부정하고 새로운 것을 찾아 나아가는 정신이다. 그리하여 그림이나 시 교육에서 교사가 해야 할 일이 있다면 불순한 어른들과 사회의 영향을 배제하고 강력한 개성을 지키고 키워 나가도록 하는 일밖에는 없을 것이다."

"재치와 꾀만 들어 있는 많은 시인들의 작품을 어린이들이

모방만 하는 현상에서 우리의 시 교육이 한 걸음 전진하자면
어린이들에게는 어린이들 자신이 써야 하는 훌륭한 시가 있다
는 점을 깨닫게 해야 하겠다."

4학년 시집
〈푸른 나무〉

대상: 경북 상주 청리초등학교 4학년

때: 1964년 3~6월

〈푸른 나무〉는 4학년이 된 3월부터 6월까지 넉 달 동안에 쓴 작품을 모은 시집이다. 재적생 전원의 작품을 수록한 것인데, 여기 실린 시들을 세 가지 경향으로 나누어 보기를 들기로 한다.

일하는 생활을 쓴 시

일하는 생활을 주제로 한 시가 많았으나 별로 좋은 작품이 없었다. 이것은 아직 근로 생활에 대한 자각을 하기에는 나이가 어린 때문이리라.

밀 베기 박훈상

베려고 베려고
애를 써도 하기 싫은 밀 베기
하기는 싫고 안 하면 안 되고
어떻게 이 밀을 어째 다 베나.
얼굴에서 땀이 비 오는 듯 죽죽
내려오는데
바람이 확 불어온다.
아이 시원해.
한 번 더 불었으면 좋겠다. (6. 22.)

아주까리 박희복

형님이 풀 뽑으라고
나를 부른다.
나는 대답도 하지 않고 갔다.
풀을 뽑다가 아주까리를
뽑았다.
형님 모르게 가만히 심어 놓았다. (6. 22.)

시미기 전옥이

얼굴에서 땀이 자꾸 난다.
시미기는 많아서

가지고 가기 안됐다.

머리를 들서 보니 머리에는

구슬 같은 물이 많이 배 있다.

바람이 막 부니

해같이 기쁘다. (6. 22.)

＊시미기: 소먹이. 소에게 먹이는 풀.

모내기 김준규

모를 심었다.

경수가 마늘을 지고 온다.

경수야, 하니

어머니가

고마 모나 심어,

한다. (6. 22.)

서정이 담긴 시

누나 김진복

누나는 형님 따라

서울로 식모살이 갔다.

내 마음은 언제나

울고 싶은 마음
교실에서 산을 바라보면
내 눈에는 서울이 보인다.
그러면 눈물이 나올라 한다. (4. 20.)

보고 싶은 언니   전윤희

언니는 시집가서 무엇을 하겠나.
반질이나 하고 빨래나 하지.
마음속으로 언니, 하고 불렀다.
어머니, 하고 언니는 어머니를 부른다.
언니 눈에는 눈물이 고이고
오늘도 반질, 내일도 반질.
언니, 언니, 보고 싶은 언니,
언니는 재시물에 손을 씻으며
저녁 짓다 말고 나를 부르겠지.
나는 눈물 흘리며 언니 부른다.
언니.
왜 시집갔어, 집에 있지.
언니는 고향 땅이 여기서…… 하고
노래를 부르겠다. (5. 26.)

구름   이순희

구름이 하나 떨어져 간다. 새털같이. 큰 구름은 아빠 엄마 구름, 저녁놀 주황색 엄마 치마 물색. 엄마가 좋아하는 주황색, 보라색. 할머니는 밖에서 마루 닦으며 고모 생각한다. 푸른 하늘 보며, 고모 생각하며 뽕을 따신다. 할머니 마음은 외롭다. (6. 3.)

뻐꾹새 김순옥

뻐꾹새 한 마리
어디서 자꾸
울고 있다.
뻐꾹새 우니
슬픈 생각 들고
먼바다도
가 보고 싶다. (6. 5.)

다음과 같은 시들은 2, 3학년 때 같으면 순수한 사생시가 되었을 것인데 여기서도 서정의 그림자가 짙다.

나무 김성환

운동장에 있는 나무
주렁주렁 땅을 내다본다.
팔마구리 열매 떨어질랑 말랑

땅 내려다보네.

새움이 하하하, 하며 웃는 것 같다.

그늘이 굉장히 크게 보인다.

초록색 파랑색 울긋불긋하게

하얗게 비쳐 준다.

바람이 솔솔 아, 시원해라.

나무는 곱기도 해라. (4. 29.)

뿌라다나스   김윤원

물만 먹고 자라 가는

뿌라다나스.

손바닥 잎사귀

여러 수십 개가 살랑살랑

춤추는 뿌라다나스의 잎.

가지가 흔들리면 잎사귀는

한없이 우리들을 부른다.

나무가지도 부른다.

바람은 시리리링 하고 지나간다. (5. 25.)

산 위에 나무들   김정길

산 위에 나무들 잘 자란다.

이야기하고 싶으면 옆에 있는
나무들하고 이야기하고
춤추고 싶으면 바람에 부탁해서
춤을 추는 같다.
먼 산 위에 있는 나무들하고 같이 놀라고
손을 내저으며 부르기도 한다. (6. 22.)

엉뚱스런 말로 쓴 시

교과 성적이 좀 뒤떨어진 어린이들이 쓴 시다. 그림 지도에
서나 시 지도에서 일반 교과 성적이 뒤떨어진 어린이들 가운
데 특별히 구김 없는 감정이 그대로 흘러나와 아름다운 작품
이 된 것이 많음을 보는데, 다음에 든 몇 작품에서는 어린이시
의 용어와 시를 쓰는 태도에 대해서 생각하게 하는 것이 있다.

까치   정민수

까치가
날아가면서
날개를 치는 것을 보니
참 훌륭한 것 같다. (4. 20.)

미루나무   정충수

미루나무는 키가 커서
보기가 좋다.
밑에는 굵다. 신체가 좋다. (4. 20.)

시냇물 유영주

시냇물이 출렁출렁
소리가 난다.
질가에는 사람이
지나가고
내 마음은 참 곱다. (4. 29.)

오동나무 박선용

저쪽
지붕 위에
자주감자색으로
활짝 핀
오동꽃
지붕보다 노프게
올라갔구나! (5. 14.)

자두 정명옥

과수원에 있는 자두

빨간 자두

내 입에 들어가는 것 같다. (6. 22.)

    위에 든 시 '까치'에서 "참 훌륭한 것 같다"는 말과 '미루나무'에서 "신체가 좋다"는 말과 '시냇물'에서 "내 마음은 참 곱다"는 말과 '자두'에서 "내 입에 들어가는 것 같다"는 말은 아무도 그 앞줄까지의 말을 보고 그다음의 이런 말을 예기치 못하는 말로서, 글쓴이의 마음에서 입에서 절로 터져 나온 소리요, 말이다. 이런 말 때문에 글쓴이만이 가진 심정이 살아서 나타났고 이런 '엉뚱스런 말' 때문에 이 작품들이 시로서 성립되었다 하겠다. 만약 이 어린이들이 말재주를 잘 부리고 남의 작품을 교묘히 모방할 줄 아는 어린이들이었다면 결코 이런 순진한 감성이 그대로 나타난, 서투른 듯한 말을 쓰지는 않았을 것이다. 시란 머리로 쓸 수 없는 것이요, 어쩔 수 없는 감동의 부르짖음인 까닭이다. 여기에 든 어린이들의 시를 쓰는 태도와, '잘 어울리게' '잘 짜이게' 근사한 말을 찾아 다듬고 생각해 내는 어린이들의 시를 쓰는 태도와는 근본에서 서로 반대되지 않을까 생각한다.

5, 6학년
어린이에게도 시를

대상: 경북 상주 청리초등학교 5, 6학년

모든 아이들이 자신의 시를 쓸 수 있도록

(1) 때: 1964년

(2) 시를 쓰려는 까닭

　5, 6학년 어린이들은 중학교 입학시험 준비 때문에 글쓰기 같은 것은 조금도 돌볼 수 없는 것이 현재의 형편이다. 그래서 글쓰기 지도에 관심이 있는 교사들은 대개 5, 6학년 담임을 기피하는 형편이고, 겨우 한다는 것이 일주일에 한 시간씩 하게 되어 있는 클럽 활동 시간에 문예부나 글짓기부에서 일부 아이들을 지도할 뿐이다. 이것 또한 여러 가지 행사로 무시당하기 쉬워서 한 학기에 겨우 열 시간쯤 될까 말까 하니, 5, 6학년에서 글쓰기 지도니 시 지도니 하는 것은 현재로 봐서 꿈같은

이야기다. 뜻있는 교사가 5, 6학년 담임교사에게 쓰기 지도를 해 주겠다고 특별한 요청을 하는 것도 곧 거절당한다. 그만큼 고학년 학생들에게는 시험공부가 지상 과제고, 이것을 위해서 모든 힘을 기울여야 한다는 것이 담임교사와 학부형의 태도다. 누가 감히 이 생존을 위한 입신출세 경쟁에서 아이들을 옆길로 끌어가겠는가? 끌어가도록 내버려 두겠는가? 어쩌다가 모이는 클럽활동 시간에 잠깐 이야기를 하다가 보면 40분은 다 가고 할 수 없이 또 언젠가 모이게 되는 날에 꼭 써 오라고 산문이나 시 쓰기 숙제를 내는 도리밖에 없는데, 그다음 모이는 날에 제대로 써 오는 아이는 거의 없다. 타일러도 안 되고 꾸짖어도 안 되는 실정이다.

나는 그래도 이런 고학년 어린이들에게 시를 가르치고 싶다. 특별히 상급 학교에 못 가는 어린이들에게 생활의 진실을 찾고, 참되고 즐겁게 살아갈 수 있도록 해 주고 싶다. 산골에서 지게를 지고 살아가는 남자아이나 길가에서 장사를 해야 하는 여자아이들에게 시를 알고 시를 쓰면서 즐겁게 힘차게 희망을 가지고 살아가도록 해 주고 싶다. 봄이면 봄의 노래를, 가을이면 가을의 시를, 괴로울 때나 답답할 때나 누구나 다 쓸 수 있는 시를 쓰면서 스스로 위로하고 용기를 갖고 살아가도록 해 주고 싶다. 남의 흉내나 내고 근사하게 말재주나 부리고 또는 저 혼자 온갖 환상이나 즐기고 하는 그런 따위가 아니라 생활에 대한 건전한 태도와 감정이 살아 있어 누구나 다 느낄 수 있는 그런 시, 그것은 가령 백만 인의 시, 백만 어린이의 시라 해도 좋다, 그런 시를 의무교육을 마치려고 하는 어린이들에게 가르쳐 주고 싶다.

(3) 감상 작품

아래 작품은 주로《신新동시의 이론과 지도 실천 공작指導實踐工作》(1934)에서 가려 뽑은 것이다. 5, 6학년 어린이들이 시를 쓰기 전 감상 작품으로서 참고삼을 수 있을 것이다.

영숙이   여학생 초 6학년

요새 힘이 아주 없는 영숙이
그때 힘이 넘쳤을 때
마구 웃어 대던 영숙이
지금은 초라하고 쓸쓸하게
학교에 오는 영숙이
어설피 튼 손을 부비며 부비며
떨면서 운동장에 나가는 영숙이
나는 언제나
눈물이 목에 올라와 있다.

운동회를 마치고   여학생 초 6학년

밥을 먹고 나서

하늘을 쳐다보고 있으니
운동회가 지나간 것이 생각났다.
그래
어쩐지 쓸쓸했다.

운동회를 마치고   남학생 초 6학년

운동회도 끝나고
이젠 운동장에
하얀 운동복을 입고 가는 사람이
적어졌다.
이제부터는 공부다.
곧 겨울이다.

구름   남학생 초 5학년

창창하게 푸른 하늘을
새하얀 구름이 조용히 동쪽으로 흘러갔다.
충청도 끝에 있던 구름
벌써 우리 학교 위에 왔다.

어머니를 생각함   여학생 초 6학년

어머니,

어머니는

어째서 나와 누이동생을 남기고

이 세상을 떠나셨습니까?

어머니가 살아 계실 때의 웃음소리가

가슴에 남아 있습니다.

어머니는

정순이만 데려가시려 오셨지요?

그러나 동생은

조금도 어머니를 찾지 않으니까

안심하시고 주무셔요.

동생은 오늘 밤도 웃는 얼굴로

잠자고 있습니다.

나도 이젠 자겠어요.

봄이 되면 여학생 초 6학년

봄이 되면

즐겁게 노는 게다.

진달래가 피기도 전에

여러 동무들과 헤어져서

어디로 일하러 가는 게다.

졸업해도

지난날 생각해서 시를 쓰는 게다.
봄이 되면
일하면서
하늘에 오르는 종달새를 보는 게다.
여러 동무들 생각날 때는
함께 배운 노래를 부르자.

잘 있거라, 동무들아   여학생 초 6학년

동무들과 아카시아 꽃향기를 맡으면서
과수원 뒷길을 지나서
냇가에 나가 긴 둑에 모두 앉아
자유시를 처음 썼지요.
이젠 벌써
봄볕을 받으면서
모두 졸업이다.
잘 있거라, 안녕!
헤어져도 아직 볼 수 있는 사진 보면서
동무들 얼굴 눈앞에 그리면서
즐겁게 생각하자.

쓸쓸할 때   여학생 초 5학년

언니와 싸움하고
쓸쓸했다.
순옥이 집에 놀러 갔다.
뽀오— 하고 싸이렝이 울었다.
앞치마로 눈물을 닦았다.
순옥아, 하고 불렀으나
대답이 없었다.
순옥이네 옆집
빨랫줄 장대가 타당! 하고 떨어졌다.

찌개 냄새   여학생 초 6학년

된장찌개 냄새가
구수한 밤이다.
지금 막 들에서 돌아온 언니의 얼굴이 환하게 밝다.
아아, 배가 고프다.
된장찌개 냄새는
참 좋다.

개구리알이 부르는 시   남학생 초 6학년

논둑에 흘러 떨어지는 물
어린 쑥 잎의 향내

마시고

저

봄 하늘 아래로

이 보드라운 막에도

푸른 봄 하늘이 비친다.

(4) 아이들 작품집과 일기장에서 찾아낸 5, 6학년 아이들의 시

다음에 든 작품은 5, 6학년 교실에서 '환경 정리'로 만들어 걸어 둔 아이들의 작품집에서, 또는 아이들의 일기장에서 찾아낸 것들이다. 모든 어린이들이 자기 자신의 시를 쓰고 자기 자신의 그림을 그릴 수 있을 때 그때 비로소 이 땅 위에는 정치와 경제와 철학과 교육과 그 밖에 인간의 이름으로 만들어진 모든 것이 제대로 제자리에서 올바르게 되는 날이 오게 되지 않을까?

잠 못 이룬 밤   김명옥 초 6학년

밤은 소리 없이 깊어 가도 내 걱정은 떠나지 않네.
아무리 공부를 한다고 해도 우리 집 환경이 이런데
무엇으로 학교를 간단 말인가?
요전에 언니 일기장을 보니까 언니는 공상 끝에
잠을 잔다고 하던데 이젠 그만 눈이 아프고

머리가 아프다.
나도 그만 상급 학교는 못 가더라도
언니같이 강의록을 받아 볼까?
입 다물고 가만히 누워 있으니
내가 자는 줄 알고 아버지 어머니는
또 내 걱정이다.
나는 그만 더 참을 수 없어
소리도 못 내고 울어 버렸다.
가만히 소리도 못 내고 울다 보니
베게가 흠뻑 젖었다.
이렇게 울고 난 후면 내 자신이 어리석은 듯
후회의 느낌이 된다.

가물음 박사용 초 6학년

바래도 바래도 비는 안 오고
햇빛만 쨍쨍
어머니 아버지 걱정은 내일은 비가 오나
내일은 비가 오나
걱정을 하여도 비는 안 오고 햇빛만 쨍쨍
아버지 어머니 걱정하는데 햇빛은
무슨 기쁨을 가지고 상도 한 번 안 찡그리고
무슨 기쁨을 가지고

아버지 어머니 싫어하는 햇빛은
오늘도 내일도 자꾸만 쨍쨍
자꾸만 쨍쨍하는가?

소 송원호 초 5학년

아버지가 밭갈이를 하신다.
아버지 목소리는 쇠간이 떨린다.
소는 무서워서 어쩔 줄을 모른다.
아버지는 고삐로 이라 탁 때린다.
소는 놀라서 뛰어간다.
소가 뛰는 바람에 아버지 머리에 신경이 와 올랐다.
아버지는 소를 몰고 나와 막 때린다.
소는 들로 뛰어다닌다.
아버지는 소 뒤를 따라가다가 소고삐를 밟는다.
소는 확 돌아서 눈물을 흘린다. (1964. 4.)

눈 이정남 초 5학년

펄펄 휘날리는 눈, 간밤부터 내리는 눈, 이제 햇빛이 나니 나는
좋았다. 어머니께서 오늘 장에 송아지를 팔지 않으면 안 되겠다
고 하신 말씀이 떠올랐다. 또 눈이 쏟아진다. 나는 괴로웠다. 송
아지를 안 팔면 안 된다는 어머니 말씀. 어머니는 장에 가셨을

까? 오빠는 어떻게 되었을까? (1964. 2.)

나뭇잎 하나 여학생 초 6학년

봄, 여름, 가을
철 따라 옷을 갈아입던 나무들이
이제는 앙상한 가지만 남아서
먼 나라 저편에서 불어오는 바람에
흔들리고 있다.
겨울이 왔다고 다들 피난을 갔건만
몸이 아파서 그런지
피난을 가지 못한 나뭇잎 하나
가지 끝에 매달려 사나운 바람에
떨고 있다. 울고 있다.
* 이 '나뭇잎 하나'를 쓴 아이는 어릴 때 소아마비로 다리를 못
쓴다.

6장

·
·
·

어린이시
지도 기록 2

2, 3학년의
시 지도

대상: 경북 안동 임동동부초등학교 대곡분교장

2, 3학년 복식 학급(60명)

봄을 맞는 기쁨 쓰기

(1) 때: 1969년 4월 12일 3교시

버스가 들어가지 않는 산골에서 고된 밭농사 일을 하면서 가난하게 살아가고 있는 아이들이다. 복식을 하고 있는 2, 3학년 가운데 3학년 25명은 2학년 때 시를 몇 번 쓴 일이 있으나 2학년은 처음이다. 어쨌든 새 학년이 되어 처음 쓰는 시다.

(2) 작품 감상과 시 이야기

할미꽃 김민한 경북 안동 대곡분교 3학년

고추밭에

달래를 캐러 갔다가

검정을 꿉는 데

할미꽃이

활짝 피었다.

작년에 검정을 꿉는 데

따시다고 나왔다. (1969. 4. 4.)

* 검정: 숯.   * 꿉는: 굽는.

* 따시다: 따스다. 따시하다. 따스하다. 따뜻하다.

복숭나무 권두임 경북 상주 공검초 2학년

봄이 되니

복숭나무 맹아리가

햇빛을 보고

모두 다 똑같이

맺았다. (1959. 3. 20.)

* 복숭나무: 복숭아나무. 복상나무.

* 맹아리: 망아리. 몽우리. 망울. 꽃망울. 꽃맹아리. 봉오리. 꽃
봉오리. 새눈. 움.   * 맺았다: 맺었다.

  봄이 온다는 것은 즐거운 일이다. 더구나 봄이 늦게 찾아오
는 깊은 산골에서, 얼어붙은 먼 길을 떨면서 학교에 다녀야 했

던 아이들로서는 날마다 미끄러지면서 오르내리던 산비탈 양지쪽의 그 영원히 풀릴 것 같지 않던 얼음이 녹는다는 것, 그래서 그 자리에 새파란 풀싹이 돋아난다는 것이 얼마나 신기하고 반가운 일인지 모른다. 이럴 때 그들의 마음도 그 얼음과 함께 녹고, 그들의 귀는 언제나 듣는 산새 소리에도 봄의 환희를 느끼고, 비로소 해방이 된 기쁨으로 하늘을 쳐다보고 제 세상 만난 것처럼 날뛰는 것이다. 물론 때에 따라서는, "나는 봄이 되면 고생이 일./ 고생이 백 가지다"('봄' 부분, 경북 안동 대곡분교 3학년 이숙재)라고 하지만, 그래도 봄은 봄이고 아이들은 아이들이다. 마른 잔디밭에 할미꽃이 피고, 앞뒤 산에 살구꽃 봉오리가 발갛게 맺고, 진달래꽃을 따 먹으러 갈 수 있지! 송기를 벗겨 먹지! 버들피리도 만들어 분다! 그래서 그들은 아직 차가운 바람이 발악을 하고 있는 묵은 고추밭, 담배밭을 다니면서 씀바귀를 찾고 냉이를 캐고 한다.

이럴 때, 이 아이들에게 살아가는 기쁨을 깨닫게 하여 주고 싶다. 크레용 한 갑 마음대로 사 쓰지 못하고, 언제나 쌀밥 한번 배불리 먹어 보는 것이 소원이고, 화려한 도시 생활을 어른들 따라 부러워하며 살아가는, 도무지 무엇을 주어야 할지 교사로서 철학이 서지 않는 그들에게 삶의 기쁨을 안겨 주고 싶다.

눈이 쌓이고, 얼어붙을 듯한 바람이 날뛰던, 그 말라죽은 잔디밭에 어느새 돋아났는지 짙은 자줏빛으로 피어난 할미꽃을 들여다보는 기쁨! 그 기쁨은 살아가는 목숨의 기쁨이요, 생명의 신비와 존귀함을 느끼는 기쁨이다. 복숭아나무 가지에 새눈이 모두 다 똑같이 나왔다는 것, 그것은 너무나 당연하고 평범한 사실을 말하는가? 아니다. 일반화된 어른들의 상식이란 아이들의 세계에는 통하지 않는다.

'복숭아나무의 새눈들이, 큰 것도 있고 작은 것도 있고 할 텐데, 어느 것이나 똑같구나! 큰 가지에 난 것도, 작은 가지의 것도, 이쪽 편의 것도 저쪽으로 난 것도, 어쩌면 이렇게 의논한 것처럼 똑같은가?' 이 아이는 이 순간에 처음으로 복숭아 새눈이 모두 다 똑같이 터 나는 것을 발견하고 놀란 것이다. 그것은 어른들에게는 관심거리가 될 수 없는 평범하고 당연한 사실일지 모르지만, 이 아이로서는 놀라운 사실이었다. 이 놀라움은 이 아이의 온몸으로 느낀, 시의 경이감이요, 생명의 환희다. 복숭아나무 가지에 똑같이 매달려 있는 맹아리들을 보고 놀라고, 그 맹아리들과 함께 숨 쉬며 즐거워하는 아이의 그 즐거움을 함께 나눠 주고 싶은 것이다.

시는 지식이나 지성으로 파악될 것이 아니라는 것, 시의 발견이라는 것은 보이지 않던 것을 찾아내는 것이 아니라, 이미 누구나 알고 있는 상식을 새로운 모습으로 느끼는 것이라는 사실을 이 작품에서 읽을 수 있다. 그리고 이 아이들은 시를 머리로 만들어 내는 것이 아니라 그들의 일상생활로서 가지고 있다는 사실도 알게 된다.

① '할미꽃' 이야기

민한이는 달래를 캐러 갔다가 작년에 숯을 굽던 자리를 지나가는데, 할미꽃이 피어 있는 것을 보았습니다. '아, 할미꽃이 벌써 피었구나! 작년에 숯 굽던 자리가 따뜻하다고 여기 제일 먼저 나왔구나!' 하고 할미꽃을 들여다봅니다. 가만히 들여다보니 할미꽃 모양이 귀여워 견딜 수 없습니다. 할미꽃도 이 아이에게 무슨 말을 소곤거릴 듯합니다. 그러나 그런 할미꽃의 소리나 모양은 여기 나타나 있지 않습니다. 그래도 좋아요. 여러분은 이 시가 좋구나, 하고 느껴지는 곳이 어디라고 봅니까? 어떤 말에 이 아이가 할미꽃을 생각하는 마음이 잘 나타나 있다고 봅니까?

"작년에 검정을 굽던 자리가 따시다고 나왔다고 한 곳입니다."

맞아요. 할미꽃도 겨울을 나느라고 얼마나 추웠겠나, 그래 검정—숯을 굽는 곳이 따스하고 좋아서 이렇게 방글방글 웃으며 나온 것이구나, 하고 생각했습니다. 정말 이 아이는 할미꽃의 마음이 되어 할미꽃을 바라본 것이지요. 여러분도 이렇게 귀여워하는 마음으로 바라보아야지요. 그러면 즐거운 생각이 가슴에 넘쳐서 기쁘고, 시도 쓸 수 있을 것입니다.

② '복숭나무' 이야기

이 아이는 복숭아나무 가지에 터 있는 새눈을 쳐다보고 놀랐습니다. 나무의 눈이 어쩌면 요렇게 똑같이 나왔는가! 어느 가지를 보아도 하나도 달리 나온 눈이 없습니다. 이상하다. 이렇게 의논한 듯이 똑같이 나오다니! 모두 다 햇빛을 보고 있구나! 어째서 이렇게 봄을 알고 모두 같이 나왔는가. 모두 같이 햇빛 속에서 즐거워하고 있구나! 얼마나 나오고 싶었던 새눈들이었던가!…… 이렇게 생각하면서 복숭아나무 새눈을 보고 놀라고, 그리고 즐거워하고 있습니다. 이때 이 아이의 마음은 복숭아나무 맹아리가 된 것이고, 복숭아 맹아리는 이 아이가 된 것이지요.

복숭아나무 가지를 아무 생각 없이 바라보는 사람은 새순이 튼 것을 보아도 아무것도 느끼는 것이 없고 놀라는 마음도 안 생깁니다. 이 아이같이 진정으로 조그만 가지 하나, 새눈 하나라도 환한 웃음의 마음으로, 귀여워하는 마음으로, 제 마음이 바로 그 가지가 되고 새눈이 되어 바라보아야 마음 깊이 무엇을 느낄 수 있습니다. 누구나 다 알고 있는 그런 것이라도 저만이 느끼고 생각한 것이 있다면, 그것이 바로 시가 될 수 있지요.

자, 그러면 우리도 한번 써 봅시다. 바깥에 나가도 좋고, 이 자리에 앉은 대로라도 좋으니, 무엇을 가만히 바라보다가 느껴지는 것, 마음속에 떠오르는 즐거운 생각 같은 것을 붙잡아서 써 봅시다. 아침에 오다가, 또는 어제 있었던 일을 다시 잘 생각해 내어서, 지금 하고 있는 것처럼 써도 좋아요.

(3) 아이들 작품
이렇게 하여 이 시간에 써낸 작품은 기대에 어긋나 풍작이라 할 수 없었다. 마음으로 본다든지, 사랑으로 본다든지 하는 말들이 아이들에게는 깊이 이해되지 못하는 것 같다. 생활에서 가슴에 '쿵!' 하고 느껴 오는 것을 보여 주지 않고, 새싹이나 꽃을 바라보고 즐거움을 느끼게 하려고 한 것이 관념에 빠진 시 이야기가 된 것이다.

참고가 될 것 같은 시 몇 편만 들어 본다.

할미꽃 김순희 초 3학년

할미꽃 속에
까만 것도 있고
노란 것도 있네.
가만히 들여다보니
할미꽃이 어예 생겼노, 시푸다.
＊어예: 어떻게.   ＊시푸다: 시프다. 싶다.

제비 이재홈 초 3학년

외갓집에서
제비를 보았다.
제비가 첨에 왔다고
제비보고 문디라고 했더니
제비가 더 좋아서

더 날개를 치며

외갓집 감나무 꼭대기에 빙빙 도네.

  * 첨에: 처음에.   * 문디: 문둥이. 친근한 사람을 장난삼아 이
렇게 부르기도 한다.

제비꽃 홍성희 초 3학년

제비꽃이 피었다.

방글방글 웃는다.

제비꽃이 언제 피었노?

자랑스럽게 피어 있다.

할미꽃 한동순 초 2학년

할미꽃을 성순이가 보았다.

나는 못 보았다.

성순이가 잘 본다.

또 한 무댁 보았다.

  * 무댁: 무덱. 무더기.

제비꽃 김태자 초 2학년

빨간 제비꽃을 보았다.

제비꽃을 꺾어다 머리에 꽂았다.

꽂아 가지고 집에 왔다.

여기 예를 든 것만 보아도 제재와 내용이 감상 작품과 '시 이야기'의 영향을 얼마나 받게 되는가를 먼저 알 수 있다.

김순희가 쓴 '할미꽃'은 "할미꽃이 어예 생겼노, 시푸다"라는 말에서 아이의 경이감이 나타나 있고, 이재흠이 쓴 '제비'는 "제비보고 문디라고 했더니" 하는 말에서 제비에 대한 아이의 친애감이 소박한 말과 행동으로 표현된 것이 좋다. 또 홍성희가 쓴 '제비꽃'은 학습과 정신 발달이 뒤진 아이로서 놀랍게 썼다고 생각되고, 한동순이 쓴 '할미꽃'과 김태자가 쓴 '제비꽃'은 꽃을 가만히 바라볼 때의 마음을 쓴 것이 아니라 꽃을 찾아다니고, 또는 꺾는 행동을 써 놓았다. 시가 좀 덜 되더라도 이런 생활 행동이 나타나는 것이 좋지 않을까? 김순희가 쓴 '할미꽃'도 좋지만 이재흠이 쓴 '제비' 같은 작품을 잘 감상하도록 하고 싶다.

비 오는 날 모습과 생각 쓰기

(1) 때: 1969년 4월 16일

(2) 시를 쓰게 한 까닭

아침부터 비가 오고 춥다. 8시경에는 섭씨 4도이더니 점점 내려가 3도, 2도……. 교실에서 바깥을 바라보고 떨고 있는 아이들은 걱정이 태산 같다. 우비도 없고 양말도 없이, 그 먼 골짜기 길을, 몇 번이나 얼음 같은 물을 건너서 학교라고 찾아왔지만, 난로도 없고, 비에 젖은 옷을 말릴 수가 없다. 또 어떻게 집으로 갈 것인가? 이럴 때 음악 시간이라 노래를 부르는 것이 효과가 있어야 한다. 추운 생각, 집으로 돌아갈 걱정을 잠시 잊게 해 줘야지.

추워서 와들와들 떨고 있는 아이들의 새파란 입술에서 노래가 터져 나왔다.

"보슬비에 얼굴이 간지럽다고/ 우리 집 앞뜰의 따리아……."

그런데 왜 이런가? 꺽꺽 멘 소리다. 왜 곱게 부를 줄 모르느냐? 다음은 '이슬비의 속삭임'

"나는 나는 갈 테야/ 연못으로 갈 테야/ 동그라미……."

여전히 아이들의 노래는 거칠게 들린다. 그렇다. 이 아이들은 노래를 부르는 것이 아니라 고함을 지르고 있는지도 모른다. 추워서 떨고 있는 아이들의 성난 고함 소리…….

"봄비는 새파란 비지/ 금잔디 물들이는/ 새파란 비지."

교과서에 있는 것, 없는 것 다 찾아 이렇다. 정말 이것은 이 아이들의 현실이 아니다. 이 아이들의 가슴에 떨어지는 차가운 비가 아니다. 행복한 도시의 아이들이 바라보는 행복한 봄비다. 우비도 양말도 없이 떨면서 학교에 오고 가는 불행한 벽촌의 아이들에게 이런 행복한 아이들이나 부를 노래를 강요한다는 것은 교육이 될 수 없다. 절박한 현실을 눈앞에 두고 그것을 노래하지 못하고 오히려 그런 것에 눈감게 하고, 절망과

질시와 열등감과 자포자기의 감정이 따라붙는 꿈같은 남의 노래를 부르게 한다는 것은 잔인한 살인 행위가 아닌가? 음악은 살아가는 데 기쁨과 용기를 주는 것이어야 한다. 경망한 구호가 되어서도 안 되고, 지혜와 이성을 잠재우는 마취제 노릇을 하여도 안 되고, 열등의식을 조장하여 노예 감정을 길러도 아니 된다.

이 아이들에게는 이 아이들의 노래가 있어야 한다.

시를 쓰게 해야겠다. 음악은 역시 즐거울 때 부르는 것(그런 노래밖에 없으니)이다. 글이나 그림으로 생활을 표현할 수 있다는 것은 얼마나 다행스런 일인가!

"자, 이제 노래는 그만두고, 시를 써 볼까? 시는 가슴에 꽉 차고 눌려 있는 것을 토해 내는 것이지요. 오늘 아침에 집을 나서서 학교에 올 때까지 겪은 일을 생각해 보고, 그 가운데서 제일 쓰고 싶은 것을 써도 좋고, 그 밖에 또 하고 싶은 말이 있으면 그걸 써도 좋아요. 마음속에 맺혀 있는 것을 다 풀어내는 기분으로 써 봐요."

감상 작품으로 보인 것은 없다. 절실한 감정이 있다고 믿었기 때문이다.

(3) 아이들 작품

과연 거의 모든 아이들이 절박한 이야기를 썼다. 거기에는 새로운 발견이라든지, 고요한 마음의 미묘한 움직임 같은 것 대신에, 아이들의 현실 행동과 마음이 살아 있는 말로 나타나 있었다. 비판은 읽는 이에게 맡기기로 하고, 여기 작품의 일부를 들어 놓는다. 작품 가운데 '진갈비'와 '진눈깨비'라는 작품은 비가 어느새 진눈깨비가 되었기 때문에 나온 것이다.

우산   홍성희 초 3학년

재왕이가 우산을 안 준다고
할아버지한테
도독노무 새끼라고 했다.

고무 종이   김해한 초 3학년

우비가 없어 가주고
고무 종이를 덮어쓰고 왔다.
우비가 없어 가주고.

우산   엄용진 초 3학년

우산이 흔들린다.
바람이 부니 흔들린다.
바람에 우산이 날아간다.
막 뛰가서 붙잡았다.

할미꽃 이성윤 초 3학년

할미꽃이
비를 맞으면서 운다.
비가 얼마나 할미꽃을 때리는동
눈물을 막 흘린다.
＊때리는동: 때리는지.

양산 김후남 초 3학년

바람이 부니
언니 양산이 제키질라 한다.
제키까 봐 겁이 난다.
언니가 "양산 안 제킨다
겁내지 마라" 한다.
"언니, 곱게 가가 어애?"
하니,
"오야" 한다.
＊가가: 가지고 가.

비 배옥자 초 3학년

올라갈 때도 비가 오면 어애노?

나는 자꾸 그 걱정만 하고 있다.
* 어애노: 어쩌노.

물　권상출 초 3학년

물에
들어서니
가슴이 펄떡 뛴다.
물을 건너서 내려오니
정신이 어정쩡하다.

물　남경자 초 3학년

학교에 오다가
물에 빠져 가주고
발이 얼마나 시린동
죽을 애를 먹었다.
* 시린동: 시린지.

물　이승영 초 2학년

오다가 나는 속으로
물이 이까지 소리가 들려와서

못 건너가지, 했는데
건너가면 하나도 무섭지 않다.
그 밑에 물소리가 들려와서
가 보니까
건널 진 무섭다 접더니
가민 덜 무섭다.
* 건널 진: 건널 젠. 건널 땐.
* 무섭다 접더니: 무섭다 싶더니.   * 가민: 가면.

진갈비   이용국 초 3학년

진갈비야 덜 온나.
내가 양산도 옳잖은데
자꾸 많이 온다.
* 진갈비: 진눈깨비.   * 양산: 우산.
* 옳잖은데: 좋지 않은데.

진눈깨비   김후남 초 3학년

진눈깨비가
샛마 뒷산에
보얗게 내린다.
내가 어예 집에 가노,

시프다.

* 진눈깨비: 진갈비. 비가 섞여 내리는 눈.   * 샛마: 마을 이름.
* 어예: 어쩨. 어찌. 어떻게.   * 시프다: 싶다.

먹고 싶은 것, 하고 싶은 것 쓰기

(1) 때: 1969년 10월 10일

(2) 감상 작품과 시 이야기

땅콩   김후남 경북 안동 대곡분교 3학년

내려오며 땅콩을 보니 먹구 싶다.
언제 땅콩 캐 먹으꼬
내 혼자 가마이 캐 먹어 부까.
언니한테 그캤다. (1969. 10. 6.)

여러분도 이런 때가 있었지요? 고소한 땅콩, 언제 고걸 실컷
먹겠나, 몰래 캐 먹어 버릴까, 하고요. 그런 생각을 동무나 그
밖에 그 누구에게 실제로 말을 해 버리는 수도 있지만 말을 하
지 않고 마음속에 가지고만 있을 때가 더 많지요. 여기 이 작
품은 후남이가 학교에 오다가 밭에 있는 땅콩을 보고, 먹고 싶
어 한 것을 언니한테 말한 대로 쓴 것입니다. 만일 후남이가
언니한테 말하지 않고 마음속에만 생각하고 있었다면 "언니한

테 그캤다"라는 말은 쓰지 않고 아마, '땅콩이 먹고 싶다./ 언제 땅콩 캐 먹으꼬?/ 내 혼자 가마이 캐 먹어 부까?' 이렇게 썼을 것입니다. 여러분도 마음속에서만 먹고 싶어 하는 것을 이와 같이 얼마든지 쓸 수 있습니다. 먹고 싶은 것뿐만 아니라 갖고 싶은 것, 하고 싶은 일이라도 좋아요. 그리고 이런 것이 아니라도 꼭 쓰고 싶은 다른 것이 있는 사람은 그것을 쓰도록 해요.

(3) 아이들 작품

포도 김낙기 초 3학년

포도가 먹구 싶다.
작년에는 형님이 가져온 것을 먹었는데
올해는 못 먹어서 쓸쓸하다.
포도 말만 하면 춤이 넘어간다.
＊춤: 침.

곰 김후남 초 3학년

곰이 먹구 싶다.
안죽도 곰나무를 쳐다보니 곰이 누런데
언제 먹으꼬?

곰이 얼어 까마야 먹으 껜데
곰을 딸 때 많이 먹으까?
지금 여기서 앉아 보니 누렇다.
니 해 내 해 없이 마구 누렇다.
  *곰: 고욤.   *안죽도: 아직도.
  *까마야 먹으 껜데: 까매야 먹을 건데. 까매야 먹을 낀데.

고구마   홍성희 초 3학년

오늘은 땅재 고구마를 안 캐나?
생각이 자꾸 난다.
학교에서 그 생각만 자꾸 난다.

내 마음   이승영 초 2학년

내 마음에는 날마다 놀았으면 좋겠다.
그래도 사무 일만 시킨다.
내 마음에는 도망갔으면 좋겠다.

메물   김일겸 초 2학년

메물이 안돼 가지고
어머니하고 아버지하고 싸웠다.

어머니는 아버지보고 머라 하고

아버지는 어머니보고 머라 하고

그러다가 어머니가 "그래도 비야 되제"

하니까 아버지는 아무 소리 안 합니다.

나는 가슴이 쿵덕쿵덕했습니다.

＊메물: 며물. 미물. 메밀.　＊머라 하고: 뭐라 하고. 야단치고.

＊비야: 베야.

달구베실꽃　김대현 초 3학년

달구베실꽃이

불을 켰다.

낮이나 밤이나

안 꺼진다.

＊달구베실꽃: 맨드라미꽃. 꽃 모양이 닭 벼슬처럼 생겼다.

'포도' '곰' '고구마'는 '시 이야기'의 영향으로 바로 먹고 싶은 것을 쓴 것이고, '내 마음'은 "갖고 싶은 것, 하고 싶은 일을 써도 좋다"고 한 말에 평소 소망을 쓴 것인데, 어린아이에게도 강요되는 산촌 노동의 비참한 현실이 나타나 있다. '메물'도 이러한 가정에 대한 중압감이 아이의 근심으로 나타나 있는 것. 그런데 '달구베실꽃'만은 전혀 달리 쓴 작품이다. 아마 쉬는 시간에 밖에서 본 것이겠지. 벌써 여러 번 시를 써 왔기 때문에 이제는 이렇게 평소에도 취재와 관찰에 관심을 가지게 되었는가 싶다. 그러나 이런 감각에 그치는 시는 함부로 칭찬하고 권장할 것이 못 된다.

공상의 세계 쓰기

(1) 때: 1968년 12월 11일

(2) 이야기 들려주기

동화의 세계, 꿈, 또는 공상의 세계를 한번 찾아보고 싶었다. 가난한 현실에 붙잡혀 있는 아이들의 공상은 어떤 모양으로 나타날 것인가? 과연 그런 세계를 찾아갈 수 있을 것인가?

공상을 시로 써 보자. 그러나 공상이라는 말을 아이들은 모른다. 생각한 것을 써 보자. 이 생각이라는 말은 참 범위가 넓고 막연하다. 사고, 상상, 공상, 추억, 동경⋯⋯ 이렇게 그 어느 것을 쓰라는 것인지 알 수 없다. 시간과 장소와 대상을 한정해 주어야 한다. 엉뚱스러운 생각, 있을 수 없는 생각, 있었으면 좋겠다는 생각을 써 보자. 그래도 무엇을 써야 할지 모를 것 같다. 작품을 보여 주면 좋겠는데 없다. 무슨 이야기라도 해 주어야 한다. 제 마음대로 상상의 날개를 뻗쳐 날아갈 수 있는 하늘을 제시해 주어야 한다. 날개를 달아 주어야 한다.

"자, 내 이야기를 들어 봐. 파란 새와 빨간 새, 두 마리 새가

---

* 1969년 2, 3학년 복식 학급의 3학년들이 2학년일 때 지도한 내용이다.

노란 새를 찾아가는 이야기야. 노란 새가 강물이 출렁출렁 넘쳐흐르는 어느 강기슭 물새 나라에 살고 있다는 소문을 들었기 때문이지. 파란 새와 빨간 새는 산을 넘고 내를 건너 나란히 자꾸 날아가는 거야. 가다가 지치면 바위에 앉아 쉬고, 또 가다가 고단하면 나뭇가지에도 쉬고, 배가 고프면 나무들에게 부탁해서 열매를 얻어먹고, 사흘 밤 사흘 낮을 날아간 끝에 어느 마을 위를 지나갔지. 그런데 우루루 쿵쿵, 하는 소리가 땅 위에서 울려오는데, 내려다보니 시퍼런 옷을 입고 총을 멘 군인들이 트럭에 가득 실려 가고 있지 않은가! 파란 새와 빨간 새는 깜짝 놀라 방향을 돌려 산을 향해 날아가려는데 벌써 때가 늦었어. '쿵!' 하고 온 천지를 뒤흔드는 총소리가 나더니 파란 새는 피투성이가 되어 떨어지고, 빨간 새 혼자 울며 울며 날아갔어……. 자, 지금 내가 이야기한 것을 흉내 내지 말고, 새롭고 재미있는, 또는 슬픈 이야기를 마음대로 생각해 내어서 써 보자. 제목은 빨간 새, 파란 새, 노란 새, 까만 새, 이 넷 가운데 하나를 가려서 써야 한다."

이렇게 네 가지 색깔의 새 이름을 시제로 지정해 준 것은 색채라는 것이 아이들의 시에 어떤 영향을 주는가, 하는 호기심도 있었지만, 동화 같은 분위기를 만들어 주고 싶었던 것이다.

(3) 아이들 작품

먼저 제목을 선택한 것을 보니 파란 새 17명, 까만 새 15명, 빨간 새 12명, 노란 새 7명으로 나왔다. 이것은 좀 뜻밖이다.

당초의 예상은 까만 새가 별로 없을 것으로 보았는데, 뜻밖에
도 파란 새 다음이다. 무엇을 의미하는가? 더구나 까만 새로
쓴 것에 좋은 작품이 많았다는 것은 여러 가지로 생각이 된다.
먼저 작품을 보기로 하자. 파란 새는 교과서에도 나오고 동요
에도 있으니 많은 것이 당연하다.

까만 새   심필련 초 3학년

까만 새는
눈이 조그마하지.
꼬리는 길다랗지.
무엇을 먹고 살까?
까만 열매를 먹고 살지.
까만 새는
까만 새끼리
살지.
노란 새, 빨간 새, 파란 새하고는
놀기도 싫지.
까만 새들은
떼를 지어
산에 다니며
까만 열매를 따 먹지.

까만 새 이용국 초 2학년

까만 새는
빨간 새하고는
동무를 안 했는데
새 잡는 총 가지고
까만 새를 잡으면 죽는다.

까만 새 정부교 초 3학년

까만 새가
낮에는
돌다물에 들어가 있다가
밤이 되면
아무도 모르게
남의 집 양식을
후배 먹고
배가 둥둥 하면
저 먼 산에 올라가
하늘을 구경한다.
그러다가
하늘로 올라가서
달과 별과 춤을 춘다.

* 돌다물: 돌담불. 산이나 들에 모여 쌓인 돌무더기.
* 후배 먹고: 훔쳐 먹고.

빨간 새 권상출 초 2학년

빨간 새야,
빨간 새야,
너는 어째서 빨갛게 생겼노?
너는 참 색도 곱다.
너는 겨울이 되면 양식이 없어서
어예 사노?
너는 여름에 열심히 일을 해라.
너는 죽지 말고 우리들하고 살아 보자.

파랑새 김해자 초 3학년

파랑새야, 어예 사노?
사람이 총으로 쏘기도 하고
약도 놓고 하면 어예 사노?
파랑새야, 너는 약을 놓으면
밥이라고 먹다가 죽는다.
파랑새야, 약을 먹지 말아라.

심필련과 이용국이 쓴 '까만 새'는 까만 새를 빨간 새나 파란 새, 또는 노란 새와 대립되는 위치에 두고 까만 새의 편에서 생각하고 있다. 용국이한테 "까만 새를 잡아 죽이면 어떠냐?" 물었더니 "불쌍합니다"고 말했다. 정부교가 쓴 '까만 새'는 그 상이 참으로 자유분방한 데가 있다. 권상출이 쓴 '빨간 새'는 빨간 새를 자기들 안에 사는 새가 아니라고 보면서 그 새에게 따뜻한 마음으로 이야기하고 있으며, 김해자가 쓴 '파랑새'는 사람들이 놓은 약을 먹고 죽는 파랑새를 동정하고 있다.

이 다섯 편의 작품으로 대표되는 아이들의 시에 공통되는 점은 아이들의 상상이나 공상이라는 것이 빈약하다기보다 아주 생활에 닿아 있고 현실성이 있다는 것이다. 설령 특수하게 상상의 세계를 전개해 나간 아이가 있다 하더라도 그 상상이라는 것은 결국 자기 자신의 현실과 염원이 투영되고 있는 것이다.

이렇게 현실에 바탕을 둔 사고의 경향은 거의 모든 아이들이 첫째, 색깔이 다른 새를 서로 대립된 집단에 속해 있는 것으로 의식하고 있으며, 둘째, 까만 새를 자기들 편의 새로 보고 있다. 그리고 그 까만 새들은 가난하고 쫓겨나고 외롭게 살아가는 것으로, 또는 무리를 이루어 살아가는 것으로 생각한다는 것이다. 셋째, 빨간 새, 노란 새(더러는 파란 새)는 자기들과는 거리가 있는 집단 속에 살아가는 것으로 느끼고 있다. 넷째, 파란 새는 제3의 위치에 있는 새로 동정을 받고 있다. 다섯째,

노란 새로 쓴 아이의 수가 가장 적고 작품성도 떨어지고 있다. 여기서 빨간색이나 파란색, 노란색의 화려한 유채색에 견주어 채색이 없는 어두운 검정색이라는 것을 생각할 때, 이런 공상의 시에도 산촌에서 살아가는 곤궁한 아이들의 현실이 어쩔 수 없이 나타나고 있는 것 같다.

공상의 시를 쓸 수 있게 이끄는 알맞은 감상 작품이 없으면 동화를 들려주는 수도 있고, 적당한 그림을 보여 줄 수도 있고, 노래를 들려줄 수도 있다고 생각한다. 그러나 대체로 지금 아이들의 상상이나 공상이라는 것은 그리 화려하지 못하다. 이 것은 산촌의 아이들만 그런 것이 아니고 도시의 아이들도 마찬가지라 생각한다.

어린이시라면 현실에서 우러난 생활시가 대부분이겠지만, 상상이나 공상의 세계를 어떤 방법으로 이끌어 전개시키고, 그것을 표현하도록 하는 것은 무의식의 세계를 열어 보이는 수단도 될 것 같다. 더구나 이런 아이들의 공상이라는 이른바 시인들의 공상과는 달리 그것이 곧 현실을 그대로 반영한 것임을 생각하면, 시를 쓰는 방법 가운데 하나로 연구해도 좋을 것 같다. 아이들의 생활은 공상과 현실이 따로 분리될 수 없는 세계인 것이다.

그 밖에 참고할 시

앞서 지도 기록에서 보이는 작품 밖에 참고할 만한 것을, 이 책에 이미 인용한 것을 빼고 들어 본다.

새 배옥자 초 3학년

호루루 뱃쫑!

새가 운다.

새는 마음도 좋고

걱정도 없는 모양이다.

호루루 뱃쫑!

열 번도 더 운다. (1969. 5. 3.)

산신령님 남경자 초 3학년

감을 지르면

청돌이 우루루 울어서

산신령님이 놀래면

우리는 죄가 있어서 죽는다.

글키 때문에 감을 안 질러서

깊은 산속에 있는 산신령님이

안 놀래도록 해야 한다.

감을 지를라면

지가 죽을 요량하고 질러야 한다. (1969. 5. 9.)

＊감: 고함. ＊글키: 그렇기. 그러기.

＊지가: 저가. 제가. 자기가.

구름   김춘자 초 3학년

까만 구름하고

빨간 구름하고

노란 구름하고

한테 섞여서 논다.

가만히 놀다가

까만 구름이 노란 구름보고

한테 타라고 한다.

또 까만 구름이 빨간 구름한테

타라고 한다.

그래 가지고 막 달려간다. (1969. 5. 18.)

＊한테: 한데. 한곳에. 같이.

고기   김선모 초 2학년

뻐두리는 꽁지만 치고 간다.

미꾸라지는 몸과 꽁지를 흔들며 간다. (1969. 5.)

＊뻐두리: 민물고기의 한 가지. 버들붕어. 버들뭉치. 뻐들뭉치.

＊꽁지: 꼬리. 꼬랑이. 꼬랭이. 꼬래기. 꼬랑대기. 꼬랑대이. 꽁대기.

논물   홍옥분 초 3학년

논물에

하늘이 보인다.

하늘이 기쁘다.

그 논길에 걸어가니

어리어리하네.

곧 빠질라 한다.

고이고이 갔다. (1969. 6. 1.)

잠자리 김낙기 초3학년

잠자리가

쪼마는 게 나왔네.

겨울에 없었는 게 나왔네.

마당 위에 돌다가

내 손에 붙어서

잡아

밥풀을 주니

안 먹는다.

너는 풀 냄새만 먹고 있나, 하고

보내 주니

오줌을 누고

미루나무 위에 날아가네. (1969. 6. 3.)

* 쪼마는 게: 조그마한 것이.

개와 복숭아 이재흠 초 3학년

개가 어디서
복숭아를 하나 따 가지고
우리 집으로 와서 먹는다.
아주 맛있게 먹는다.
먹는 소리가 새근새근 난다.
하도 맛있게 먹어서
나도 뒷산에 올라가
복숭아를 따 먹어 보니
아주 맛도 없었다. (1969. 6. 8.)

보리매미 김순희 초 3학년

일일……총 일일……총 일총일총……일총일총일총 총총총총
그러다가 오줌을 싸 놓고 옷이 젖으니 옷 입으로 뒷산으로 간다.
(1969. 6.)

귀신 권상출 초 3학년

아무 사람이라도 한 사람이 죽으니 자꾸 귀신이 와서 잡아간다.
또 병이 나서 죽으려 한다. 귀신은 총을 가지고 쏠라 해도 안 비
에 못 쏜다. 그래도 약 있는 데는 진다. 어떤 의사는 이기고 어

떤 의사는 진다. 아무 사람이라도 한 번 나서 한 번 죽는다. 안만 부자라도 한 번 죽으면 그만이다. 살아 있을 때 아무리 맛있는 것을 먹다가도 죽으면 그만이다. 한번 죽으면 언제 다시 찾아올꼬. (1969. 11. 1.)

＊안 비에: 안 보여. ＊안만: 암만. 아무리.

햇빛 이재흠 초 3학년

햇빛은 언제나
금빛 화살을 들고
하늘을 지키네.
햇빛은 좋다고
하하하, 하며
언제나 얼굴에는
행복한 마음이 있네. (1969. 11. 4.)

송구 김숙자 초 3학년

송구 한 개를 벗기니
물이 서북서북하고 단 게
송구도 덜 벗겼는데
춤이 꿀꿀 넘어가서
훌훌 핥아 먹었다.

막 훑어 먹었다.

한 개 다 먹고

꽁알 주까 새알 주까 쌔,

했다. (1970. 4. 17.)

＊춤이: 침이.

＊송구: '송구'는 송기라는 것인데, 소나무의 속껍질을 말한다. 옛날에는 봄에 송기떡 송기죽을 해 먹었고, 아이들도 산에 가면 소나무 가지를 꺾어 겉껍질을 벗겨 내고 속 부분을 핥아 먹었던 것이다. 다 먹고 하얀 막대기만 남으면 "꽁알(꿩알) 주까(주울까) 새알 주까 쌔!" 하면서 그것을 내던지는데, 막대기가 마음먹은 곳에 생각대로 떨어지면 그날은 멧새알이나 꿩알을 줍게 될 운수 좋은 날로 여겨서 좋아했던 것이다.

까치 새끼   백석현 초 3학년

까치집을 떠니

새끼가 세 마리 있다.

한 마리를 가주가니

까치 어미가 깩깩깩깩

하면서 어쩔 줄을 모른다.

나무를 막 쫏는다.

어미도 불쌍하고 새끼도 불쌍해서

갖다 놓고 왔다. (1970. 5. 9.)

* 떠니: 안에 있는 것을 죄다 잡아내니.
* 가주 가니: 가지고 가니. 가져가니.

이슬   김찬희 초 3학년

이슬이 내렸네.
곱게 곱게 내렸네.
어예서 내렸노?
내리구저와서 내렸지.
이슬이 어예서 생겼노?
생기고저와서 생겼지.
풀에 묻혀 있다가
햇빛이 비치니 말라 부고 없다.
이슬이 웃다가 없어지는 것 같다. (1970. 5. 12.)
* 어예서: 어째서. 어찌 해서.
* 내리구저와서: 내리구 싶어서. 내리고 싶어서.
* 생기고저와서: 생기고 싶어서.   * 말라 부고: 말라 버리고.

산   김한영 초 2학년

산이 커져서
하늘 따라 올라가네.
산은 키가 커져서

먼 하늘 보고 싶어 하고
한 산이 커져서 올라가니
쪼매한 산도 커져서 같이 올라가네. (1970. 6. 4.)
　＊쪼매한: 쪼만한. 쪼그마한. 쪼그만. 조그만. 작은.

이총매미　박청자 초 3학년

이총매미가 우네.
소리도 곱게
이총 이총 하며 우네.
복숭아나무에서
궁디를 까불석 까불석 하며
소리를 지른다.
해자네 할머니가
저 매미는 울다가 세월 다 보내겠다
하신다.
온 마을이 떠들썩하다. (1970. 6. 10.)
　＊궁디: 궁둥이.

오얏　여갑술 초 2학년

오얏이 안죽도 안 익었네.
오얏은 안죽도 새파랗네.

오얏은 안죽도 언제 익을노?

안죽도 새파랗게 언제 익을노? (1970. 7. 11.)

* 오얏: 외얏. 외얏추. 욋추. '자두'는 한자말로, '오얏'이 바른

우리 말이다.

* 안죽도: 아직도.   * 익을노?: 익을꼬? 익을까?

하늘 박귀봉 초 3학년

하늘에는 끝이 없다.

하늘에는 저리 많이 올라가도 끝이 없다.

산등으로 올라가면 수백 산등을 넘어도 끝이 없다.

하늘은 끝이 없지만 해는 하늘 밑으로 내리비친다.

하늘 밑으로 산이 빙 돌아가미 있다. (1970. 9. 7.)

* 돌아가미: 돌아가며.

봄 이용욱 초 2학년

봄아, 봄아, 오너라.

나는 봄이 오면

따뜻한 곳으로 지게 지고

나무하러 간다.

나무를 가득 지고

집에 갖다 놓고

또 나무하러 간다.

봄이 오면 나는 날마다 나무하고

보리밭도 맨다. (1971. 2. 6.)

옥수수 2·3학년 복식반 공동 작품

옥수수는

바람이 부니 웃네.

바람도 같이 웃네.

바람에 간들간들

부채같이 잎을 흔드네.

옥수수야,

너는 기다란 머리 꽁지를 달았구나.

네 머리 꽁지를 총총 땋아 줄까?

언제나 손에 만져지는

길다란 머리 꽁지.

뿌리를 땅속에 묻어 놓고

가만히 서 있는 옥수수

무엇을 할까?

우리가 먹고 싶어 쳐다보는 것을

생각할까?

우리가 삶아 먹는 것을
옥수수는 싫어할까? 좋아할까?

옥수수
먹고 싶다.
침이 꿀떡 넘어간다.
어서 알이 굵어라.

이슬이 토독토독 샘지에 붙어 있는
옥수수를 베 와서
파란 송이를 따 가지고
바구니에 갖다 놓고 깐다.
거죽 껍질은 파란 치마,
하나, 두나, 까 보면
털에 싸힌 노란 옥수수가 나온다.
줄이 쪽 바른
까만 옥수수도 나온다.
네 이름은 옥수수
네 이름은 강낭
너는 또다시 땅속에 묻혀서
싹이 나올 텐데……

다 까서 솥에 안쳐 놓고

불을 넣어 놓고
마당에서 동무들과 돌을 차고 놀면
구수한 옥수수 냄새
달근한 옥수수 냄새
야, 맛있겠다.
김이 무럭무럭 뜨거운 옥수수.

양푼이에 한껏 담아 와서
온 식구가 빙 둘러앉아
입으로 우적우적
돌려 까 물고
한참 씹으면
구수하고 달고 얼마나 맛이 좋겠나?

황초집에 있는 아버지는
밤을 새워 불을 때신다.
석호야,
옥수수 꺾으러 가자.
옥수수 꺾어다가
황초집 아궁이에 묻어 두자.
뜨끈뜨끈 옥수수가 익으면
아버지도 드리고 우리도 먹자.
은하수 쳐다보며 까 먹자.

나는 옥수수로
인형을 만들어야지.
먹은 송이는 배를 만들고
겉에 싸힌 파란 껍질은 옷 하고
노란 털 가지고 머리털 만들지.
조그만 예쁜 인형 만들어
책상 앞에 놓아두면
얼마나 좋을까?

대공이는 무엇 할까?
그래, 그래, 물총을 만들어.
싸리 꼬쟁이 끝에 솜을 감아
냇가에 가서 물총을 쏘자.
그리고, 물레방아도 만들어야지.
뱅뱅뱅 돌아가는 물레방아,
물레방아 돌리면 여치도 운다.

옥수수야,
너는 무엇을 생각하나?
너는 우리가 생각하는 것을 알고 있나?
빨리 커라.
빨리 수염이 까맣게 말라라.

바람이 부니 옥수수가 웃네.

바람도 같이 웃네. (1970. 7. 22.)

＊샘지: 심지. 섬. 쉼. 쇠미. 쉬미. 수염.   ＊싸힌: 싸인.

＊쪽 바른: 똑바른. 쪽 곧은.   ＊양푼이 : 양푼.

＊한것: 한껏. 가득.

＊황초집: 담뱃잎을 말리려고 지어 놓은 높은 집. 담뱃잎을 말리 때는 밤을 세워 불을 땐다.   ＊대공이: 대궁이. 대. 줄기.

4학년의
시 지도

대상: 경북 문경 김룡초등학교 4학년(50명)

혼자만 생각하고 있는 마음의 세계 쓰기

(1) 때: 1972년 9월 2일 3교시

이 학급의 아이들은 약 석 달 전에 꼭 한 번 시 이야기를 듣고, 그리고 써 본 일이 있다. 그러니 이번이 두 번째.

(2) 작품 감상과 시 이야기

돌　김선모 경북 안동 대곡분교 3학년

학교에 오다가 큰 돌을 딛지 않고 오려니까 큰 돌을 하나 밟았다. 오늘 학교에 가면 재수가 없을 것이다, 하고 마음먹고 와서 공부를 하니 두 개가 틀렸다. (1970. 5. 30.)

작품을 칠판에 써서 감상하게 하고, 꼭 이런 것을 쓰려고 하지 말고, "저 혼자만 생각하고 있는 마음의 세계"를 찾아 쓰도록 이야기했다.

(3) 아이들 작품

이 시간에 써낸 아이들의 작품을 나누면 다음과 같다.

- 대체로 시로서 성공한 것: 8편
- 감동의 초점이 흐리거나 표현이 분명하지 않은 것: 12편
- 산문이 되어 버린 것: 10편
- 감상 작품의 형식만 모방한 것: 6편
- '동시'로 된 것: 1편
- 무의미한 내용, 또는 생각의 단편을 쓴 것: 3편
- 표기력이 없어 무엇을 썼는지 모르는 것: 6편
- 생활지도를 고려해야 할 것: 4편

이렇게 보면 산문을 쓴 것과 감동을 제대로 표현하지 못한 것이 태반이 된다. 역시 아직 감동을 잡을 줄 모르고 표현할 줄 모르고 있는 것이다. 앞으로 이 점에 지도 목표를 두어야 할 것이다.

① 대체로 시로서 성공한 것

시로서 성공한 것은 다시 두 가지—감상 작품의 영향을 받아 그 내용이 닮은 것과 감상한 작품에서 암시를 받았지만 그 내용이 아주 다른 것으로 나눌 수 있었다.

길   김한근

학교에 오다가
길에서 책보를 널쨌다.
마음이 불쾌했다.
학교에 와서 국어책을 읽는데
다섯 개나 틀렸다.
* 널쨌다: 떨어뜨렸다.

이것은 제 스스로의 느낌을 잡기는 한 것 같으나 감상한 작
품에 너무 닮아 버렸다. 이런 것이 몇 편 있었다.

공부   이원호

아버지는 저녁을 잡수실 때
꼭 나에게 공부를 하라고 하신다.
나는 어제저녁에 또 공부하라고 할까 봐
저녁을 빨리 먹으니
또 공부하라고 하셨다.
나는 대답만 하고 방에 들어가 잤다.

공부하라고 할까 봐 밥을 빨리 먹고 나가려는데 그만 또 아
버지의 공부하라는 말을 듣게 되었다는 것이 이 아이가 쓰려

고 한 숨김없는 마음과 생활이다.

토끼 김완기

학교에 오다가 석규에게
토끼를 먹이고 싶다 하였다.
돈이 모자라 못 먹인다고 하니
석규는 우리 토끼 갖다 먹이라고 한다.
나는 어찌나 기쁜지 몰랐다.
나는 지금도 토끼 생각만 하고 있다.
토끼 먹이고 싶던 것 오늘에 통일되었다.

절실한 생각이 그대로 시가 되었다. '시 이야기'에서 강조한
"저 혼자만 생각하고 있는 것"을 쓴 것이다.
"통일되었다"라는 말은 '달성되었다' '이루어졌다'는 뜻으
로 쓴 것 같다. 요즘 '통일'이라는 말을 많이 쓰는 것을 듣고
잘못 알고 쓴 것이지만, 숙원을 달성하는 것이 곧 통일이라는
아이들의 순진한 말에 절로 웃음이 나오게 된다. 어휘를 넓혀
나가는 게 아주 중요하다.

아버지 신문식

아버지는 일을 죽도록 합니다.

아버지를 보면 불쌍하다.
내가 학교에 갔다 오면 아버지는
공부 잘했나 묻습니다.
오늘은 재수가 없어
선생님께 뚜드려 맞았다.
나는 부애가 나서
공부 마치고 청소도 안 하고
집으로 돌아왔다.
　* 부애: 화.

　이 작품도 "저 혼자만 생각하고 있는 것"을 쓴 것이다. 후반
이 딴 이야기 같지만, 아니다. 이 아이는 아버지가 그렇게 고생
하면서 일하고 있는 것이 저를 위해서 그런다는 것을 잘 알고
있다. 그래서 학교에 가면 공부를 열심히 하려고 하는데, 오늘
은 재수 없이 선생님께 맞았으니 집에 가게 되면 아버지께 대
답할 말이 없는 것이다.

어머니　○○○

어머니는 담배를 하는데
아버지는 술만 먹고,
"담배는 누렇게 익어 딸 때가 되어도 안 오고"
어머니는 걱정만 하신다.

할 수 없이 어머니와 나와 누나와 셋이

따로 갔다.

따 가지고 오니 아버지는 누워 계신다.

우리는 담배를 꿰어 가지고 달았다.

＊따로: 따러.

어머니 아버지와 농사일 이야기를 쓴 작품이 많은데, 이런 내용은 감상 작품과는 아주 다른 것이다. 그만큼 아이들은 여름 동안 집에서 일하는 생활을 해 온 것 같다. 차라리 이런 노동을 제재로 한 작품을 감상하게 했더라면 더욱 많은 아이들이 잘 쓰게 되지 않았을까 생각했다.

이 작품 또한 "저 혼자만 생각하고 있는 것"을 쓴 것이다. 그리고 보면 감상 작품이나 '시 이야기'라는 것이 얼마나 크게 영향을 주는가를 알 수 있다.

② 감동의 초점이 흐리거나 표현이 분명하지 않은 것

빛대   홍종진

빛대 올라가서

아이들하고 뛰놀면

좋다는 생각이 든다.

또 아이들하고

빛대 먼저 올라갔다.

이것은 마음에 간절한 생각이 있는데 그것이 분명하게 나타나지 못했다. 아이들하고 무슨 놀이를 하고 싶은가? 그 하고 싶은 놀이를 여러 가지로 눈앞에 그려 보고, 그 마음을 마음껏 나타내야 할 것이다.

밥 임춘화

저녁에 언니가
나한테 밥을 가주 가라고 해서
나는 어, 하면서
할아버지 밥상을 가주 갔다.
밥상을 내려놓으려 하니까
상이 미끄루와서
밥을 쏟았다.
밥 덩어리를 주워서
그릇에 담아 주니까
할아버지는 나한테
만누무 지지바 손모간지가 썩어 빠졌나
왜 쏟노, 하면서 말했다.
나는 밥상을 주고 정지로 들어왔다.

이것은 할아버지의 밥상을 들고 가다가 밥을 쏟은 이야기인데, 남의 이야기같이 써 놓고 제 마음의 표현이 없는 것이 섭섭하다. 좀 더 그때의 모양을 생생하게 그렸더라면 아이의 심정도 나타날 것이다. 또는 밥상을 쏟았을 때나 할아버지의 꾸중을 들었을 때 너의 심정이 어떠하였던가, 그것을 솔직하게 써보이라고 해서 아이의 마음을 표현하도록 할 수도 있으리라.

학교   이현순

새 학기 처음으로 공부를 했다.
둘째 시간에 선생님이
일 번서부터
국어 읽기를 시켰다.
나는 책을 읽을 때
읽는 소리가 작아서
학급 아이들이 웃었다.
나는 부끄러웠다.

책을 읽을 때 부끄러웠던 마음이 좀 더 잘 나타나도록 해야겠다. 왜 책 읽는 소리가 작았던가? 얼마나 작게 소리 내어 읽었던가? 혼자 서서 읽을 때의 기분은? 아이들의 웃음소리를 어떻게 들었는가? 어떻게 부끄럽던가? 책을 읽을 때의 기분이 다시 되어서 그 마음을 그대로 자세히 쓰도록 해야 하겠다.

③ 산문이 되어 버린 것

소 뛰끼기 김원순

나는 소 뛰끼로 산에 나두고 아이들하고 한참 놀다가 보니 소가
이순네 소하고 싸웠습니다. 나는 소를 몰고 집으로 왔습니다.
집으로 오다가 또 놀았습니다. 몰고 오다니까 어머니가 왔습니
다. 나는 그냥 가고 어머니가 소를 몰고 집으로 갔습니다.
집에 와서 저녁을 먹었습니다. 어머니는 어데서 뛰겼노, 하고 물
었습니다. 하늘재 가서 뛰겼어요, 대답했습니다.

　*뛰끼기: 뜯기기.　　*나두고: 놔두고.
　*오다니까: 오니까. 오고 있으니까.　　*뛰겼노: 뜯겼노.

이 작품은 소 풀 뜯으러 갔다 온 이야기인데, 이렇게 풀 뜯
으러 갔다가 와서 밥 먹은 이야기까지 쓰면 산문이 된다는 것,
그래서 이 이야기 가운데 나타난 어느 한때, 한순간의 일을 잘
생각해 내어서, 그때 한 일과 마음을 잘 잡아서 써야 한다고
지도해야 한다.
　"네가 소 풀 뜯으러 간다고 아이들과 산으로 소 몰고 갈 때
부터 집에 돌아올 때까지 보고 듣고 한 것 가운데 무엇이 제
일 마음에 남아 있고 쓰고 싶은가? 한 가지만 정해서 써 봐라"
고 한다. 그래서 ㉠ 소를 몰고 노래를 부르면서, 또는 이야기를
하면서 산으로 갈 때의 모양과 마음, ㉡ 산에서 소를 놓아두고

동무들과 놀이를 할 때, 그 놀이하는 모양, ㉢ 소가 싸우는 모습, 그것을 본 나의 마음, ㉣ 집으로 돌아올 때 듣고 보고 생각한 것, ㉤ 저녁을 먹으면서 말하고 들은 것, 생각한 것, 이 가운데서 하나만을 가려서 쓰라고 한다. 그때 일을 잘 생각해 내어서, 그때의 광경을 눈앞에 생생하게 그려 내어서 그 광경과 그때의 마음이 잘 나타나도록 쓰라고 한다.

④ 감상 작품의 형식만 모방한 것

오늘 아침   정경옥

학교 올 때 아이들과 같이 왔다. 오다니까 밤나무 임자가 "너 밤 땄지?" 하고 묻는데 안 땄다, 하니까 "안 땄으면 가라"고 하였다. 그래 마음먹고 학교에 와서 국어책 읽기를 하였는데 그만 틀렸다.
 * 오다니까: 오고 있으니까.

이런 것은 모양만 흉내 내어 쓴 것이니, 진정 쓰고 싶은 것을 찾아 쓰도록 해야 할 것이다.

산   최광환

집에서 먼 산을 보면

산이 하늘까지 닿는 것 같아서
정말 산이 하늘에 닿나 하며
올라가 보니까 닿지 않았다.
그래서 웃으며 내려왔다.

이것은 이 시간에 보인 감상 작품이 아닌 다른 작품에서 모
방한 것이다. 산이 하늘에 닿나, 하고 올라가 보았다는 것이나,
웃으며 내려왔다는 것이 이 작품에서는 아무런 체험도 감동도
없이 형식으로 조작한 말로 되어 있다.

⑤ '동시'로 된 것
"거울은 거울은 어머니 세상인가 봐"로 시작되어 있다.

⑥ 표기력이 없어 무엇을 썼는지 모르는 것
표기 능력이 없는 아이가 여섯이나 되는 것은 참 곤란한 일
이다. 담임교사의 특별한 지도를 기대하는 수밖에 없다.

⑦ 생활지도를 고려해야 할 것

갈생   ○○○

나는 아침에 나무 그늘에 앉아 있었다. 아이들이 갈생을 하자고
했다.

아이들이 자꾸 그래서 나는 갈생을 하려고 했다.

나는 갈생을 여기다 그리자 하니, 아이들이 자꾸 거기 그리지 말고 여기 그리자 하며 거기다 그렸다.

나는 화가 잔뜩 나서 안 한다고 하며 교실로 왔다.

이 작품에서 시가 될 만한 감동을 파악하지 못한 것이 문제가 되어야 하지만 그보다도 여기 나타난 아이의 생활 태도를 말해야 할 것 같다. 조그만 일에 의견이 안 맞는다고 해서, 제 마음대로 안 된다고 해서 동무들과 같이 놀지 않고 가 버리는 것은 잘못된 태도다. 이 세상은 한 사람 마음대로 되는 것이 아니고 되어서도 안 된다. 민주주의의 생활을 몸에 붙여 나가도록 해야 할 것이다. 그것이 곧 시의 길이기도 하다.

오늘 아침   ○○○

학교에 오는데 작은 재 넘어서니까 6학년 아이들이 죽 앉아 있었다. 나는 이상해서 가 보니까 거기에 어떤 아주머니도 있었다. 아이들보고 물어보았더니 6학년 아이들이 사과를 외상 먹고 돈을 안 주어서 아주머니는 지키고 있는 것이라고 했다.

* 외상 먹고: 외상으로 먹고.

농촌 아이들도 이제는 이렇게 달라져 가고 있는가, 하고 놀라게 된다. 이러한 아이들의 생활 실태를 알려 주는 귀중한 자료를 우리는 아이들의 글이나 시에서 얻게 되는 것을 다행스럽게 여기지 않을 수 없다. 그리고 작문 교육이 아이들의 생활을 키워 가는 수단이 된다는 것이 작문 교육의 타락이나 외도가 결코 아니라, 인간의 문제를 해결하고 인간을 키워 가는 작문 교육의 영광스런 목표가 되는 것이라고 믿는다.

대상: 경북 문경 김룡초등학교 4학년 1반(43명)

그 누구에게, 그 무엇에게 말을 건네서 지껄이며 쓰기

(1) 때: 1972년 9월 4일
담임교사의 결근으로 들어간 수업.

(2) 작품 감상과 시 이야기

송아지　이오덕

송아지야,
너는 구름을 보니?
너는 물소리를 듣니?
이리 오너라, 풀을 주마.
아침 이슬에 젖은 파란 풀잎을
하얀 이빨로 씹어 봐라.

또박또박 조심스레
걸어오는 송아지야,
너는 어제도 하루 종일
어미 따라 밭고랑을 걸어 다녔지?
오너라, 예까지.
네 가느다란 다리를 만져 보자.

송아지야,
또박또박 걸어와
까만 눈 까만 콧등으로
내게 안길 듯 가만히 바라보다
이번에도 돌아서는구나.
너는 사람의 손이 아무래도 무서우냐?

돌담에 가서 입을 맞추고
다시 구름을 바라보는 송아지야,
한 번만 네 귀를 만져 보자.
네 목에 매달려 보자.
그리고 용서를 빌자,
사람들은 잘못한다고.

　내 시 '송아지'를 감상하게 하고, 그 누구에게, 그 무엇에게
말을 건네서 지껄이는 시를 쓰게 했다. 어른의 시를 보여 준

것은 내가 아이들이 시를 쓰는 데 도움이 되도록 의도해서 창
작한 것이기 때문이다.

"우리도 이와 같이 그 무엇에게 하고 싶은 말을 해 보자. 강
아지에게, 병아리에게, 참새에게, 매미에게, 벌레에게, 구름에
게, 나무에게, 바윗돌에게, 연필에게, 신발에게, 냇물에게, 산에
게……. 무엇이든지 사람 아닌 것을 하나 정해서, 그것에게 제
가 하고 싶은 이야기를 실컷 해 보자."

이렇게 해서 써내게 했더니 영 기대에 어긋났다. 잘 썼든지
못 썼든지 그 무엇에게 말을 걸어 이야기한 아이들은 겨우 다
섯뿐이고, 그 밖에는 거의 모두 그냥 이야기를 서술해 놓고 있
다. 아이들이 글의 형태를 거의 모두 판단하지 못하고 있는 것
이다. 왜 그럴까? 내 이야기가 잘못되었던가? 아니면 4학년이
나 되는 아이들이 이토록 글의 형식을 구별 못 하도록 평소의
국어 수업이 제대로 안 되고 있었던가? 또는 감상한 시가 어른
이 쓴 작품이라 마땅하지 못했던가? 내 딴은 아이들의 생활에
가장 접근하여 쓴다고 쓴 것이었는데. 어쨌든 이대로 두어서
는 안 된다. 다시 한 번 쓰게 해야겠다고 생각했다.

"자, 이것 봐. 모두 잘못 썼는걸. '우리 집에는 해바라기가
자라고 있습니다……' 이렇게 이야기를 쓰는 것이 아니고, 바
로 그 해바라기한테 말을 하는 거야. '해바라기야, 너는 그처럼
해가 보고 싶으냐?' 이렇게 말이야. 이렇게 다시 한 번 써내 봐
요."

그런데 이때 갑자기 비가 또 쏟아져 내렸다. 아이들이 모두

바깥을 바라보고 걱정하는 얼굴이다. 됐다. 비에 대해서 쓰게 해야지.

"비야, 하고 비에게 하고 싶은 이야기를 써 봐요. 제목은 모두 같이 '비'라고 정해 둡니다" 이랬더니 잠깐 사이에 모두 써 내는데 이번에는 한 사람도 엉뚱한 이야기가 없고 모두 비에게 호소하는 절실한 말을 써 놓은 것이다. 이것이다! 역시 아이들에게는 가슴에서 바로 솟구쳐 오르는 그 무엇이 있어야 한다. 생활에서 나온 제재가 아니면 안 되는 것이다. 미리 보여 준 시 '송아지'는 송아지에 대한 애정은 있지만 절실한 아이들 자신들의 호소가 없었던 것이다.

(3) 아이들 작품

여기 작품의 일부를 보인다. 특별히 잘된 작품은 없지만, 모든 아이들이 이토록 절실한 마음을 썼다는 것은 눈여겨보아야 할 것이라 생각한다.

비   이준호

비야, 비야, 그만 오너라.
많이 오면 홍수가 난다.
마을이 떠내려가도록 하지 말고
가뭄이 들 때 내려오너라.
비야, 비야, 알맞게 알맞게

내려오너라.

비 이희범

비야, 비야,
너는 어째 그키나 오노?
다리 놓은 거 다 떠내려가고
길 닦아 놓은 거 다 무너지고.
비야, 비야, 고만 오너라.
* 그키나: 그렇게나.

비 최일규

비야, 비야, 너는 하도 많이 와 가지고
산사태가 나고 집이 떠내려가고
사람이 많이 죽었단다.
그리고 강물이 넘어서
논밭도 다 파묻혀서 양식이 없단다.

비 신문식

비야, 비야, 오지 마라.
너는 그래도 들은 척도 안 하고 자꾸 오나?

네가 오면 나는 집에 못 간다. 네가 내 밥을 먹여 줄래?

너는 그래도 자꾸만 오나?

요 세월에 너는 무엇 하러 오나?

지금은 가을인데.

서울에는 너 때문에 집이 마구 떠내려갔다더라.

너는 그래도 자꾸 오고 있나?

비야, 비야, 좀 고만 오너라.

*요 세월에: 요즘 같은 세월에. 요즘 같은 때에.

비   김명자

비야, 너는 무슨 생각을 하고 자꾸만 쏟아지니?

누가 그렇게 가르쳐 주더니?

나는 지금 네가 오지 말라고 한탄한다.

너는 나의 말을 조금도 들어주지 않느냐?

비야, 비야, 무슨 생각으로 자꾸만 오니!

비야, 비야, 내 말 좀 들어 다오.

지금 서울에는 물 사태가 나 가지고

논밭 집들도 모두 다 떠내려갔다.

비야, 비야, 아무것도 모르니?

인제는 네가 안 와도 된다.

비야, 오지 말아라.

비　권경숙

비야, 너는 왜 자꾸 오노?
내가 학교에 올 때도 내 옷을 다 버려 놓고
또 내가 집에 갈 때도 옷을 다 버릴라고 오나?
비야, 오지 마라, 비가 오면 물도 못 건너고
집에도 못 간다.
나는 집에 빨리 가고 싶다.
비야, 네가 오면 내 옷을 다 버린다.

5학년의
시 지도

●

대상: 경북 문경 김룡초등학교 5학년(50명)

마음속에 크게 느낀 것 쓰기

(1)때: 1972년 9월 2일 2교시

이 아이들은 시를 쓰는 것이 두 번째다. 몇 달 전에 처음으로 시 이야기를 하고 시를 쓰게 한 일이 한 번 있다.

(2) 작품 감상

청개구리 백석현 경북 안동 대곡분교 3학년

청개구리가 나무에 앉아서 운다.
내가 큰 돌로 나무를 때리니
뒷다리 두 개를 펴고 발발 떨었다.

얼마나 아파서 저럴까?

나는 죄 될까 봐 하늘 보고 절을 하였다. (1970. 5. 23.)

(3) 아이들 작품

- 시가 된 것: 7편
- 산문이 된 것: 18편
- 표현 지도가 필요한 것: 9편
- 감상 작품을 모방한 것: 2편
- 생활지도가 필요한 것: 4편
- 아주 간단한 문장이나 한 부분의 생각을 쓴 것: 4편
- 표기력이 없어 무엇을 썼는지 모르는 것: 6편

이렇게 보면 산문이 되어 버린 것과 표현이 잘못된 것이 가장 많다. 따라서 생활 감동을 파악하는 지도가 중요하게 된다.

① 시가 된 것

시가 되었다고 할 수 있는 작품 중에는 감상 작품에 영향을 받아 착한 일을 한 것이나 자기반성 또는 우정을 그린 것과, 저 혼자의 생각이나 행동을 쓴 두 가지로 나눌 수 있었다.

뱀 김인향

학교 오는 길에

뱀을 보았다.

뱀은 죽어 있었다.
입은 돌멩이에 찢겼다.
누가 이랬는가?
나는 아이들이 밟을까 봐
막대기에 걸쳐서 내버리고 왔다.

이 시는 좋은 일을 하고 온 것을 쓴 것이다. 이런 작품이 도덕 교과서의 덕목 실천 기록같이 되어서는 안 되지만 이 작품에는 시를 쓴 아이의 진실한 행동과 마음이 느껴진다.

비   이연이

아침에 비가 많이 와서
우비가 없어 학교 늦으까 봐
걱정이 되어서 울고 싶었다.
그래도 아이들이 다 가까 봐
안 울고 길에 나와 보니
아이들이 나왔다.
가만히 있으니 동무가 나하고
같이 가자고 한다.
"나도 너가 우비 없고 내가 있으면 같이 가게" 하였다.
"그래, 친구끼리 정이 없으면 되나?
용심장이매로 저만 쓰면 되나?"

하였다.

* 용심장이매로: 욕심쟁이처럼. 욕심쟁이같이.

두 아이의 우정의 대화가 좋다. 왜 "동무가……"했을까? 이름을 써야지.

양말 최종영

아침에 오려니 육상화가 발에 커서
양말을 신고 올라고 하니
어머니께서 꾸중하신다.
그래도 나는 고집을 부리고
신고 왔다.
한참 오다가 더웠다.
내가 왜 더운데 양말을 신고 왔을까?
나는 부끄러워졌다.
얼른 양말 벗어서 주머니에 넣고 왔다.

이것도 감상 작품에 영향을 받아 쓴 것이나 아이의 솔직한 행동이 나타나 있다.

송아지 이상태

큰 소가 소죽을 먹으면
송아지도 젖을 먹는다.
송아지가 젖을 고만 먹고
소죽을 먹을라고 한다.
나는 감 바가치에 죽 줬다.
  * 바가치: 바가지.

  어미 소가 죽을 먹고 송아지가 젖을 먹는 정경, 그리고 아이가 귀여운 송아지에게 소죽을 주고 있는 모습이 나타나 있다. 이런 정경이 좀 더 생생한 모습으로 나타나도록 그릴 수는 없을까?

  옷   김남도

아침에 옷을 달라고 했다.
어머니는 방에 들어가더니
다 떨어진 옷을 주었다.
나는 마구 울었다.
어머니는 호차리로 마구 때렸다.
나는 밥도 안 먹고
학교 가다니
누나가 밥을 싸 가지고 왔다.
  * 호차리: 회초리.   * 가다니: 가니까.

떨어진 옷을 주고 아이를 때리는 어머니나 울고 밥을 안 먹고 학교에 오는 아이나 다 생각해 봐야겠지만, 이러한 가난을 살아야 하는 농촌의 사회문제가 크다. 사회문제야 아이들이 어쩔 수 없지만, 그래도 이런 작품은 아이들에게 감상비평을 시키고, 작품의 내용에 대하여 아이들 나름으로 생각을 주고 받도록 하는 것이 좋지 않을까 본다.

방학을 마치고　김명규

돌다리가 두 개 남고
다 떠내려갔다.
학교가 다른 학교 같다.
책상도 다른 같고
걸상도 다른 같다.
방학 숙제를 안 해 가지고
선생님한테 맞을까 봐
겁이 났다.
　* 다른 같고: 다른 것 같고.

방학을 마치고 처음 학교에 온 아이의 마음에 비친 것이다. 자세한 마음의 움직임이 아니고, 가장 크게 마음을 잡은 것을 쓴 것이다.

② 산문이 된 것

풀   김기백

나는 풀을 베러 아이들과 갔다. 산에 올라가서 지게를 놓고 풀을
베기 시작했다. 한 아람 베다니까 홍구가 손을 비었다 해서 가
보니 많이 빘다. 홍구는 손을 오비쥐고 집으로 돌아갔다.
　＊베다니까: 베니까. 베고 있으니까.

　여기서 제일 쓰고 싶었던 것은 풀을 베다가 손을 벴을 때 달
려가서 본 일일 게다. 피가 흐르는 손을 보았을 때의 기분, 그
손가락을 거머쥐고 집으로 달려가는 아이의 모습, 그런 것을
잘 떠올려서 쓰게 한다. 그러니 "나는 풀을 베러 아이들과 갔
다……" 하는 앞 이야기는 쓰고자 하는 핵심 밖의 것이니 지
워 없애도록 해야 할 것이다.
　이런 감동의 초점을 잡아 쓰는 지도를 여러 번 해야 할 것
같다.

③ 표현 지도가 필요한 것

시냇물   황섬문

시냇물이 졸졸졸 흐르는 것을 보니 기쁘다.

나는 거기서 놀다 집에 갔다.

그냥 기쁘다고만 해서는 어떻게 기쁜지 알 수 없다. 기뻤던 제 마음을 잘 살펴서 자세하게 나타내야 남들이 알 수 있고 자기도 더 확실히 제 마음을 붙잡게 되는 것이다.

푸른 청하늘 최승우

높고 높은 청하늘 높기도 하건만 아 어쩌면 저렇게 높을까? 청하늘을 보면 올라가고 싶다. 저렇게 높은 하늘로 비행기가 다니니 비행기도 한번 타 보고 싶기도 하다. 아! 어쩌면 비행기가 저렇게 높이 떠다닐까?

하늘을 쳐다보고 높다고 생각하고, 그 높은 하늘에 올라가 보고 싶어 하는 마음이 나타나 있다. 그런데 너무 평범하다. 평범하다는 것은 제 마음을 좀 더 잘 잡지 못했다는 것이고, 새로운 느낌이 없다는 것이다. 달리 말하면, 이 작품에는 하늘이 높다는 말의 되풀이가 있을 뿐이지, 새로운 느낌이나 생각을 나타낸 말이 없다는 것이다. 하늘을 바라볼 때 새로운 눈으로, 자유스러운 마음으로, 여러 가지 상상을 하면서, 새로운 것을 찾아내려는 마음으로 보고 생각하고, 그리고 새로운 말을 찾아내려는 마음으로 쓰도록 해야 할 것이다.

④ 감상 작품을 모방한 것

포풀러　정명숙

학교에 오는 길에 포풀러가 있다.
포풀러 키장다리를 바람이 자꾸만 흔들었다.
포풀러는 그만 비가 되어 하늘을 쓱쓱 씁니다.
해님이 포풀러를 보고 방긋 웃었다.
　＊키장다리: 키다리.

이것은 모작이다. 생활이 없는 작품은 필연으로 모조품이 되어 버리는 것이다.
이 밖에 "반짝반짝 빛나는 빨간 구두 사고 싶지요……"하는 동시가 있었는데, 자작이든 모작, 타작이든 이런 것은 쓰지 말아야 하겠다.

⑤ 생활지도가 필요한 것

매미　○○○

나는 나뭇가지에 올라가서 매미가 맴맴 맴맴 울고 있는 것을 잡았다.
잡아서 내가 고만 눈도 떠고 입도 잡아떠고, 그래서 우리 닭이

와서 쪼아 먹었다.

　그래서 나는 매미만 보면 잘못했다고 그랬습니다.

　＊ 잡아띠고: 잡아떼고.

　잘못했다고 하지만 그런 마음의 변화가 이 작품에는 조금도 나타나 있지 않다. 그래서 이 "잘못했다"는 빈말이 되고 있다. 이 아이가 제 마음에 조금도 잘못했다고 생각하지 않는데 "잘 못했다고 생각하게 된 마음을 좀 자세하게 써 보아라" 해서 표현 지도를 시도하는 것은 무의미하며, 오히려 거짓된 태도를 더욱 조장하는 결과가 된다. 여기에 생활지도가 있어야 하는 것이다.

　이런 동물에 대한 잔인성을 나타낸 작품이 여러 편 있었는데, 아이들의 잔인한 행동이 갈수록 심해지고 있다는 것은 참으로 암담한 일이다. 이렇게 황폐하여 가는 마음은 간단한 말로서나 짧은 시간의 노력으로 고쳐질 수 없다는 것은 명백하다. 우리는 끈질긴 인내와 노력으로 아이들을 사람답게 키워 가도록 해야 할 것이고, 그러기 위해 시 교육을 알뜰히 해 나가야 할 것이다.

　생활지도라기보다 인간의 마음을 정화하고 높이는 교육이라고 함이 좋겠다. 생활지도라면 학교의 도덕 교과서나 주변 교사의 설교가 연상되기 때문이다.

　할아버지　○○○

우리 동네 어떤 할아버지가 지팡이를 짚고 걸어간다. 나는 조그
만 돌을 들고 할아버지 뒤에 살며시 다가가서 돌로 할아버지를
때렸다. 그러니까 할아버지는 애이, 호래이가시나, 하고 지팡이
로 때리려고 한다. 나는 얼른 골목으로 뛰어갔다. 지금도 그 할
아버지 보면 숨어 버린다.

거지 아이나 헐벗은 노인들이 아이들의 놀림감이 되고 있
다. "지금도 그 할아버지 보면 숨어 버린다"고 했지만, 이 작품
에서는 이 아이가 자기의 행동을 크게 잘못으로 생각하고 있
는 것 같지 않다. 감상 작품의 형식을 모방해서 쓴 말이 되고
있다. 이런 작품은 전체 학급 아이들에게 감상비평하게 해서
저마다 의견을 말하게 하고, 글을 쓴 아이의 생활 태도에 대한
논의를 하는 것이 좋을 것이다.

또는 이 작품은 처음부터 감상 작품의 형식만 흉내 내어 나
쁜 짓을 한 것처럼 쓰고, 다시 그것을 반성한 것처럼 쓴 것이
아닌가? 아무래도 그렇게 생각된다. 그렇다면 거짓 이야기를
만들어 내지 않도록, 쓰는 태도를 바로잡아 주어야 할 것이다.

6학년의
시 지도

●

대상: 경북 문경 김룡초등학교 6학년(49명)

(1) 때: 1972년 9월 2일 1교시

이 학급 또한 몇 달 전에 시를 쓴 일이 한 번 있었다.

(2) 작품 감상과 시 이야기

나뭇잎을 끌어내며   유태하 경북 상주 청리초 6학년

연못에 들어 있는

나뭇잎을 쓸어 내다가

나도 모르게

일하기 싫어졌다.

비를 들고 서서
동화 이야기를 생각하다가
문득
바보 이반을
생각하였다.

아무리 아파도
일을 한다는
바보 이반,
바보 이반을 생각하면서
다시 나뭇잎을
깨끗이 끌어내었다. (1966. 11. 6.)

"자기의 마음이 자라난 것을 느낀다는 것은 참으로 즐거운 일이지요. 여러분은 그런 즐거움을 가진 일이 없습니까? 지금까지의 자기 생활을 잘 생각해 보고, 그런 것을 찾아 써 봅시다."

이런 말을 강조한 것 같다.

(3) 아이들 작품
• 대체로 시가 된 것: 9편
• 표현 지도가 필요한 것: 13편
• 산문이 된 것: 18편

- '동시'로 쓴 것: 3편
- 감상 작품을 모방한 것: 1편
- 표기 못 한 것, 기타: 5편

이 학급에서도 취재와 구상 지도를 해야 된다는 것이 드러나고 있다.

① 시가 된 것

오늘 아침 최미순

책보를 싸려고 하니
필통, 연필, 지우개, 모두가 흩어져
찾기가 힘들었다.
한참 동안 뒤적거렸다.
숙제 해 놓은 것도
어디로 가고 없다.
또 한참 찾았다.
그리고 기어코 찾았으나
세수하고 밥 먹기가 바빴다.
내 마음속으로
방학을 마치고 나니
내가 이렇게 게을러졌구나
하고 생각 들었다.

학교에 올 때 최영순

퇴비를 이고
재까지 오니
고개도 아프고
학교가 보여서
가지고 가기 싫어졌다.
이것을 가지고 가지 않으면
선생님한테 혼이 난다.
또 머리에 이고
걷기 시작했다.
학교에 다다랐다.
퇴비를 가지고 온 여자아이는
보이지 않는다.
교문을 들어설 때
부끄럽기 짝이 없었다.
그래도 꾹 참고
교문 앞에 두고
교실로 갔다.

꽃 이재구

학교에 오는데

아이들이 꽃을 한 아름씩
꺾어 가지고 온다.
꽃은 꺾으면 사람들이 맡는 향기는
어디로 갈까?
또 아름다움은 어디로 갈까?
나는 이런 생각이 나니
아이들은 자기 생각만 하고
남의 생각은 안 하나, 하고
그 아이들이 자꾸 미워졌다.

아기 업기   이후분

아기를 업고
골목을 다니고 있다니까
아기가 잠이 들었다.
아기가 잠이 들고는
내 등때기에 엎드렸다.
그래서 나는 아기를
방에 재워 놓고 나니까
등때기가 없는 것 같다.
 * 있다니까: 있으니까.   * 등때기: 등어리. 등.

매미   반종숙

어디서 날아왔는지
매미 한 마리
배나무 가지에
붙어 있었다.
매미는
무척 배가 고파
보였다.
힘없이 슬슬
배나무 꼭대기로
올라가는 매미
배가 고파
노래도 못 부르는가?
나는 멍하니
그 매미만 바라보았다.

② 표현 지도가 필요한 것

소를 몰고 가면서   강벌규

소를 몰고 나섰다.
나는 소를 몰고
동생은 송아지를 쫓고
산길을 가는데

길가에
멀구 덤불이 있다.
자세히 꼭대기를 쳐다보니
멀구가 많이 있다.
나는 동생하고
멀구를 따 먹었다.

소를 몰고 가는 산길에서 머루를 따 먹은 이야기인데, 머루를 따 먹는 모양, 따 먹는 이야기를 좀 더 자세히 써야 하겠다.

토끼 풀   박만정

토끼 풀을 하다니까
다람쥐가
밤나무로
올라간다.
다람쥐를 잡을려고
밤나무에 올라갔다가
밤송이를 보니 밤 생각이 나서
밤을 따다가
주인한테 들켜서
토끼 풀 가지고
집으로 갔다.

이렇게 이야기 줄거리만 써서는 산문이 된다. 정경의 묘사가 있어야 한다. 다람쥐가 나무에 올라가는 모양, 그 다람쥐를 따라 밤나무에 올라가는 자기 모습, 올라가서 본 것, 밤송이가 벌어져 있는 모양, 그리고 주인한테 들켰을 때 당황했던 행동 따위를 잘 떠올려서 그대로 쓴다면 글쓴이 마음까지 생동하게 되어 좋은 작품이 될 것이다. 이런 서사시는 길게 쓸 수 있는 것이다.

③ 산문이 된 것

산문으로 쓴 것은 두 가지로 지도할 수 있다. 이야기 가운데 감동의 체험이 있었을 듯한 것은 그 감동만을 다시 잘 파악해서 드러나게 하고 다른 불필요한 부분을 삭제해 버리도록 한다. 그리고 감동을 어디에서도 발견할 수 없는 것이라면 아주 다른 것을 쓰도록 해야 할 것이다.

④ '동시'로 쓴 것

'동시'가 세 편이나 나왔다. 하나는 "달가닥달가닥 내 저금통"으로 시작되고, 또 하나는 "나무는 나무는 바보……"로 되어 있고, 나머지 하나는 "숫돌은 숫돌은 아프지도 않나……"다. 물론 철저히 부정되어야 할 것이다. 시를 지도해 보면 동시라는 것이 더욱 별난 모양으로 나타나게 된다.